WINTERKALT

THRILLER

CATHERINE SHEPHERD

1. Auflage 2018

Lektorat: Gisa Marehn
Korrektorat: SW Korrekturen e.U. /
Mirjam Samira Volgmann

Covergestaltung: Alex Saskalidis
Covermotiv: shutterstock / Nejron Photo

Druck: Amazon Distribution GmbH, Amazonstraße 1, 04347 Leipzig

www.catherine-shepherd.com
kontakt@catherine-shepherd.com

ISBN: 978-3-944676-21-0

TITEL VON CATHERINE SHEPHERD

Zons-Thriller:

1. Der Puzzlemörder von Zons (Kafel Verlag April 2012)
2. Erntezeit (Früher: Der Sichelmörder von Zons; Kafel Verlag März 2013)
3. Kalter Zwilling (Kafel Verlag Dezember 2013)
4. Auf den Flügeln der Angst (Kafel Verlag August 2014)
5. Tiefschwarze Melodie (Kafel Verlag Mai 2015)
6. Seelenblind (Kafel Verlag April 2016)
7. Tränentod (Kafel Verlag April 2017)
8. Knochenschrei (Kafel Verlag April 2018)

Laura Kern-Thriller:

1. Krähenmutter (Piper Verlag Oktober 2016)
2. Engelsschlaf (Kafel Verlag Juli 2017)
3. Der Flüstermann (Kafel Verlag Juli 2018)

Julia Schwarz-Thriller:

1. Mooresschwärze (Kafel Verlag Oktober 2016)
2. Nachtspiel (Kafel Verlag November 2017)
3. Winterkalt (Kafel Verlag November 2018)

Übersetzungen:

1. Fatal Puzzle - Zons Crime (Titel der deutschen Originalausgabe: Der Puzzlemörder von Zons, AmazonCrossing Januar 2015)
2. The Reaper of Zons - Zons Crime (Titel der deutschen Originalausgabe: Erntezeit, AmazonCrossing Februar 2016)

Es heißt zu erfrieren sei ein schöner Tod.

Peter Stamm, Schweizer Schriftsteller
(aus dem Roman „Agnes“)

PROLOG

Ich spüre eisige Kälte, die ganz langsam das Leben in mir zum Stillstand bringt. Sie kriecht an mir hoch und dringt von außen in mich ein. Immer tiefer arbeitet sie sich in mein Innerstes vor. Irgendwann wird die Kälte mein Herz erreichen. Sie wird es zuerst nur umhüllen und dann in die darunterliegenden Muskelschichten vordringen, bis es nicht mehr schlagen kann. Trotz dieser düsteren Aussicht komme ich nicht umhin, die Schönheit des Eises zu bewundern. Es glitzert und strahlt. Das Licht bricht sich tausendfach und erschafft eine atemberaubende Zauberwelt, einen Palast aus Eis. Bei diesem Anblick vergesse ich für einen Moment die Schmerzen in meinen Gliedern. Meine Arme und Beine sind bläulich angelaufen. Kein Wunder. Die Temperaturen liegen unter dem Nullpunkt und ich bin fast nackt. Normalerweise wäre ich hin und her gelaufen, so lange, bis mir wieder warm ist. Aber daran hindert mich das dicke Seil, mit dem ich festgebunden bin. In der Halle um mich herum sind überall

Eisblöcke und Skulpturen verteilt. Der kalte Stahlträger, an dem ich fixiert bin, drückt mir hart in den Rücken. Er reicht vom Boden bis ganz nach oben und stützt das Dach. Ich stehe mit nackten Sohlen auf dem Beton. Die Kälte hat meine Füße mit dem grauen Boden vereint, denn sie fühlen sich an wie zu Stein erstarrt. Ich blicke zum linken großen Zeh, will ihn bewegen. Er soll wackeln. Mein Gehirn wiederholt den Befehl mehrfach, doch der Zeh gehorcht nicht. Dasselbe gilt für die anderen Zehen, ja für den gesamten Fuß. Ob ich je wieder Pumps tragen kann? Nein, viel eher frage ich mich, ob ich diesen Ort überhaupt lebend verlassen werde. Die Angst befällt mich und schnürt mir die Kehle zu. Verzweifelt zerre ich an den Fesseln, aber sie geben nicht nach. Kein bisschen. Ich möchte weinen, doch meine Tränen scheinen bereits gefroren zu sein. Mein Gesicht fühlt sich wie eine starre Maske an. Ich bin zu keiner Mimik mehr fähig. Dabei ist gerade meine Ausdrucksstärke eine der Begabungen, die aus mir das gemacht hat, was ich bin. Ich spiele am Theater. Keine großen Rollen, aber immerhin. Ich arbeite mich ganz langsam empor. Anfangs gab ich mich mit kleinen Nebenrollen zufrieden, inzwischen sind meine Auftritte bedeutender geworden. Ich darf jetzt sogar längere Passagen sprechen. Sofort hebt sich meine Zunge schwerfällig und erinnert mich daran, dass mir eine Hauptrolle nie zuteilwerden wird, wenn ich es hier nicht herausschaffe. Ich schreie, möglicherweise hört mich irgendjemand. Doch das dürftige Krächzen aus meiner Kehle scheint nicht einmal die Wände der Halle zu erreichen. Meine Angst wächst ins Unermessliche. Sie lastet wie ein tonnenschweres Gewicht auf mir und droht, mich zu erdrücken. Ich will nicht sterben. Wieder öffne ich den Mund und schreie, bis mir die Stimme versagt.

Meine Sehnsucht nach Aufmerksamkeit und Ruhm ist schuld an dieser Misere. Ich wollte für eine große Rolle vorsprechen, stattdessen bin ich an diesem eisigen Ort gelandet. War ich naiv? Hätte ich nicht ahnen müssen, dass dieser Kerl gar kein Regisseur ist? Hätte ich stutzig werden sollen, als er versprach, mir den größten Auftritt meines Lebens zu verschaffen? Vielleicht.

Mein Verlangen nach einer Hauptrolle hat mich geblendet. Ich habe an seinen Lippen gehangen und alles andere ignoriert. Die fehlenden Mitbewerberinnen zum Beispiel oder die Tatsache, dass wir uns überhaupt nicht in einem Theater trafen. Zuerst dachte ich auch, der Park sei perfekt zum Vorsprechen. Der Treffpunkt lag an einer sehr ruhigen Stelle, einsam und still hinter dem See. Dort, wo niemand störte. Außerdem sollte das Stück in der Kälte spielen. Aber im Nachhinein war es natürlich dumm von mir, die Falle nicht zu bemerken. Erst als er mir ein Tuch auf das Gesicht drückte und meine Sinne schwanden, wurde mir klar, dass er Übles im Schilde führt. Ich war völlig überrascht, und außerdem ging alles so rasend schnell, dass ich mich nicht einmal gewehrt habe.

Irgendwo hinter mir klirrt es und ich schrecke aus meinen Gedanken. Schritte nähern sich. Schlagartig schießt mein Puls in die Höhe.

»Lassen Sie mich gehen«, flehe ich und fange an zu zittern. »Ich verrate niemandem etwas.«

Er stellt sich genau vor mich und sieht mich mit

gerunzelter Stirn an. Ich hätte lieber den Mund halten sollen. Was ich gesagt habe, gefällt ihm nicht. In seinen Augen blitzt es gefährlich. Ich kann das Böse spüren, das von ihm ausgeht. Panisch presse ich mich gegen den kantigen Pfeiler, der mir in diesem Augenblick wie ein Verbündeter erscheint.

»Ich habe dir die größte Rolle deines Lebens versprochen. Willst du sie nicht mehr?« Um seinen Mund legt sich ein hässlicher Zug.

In meinem Kopf rattert es. Welche Antwort soll ich ihm geben? Ich will leben. Langsam nicke ich.

Er lächelt.

Ich atme ein wenig auf. »Mir tun die Hände weh«, flüstere ich. Hoffentlich bindet er mich los. Doch er zuckt nur mit den Schultern und mustert mich. Ich erschaudere. Er antwortet nicht. Stattdessen holt er ein Glas mit einer trüben Flüssigkeit. Auf einmal spüre ich den Durst. Er ist so stark, dass ich das bittere Wasser in einem Zug trinke. Ich fühle mich für den Bruchteil einer Sekunde besser, aber dann rollt eine Welle der Übelkeit über mich. Eine zähe Müdigkeit umfängt meine Sinne wie eine dunkle Wolke. Meine Lider flattern. Mit letzter Kraft schaue ich ihn an.

»Alles wird gut«, sagt er und lächelt wieder.

In meinen Adern breitet sich ein Brennen aus, es benebelt mich. Die eisige Kälte weicht der Dunkelheit. Es fühlt sich gar nicht so schlimm an. Ich schwebe davon. Das Letzte, was ich sehe, ist das glitzernde Eis.

1

Julias Finger wanderten über die Bettdecke und trafen auf ein leeres Laken. Schläfrig schlug sie die Augen auf. Florian war nicht mehr da. Sie seufzte und wälzte sich auf die andere Seite. Ihr fiel ein, dass sein Handy irgendwann in der Nacht geklingelt hatte. Wahrscheinlich war er zu einem Einsatz gerufen worden. Sie bedauerte, dass er fort war. Ohne ihn schien das Bett kalt. Genauso wie die Jahreszeit. Am Fenster klebten Schneeflocken. Wieder hatte es geschneit. Seit Wochen machte sich der Winter in Köln breit, was für das Rheinland ungewöhnlich war. Die Temperaturen lagen deutlich unter null, und Julia hatte sich immer noch nicht daran gewöhnt. Viel mehr liebte sie den Sommer, die Sonne und vor allem die Helligkeit. Ihre Arbeit in der Rechtsmedizin zwang sie sowieso den ganzen Tag in die künstliche Atmosphäre des Autopsiesaals. Da war sie stets froh, wenn sie an die frische Luft kam und ein paar Sonnenstrahlen genießen konnte. Der Winter hingegen war wolkenverhangen, und vor allem brachte er in diesem Jahr eine Eiseskälte mit sich. Deshalb hätte sie sich jetzt gerne an Florian gekuschelt und seine Wärme in sich aufgesogen. Der Wecker auf ihrem Nachttisch zeigte kurz nach sieben. Ein wenig Zeit blieb ihr noch. Bedauernd sank sie in ihr Kopfkissen und wartete darauf, dass der Schlaf sie wieder einholte. Doch nach ein paar Minuten klingelte das Telefon.

»Schwarz«, murmelte sie schlaftrunken.

»Florian hier. Entschuldige bitte, dass ich dich wecke, aber du musst dir hier etwas ansehen.« Er klang entsetzt.

Schlagartig war Julia wach und setzte die Brille auf. So kannte sie Florian gar nicht. Er war ein erfahrener Kriminalkommissar. Eigentlich warf ihn nichts so schnell aus der Bahn.

»Schon unterwegs«, erwiderte sie und ließ sich die Adresse geben.

Sie sprang aus dem Bett und schlüpfte in ihre Sachen. Im Bad putzte sie sich kurz die Zähne und ordnete flüchtig ihren schwarzen Pagenschnitt. Normalerweise legte sie mehr Wert auf ihr Äußeres und vor allem auf eine Dusche, aber Florians Tonfall trieb sie zur Eile an. Sie schnappte die Autoschlüssel und hastete aus der Wohnung. Ihr alter Golf parkte gleich vor dem Haus. Julia hatte überlegt, den Wagen abzustoßen. Noch immer hielt sie den Atem an, wenn sie den Motor startete und das Radio anging. Die Schatten der Vergangenheit ließen sich nicht einfach abschütteln. Die Erinnerung an ihren kleinen Bruder war seit ihrem letzten Fall unauslöschlich mit diesem Radio verknüpft. Obwohl sie jetzt in Sicherheit war, blieben Nächte, in denen sie schweißgebadet aufwachte, weil sie sich verfolgt fühlte.

An diesem Morgen beachtete sie das Radio nicht. Sie trat aufs Gas und fuhr in den Norden der Stadt. Florian hatte sie zum Mediapark gebeten, einem großen Büro- und Gewerbepark auf den Flächen eines ehemaligen Güterbahnhofs, der an ein Wohngebiet angrenzte. Vor dem Gelände lagen ein kleiner, künstlich angelegter See und ein weitläufiger Platz. Julia steuerte auf den Platz zu und parkte ihren Wagen vor den Absperrbändern der Polizei, die im eisigen Morgenwind unter dem dunkelgrauen Himmel knatterten. Die Straßenlaternen brannten noch. Vereinzelte Schneeflocken schwebten herab. Es sah nicht so aus, als ob die Sonne bald zum Vorschein käme. Julia stieg aus und schlug sofort den Mantelkragen hoch. An einen Schal oder Handschuhe hatte sie nicht gedacht. Wenigstens trug sie das richtige Schuhwerk. Dick gefütterte Stiefel mit festen Profilsohlen. Die Wege waren glatt.

Florian sah sie nicht, aber sie wusste genau, wo sie hinmusste. An das Ufer des zu Eis gefrorenen Sees, auf dem im Sommer kleine, bunte Bötchen fuhren. Eine ganze Horde von Polizeibeamten hatte sich dort ausgebreitet. Sie umringten eine kunstvolle Skulptur aus Eis, die von Scheinwerfern angestrahlt wurde. Dann löste sich ein Mann aus der Gruppe. Florian. Er winkte ihr zu.

»Hast du so etwas schon mal gesehen?«, fragte er, als Julia ihn fast erreicht hatte, und deutete auf die Statue. Julia wollte gerade nicken, als ihr klar wurde, was Florian meinte. Entsetzt blieb ihr der Mund offen stehen. Vor ihr stand eine ungefähr zwei Meter hohe

Skulptur. Fein modelliert und unverkennbar eine Frau mit langen, welligen Haaren und einem eckigen Objekt in der Hand, das Julia zunächst nicht deuten konnte. Was ihr jedoch einen gewaltigen Schauer über den Rücken jagte, war die Person, die mitten im Eis steckte. Sie wirkte wie eine kleinere Ausgabe der Eisstatue mit Ausnahme der Tatsache, dass es sich um einen Menschen und nicht um einen leblosen Eisklumpen handelte.

Julia blinzelte mehrmals. Dort in dem Eis schwebte tatsächlich eine Frau mit welligem rotem Haar, die wie ihr größeres Ebenbild einen Gegenstand in der Hand hielt. Schockiert starrte Julia die Tote durch die dicke Eisschicht an.

»Du meine Güte, sie ist da drin eingefroren«, flüsterte sie und konnte die Augen nicht abwenden. Sie streckte die Hand aus und berührte das Eis. Sofort sprang die Kälte auf sie über und die Grausamkeit, mit der der Täter vorgegangen war. So etwas Schreckliches hatte sie noch nie zuvor gesehen.

»Deshalb wollte ich, dass du herkommst. Ich habe keine Ahnung, wie das Opfer überhaupt da hineingekommen ist.« Florian lief einmal um die Figur herum. »Es gibt keine Schnitte oder Risse. Die Statue wiegt mindestens eine Tonne.«

Julia betrachtete das Gesicht der Toten, die vielleicht Anfang zwanzig war. Augen und Mund waren geschlossen. Sie sah aus, als würde sie nur schlafen. Der Gegenstand in ihrer Hand war ein Spiegel. Sie steckte in einem einfachen weißen Kleid. Um die Taille lag ein Band, das als Gürtel diente. Sie trug keine Schuhe. Die Füße schimmerten bläulich, so wie die gesamte sichtbare Haut des Opfers. Obwohl die Frau tot war, sah sie auf eine bizarre Art und Weise wunderschön aus. Julia musste unwillkürlich an die Eiskönigin aus einem bekannten Zeichentrickfilm denken.

»Wer tut so etwas?«, fragte sie und ging ebenfalls um die Statue herum.

Florian, der sich häufig sehr gut in die Gedankenwelt eines Täters hineinversetzen konnte, hob die Schultern.

»Wie gesagt, etwas in der Art habe ich noch nie gesehen. Er hat ihren Tod als Kunstwerk inszeniert. Auf einem öffentlichen Platz, wo jeder es bewundern kann.« Er blickte sich um und deutete zu der viel befahrenen Straße vor dem See. »Hier fahren jeden Tag Hunderte Autos entlang. Wer das getan hat, wollte, dass sein Opfer auffällt. Er hat die Skulptur sogar beleuchtet. Die Scheinwerfer sind nicht von uns.«

Julia betrachtete die drei anscheinend batteriebetriebenen Strahler, die in regelmäßigen Abständen um die Statue platziert waren. Das bläuliche Licht verstärkte die kalte Ausstrahlung des Eises.

»Es wird eine Weile dauern, bis ich das Opfer obduzieren kann«, sagte Julia und musterte wieder den leblosen Körper. »Auf den ersten Blick kann ich keine Verletzungen erkennen. Da ist nirgendwo Blut. Vielleicht ist sie erfroren, möglicherweise wurde sie auch vergiftet oder erstickt. Ich kann es erst genauer sagen, wenn sie aufgetaut ist. Immerhin ist sie gut konserviert.« Sie warf Florian einen langen Blick zu. »Wie wollen wir sie da rausbekommen? Diesen Eisbrocken kriegen wir doch nicht in die Rechtsmedizin.«

»Ich rufe die Feuerwehr. Die sollen so viel wie

möglich von dem Eis entfernen. Wie lange dauert es denn, bis du obduzieren kannst?«

»Ich schätze zwei Tage, eventuell auch drei«, erwiderte Julia und kramte in ihrem Gedächtnis nach dem letzten gefrorenen Leichnam, der nach dem Auftauen auf ihrem Obduktionstisch gelandet war. Es war ein Baby gewesen, das in eine Tiefkühltruhe gesteckt worden war. Die Mutter des Jungen hatte die Schwangerschaft verheimlicht und das Neugeborene unmittelbar nach der Geburt ermordet. Julia sah den rotblau angelaufenen Leib des Jungen vor sich. Er war innerhalb kürzester Zeit erfroren. Ein grauenvoller Tod, der in vier Phasen verläuft. Zuerst fängt der Körper an zu zittern und der Muskeltonus erhöht sich. Diese Reaktionen dienen der körpereigenen Wärmebildung. In den Extremitäten verspüren die Betroffenen meist starke Schmerzen. Reduziert sich die Körperkerntemperatur weiter bis unter zweiunddreißig Grad, setzt ein Stadium der Erschöpfung ein. Die Muskulatur arbeitet nicht mehr so schnell, die Herzfrequenz sinkt und auch die Atmung verlangsamt sich. Es tritt eine gewisse Apathie ein, die mit einer Reduzierung des Schmerzempfindens einhergeht. Bei einer Körperkerntemperatur unter dreißig Grad folgt das Lähmungsstadium, das den Menschen in eine Kältestarre und in Bewusstlosigkeit versetzt. Unter siebenundzwanzig Grad kommt es letztendlich zum Atemstillstand. Das Herz hört auf zu schlagen. Der Mensch ist klinisch tot. Erfolgt jetzt keine Reanimation, ist das Leben endgültig verloren.

Julia seufzte tief und konzentrierte sich wieder auf die Tote in der Eisstatue.

»Wie wurde sie denn überhaupt hierher gebracht?«,

fragte sie Florian, der inzwischen mit einem Mitarbeiter der Spurensicherung auf dem Boden herumkroch. Er hob den Kopf und richtete den Zeigefinger auf ein flatterndes Absperrband.

»Dahinten haben wir Reifenspuren gefunden. Ich denke, der oder die Täter haben einen Gabelstapler benutzt.«

Julia entdeckte Martin Saathoff, Florians Partner, der soeben die Spuren inspizierte. Sie ging zu ihm und grüßte ihn mit einem kurzen Kopfnicken.

»Ich habe viele Jahre Polizeiarbeit auf dem Buckel«, murmelte er und schüttelte den Kopf. »Mehr als zwanzig Jahre bin ich im Dienst. Aber etwas wie das hier ist mir noch nicht untergekommen.« Sein Blick wanderte hinüber zu der Statue. »Die halbe Stadt kommt an dieser Einfahrtsstraße vorbei und kann sie sehen. Warum zum Henker mussten sie diese arme Frau darin einfrieren?« Saathoff zwirbelte seinen langen Schnauzbart. »Bisher haben wir nur diese Reifenspuren. Sonst nichts. Leider gibt es auch keine Überwachungskameras.« Er deutete zum Häuserblock auf der anderen Straßenseite. »Als Nächstes werden wir die Anwohner befragen. Vielleicht hat ja einer von ihnen etwas gesehen.«

Julia zuckte mit den Achseln. »Hoffentlich. Von Weitem erkennt man die Frau in der Skulptur jedenfalls nicht. Erst wenn man näher rangeht.«

Saathoff nickte. »Ja, verflucht! Das habe ich auch schon gedacht. Keiner der Autofahrer, die hier vorbeikommen, sieht die Tote. Also weshalb dann die ganze Mühe?«

Julia dachte nach. »Möglicherweise hat er die

Entfernung unterschätzt. Oder er wollte, dass nur die Skulptur ins Auge fällt. Je schneller die Leiche entdeckt wird, desto zügiger wird sie entfernt, aber so konnten viel mehr Menschen die Eisstatue sehen. Wissen Sie schon, wer die Tote ist?«

Saathoff schüttelte den Kopf. »In der Umgebung haben wir keine Sachen gefunden. Keine Handtasche, die der Toten gehört haben könnte, oder Ähnliches. Wir müssen die Vermisstendatei durchgehen, es sei denn, Sie finden ihre Ausweispapiere tiefgefroren in diesem verdammten Eisbrocken.«

Julia drehte sich, um die Eisstatue noch einmal in Augenschein zu nehmen. Es war eine Menge Energie und Planung nötig, um ein solches Kunstwerk zu erschaffen und hier zu platzieren. Der Spiegel in der Hand der Toten kam ihr wieder in den Sinn. Sie lief langsam über die dünne Schneeschicht zurück zu Florian, der auf dem Boden offenbar fündig geworden war. Ein Kollege schoss unablässig Fotos. Die grellen Blitze aus seiner Kamera strahlten die Schneeflocken an, die inzwischen tonnenweise vom Himmel fielen.

»So ein Mist. Es fängt an zu schneien. Die Spurensicherung muss sich ranhalten, wenn sie überhaupt noch etwas sicherstellen will«, fluchte Florian und richtete sich auf. »Wir haben einen halben Fußabdruck gefunden. Schuhgröße vielleicht zweiundvierzig. Das Profil erinnert mich an einen Wanderschuh.«

»Was, glaubst du, hat es mit dem Spiegel auf sich?«, fragte Julia, die in diesem Gegenstand nichts Besonderes sehen konnte. Florian betrachtete die Dinge anders. Im Gegensatz zu ihr hielt er sich nicht an bloße Fakten, sondern hörte auf sein Bauchgefühl. Er versuchte, sich sowohl in das Opfer als auch in den Täter hineinzuversetzen.

»Hm«, murmelte er und rieb sich das Kinn. »Der Spiegel könnte alles Mögliche bedeuten. Er spiegelt das eigene Erscheinungsbild. Er könnte für Schönheit, aber auch für Eitelkeit stehen. Das Opfer ist zweifellos attraktiv. Möglicherweise war die Frau arrogant oder hat den Täter in irgendeiner Weise abgelehnt. Der Spiegel könnte ihr das vor Augen halten.«

»Allerdings sind ihre Augen geschlossen. Sie kann sich also nicht selbst betrachten«, gab Julia zu bedenken.

»Das stimmt.« Florian zuckte mit den Achseln. »Fest steht wohl im Moment nur, dass sie nicht entstellt wurde. Jemand wollte, dass sie schön aussieht. Sie sollte an diesem See erstrahlen.« Er seufzte. »Das wird ein schwieriger Fall, denn wir haben hier keine einzige brauchbare Spur und das Wetter spielt gegen uns.« Wie zur Bestätigung frischte der Wind auf und blies Julia kalt ins Gesicht.

»Du bist ja ganz durchgefroren«, stellte Florian fest und nahm Julia in den Arm. »Ich lasse die Feuerwehr kommen, sobald die Spurensicherung durch ist. Du solltest jetzt besser ins Warme.« Er küsste sie auf die Wange. Julia löste sich von ihm und sah auf die Uhr.

»Heute kommt meine neue Assistentin. Ich muss mich sowieso beeilen, damit Holsten sie nicht vor mir abfängt.« Julia lächelte und drückte zum Abschied Florians Hand. »Ruf mich an, falls ihr noch etwas findet.«

Sie lief vorsichtig über den zugeschneiten Platz und stieg ins Auto. Ihr blieben dreißig Minuten bis zum

Eintreffen von Lenja Nielsen. Manfred Holsten hatte sich überaus begeistert gezeigt. Die Zeugnisse ihrer neuen Assistentin waren hervorragend. Die gebürtige Finnin wollte unbedingt ein paar Jahre in Deutschland arbeiten. Julia wusste noch nicht, ob sie mit der jungen und sehr dynamisch wirkenden Frau klarkäme. Doch das lag gar nicht an ihr, sondern an dem Umstand, dass ihr ehemaliger Assistent Emanuel ein sehr ruhiger Mensch gewesen war. Sein Tod lastete schwer auf ihr. Sich vorzustellen, ihn durch jemand anderes ersetzen zu müssen, fiel ihr unendlich schwer. Aber sie brauchte eine Assistenzkraft. Ohne ging es nicht. Sie musste Lenja Nielsen eine faire Chance geben. Julia seufzte. Eine Menge Veränderungen erwarteten sie in nächster Zeit. Manfred Holsten, Leiter des rechtsmedizinischen Instituts, stand kurz vor der Pensionierung. Die Suche nach einem Nachfolger lief auf Hochtouren. Julia schätzte ihren Chef, der seit fast zwanzig Jahren die Rechtsmedizin leitete und über einen unglaublichen Erfahrungsschatz verfügte, sehr. Ihm war es wichtig, dass seine Mitarbeiter über den Tellerrand hinaus blickten. Ein erfolgreicher Rechtsmediziner kannte sich nach seiner Auffassung idealerweise auch in der Ermittlungsarbeit aus. Denn nur wer den Tatort gesehen hatte und sich plastisch vorstellen konnte, wie ein Täter vorgegangen war, interpretierte auch die vielen Zeichen auf einem toten Körper richtig. Aus diesem Grund hatte Holsten nicht das Geringste gegen Julias Engagement und ihre regelmäßige Kooperation mit der Kriminalpolizei einzuwenden, und sie war äußerst dankbar dafür. Es war durchaus nicht üblich, so eng mit der Polizei zusammenzuarbeiten. Holstens Nachfolger sah die

Dinge vielleicht völlig anders und schloss Julia womöglich im Autopsiesaal ein. Sie kannte viele Rechtsmediziner, die nur ganz selten einen Tat- oder Fundort zu Gesicht bekamen, geschweige denn Zeugenbefragungen oder die Spurensuche begleiten durften.

Julia wischte ihre Sorgen beiseite und gab Gas. Sie schaffte es gerade rechtzeitig ins Institut. Als sie den Flur zu ihrem Büro erreichte, stand Lenja Nielsen bereits vor der Tür. Die hochgewachsene Frau überragte Julia um einen halben Kopf. Ihre lange blonde Mähne musste einen starken Kontrast zu ihrem schwarzen Haar bilden. Julia hatte sich aus praktischen Gründen die Haare gekürzt, denn sie wollte nicht ständig einen Zopf im Autopsiesaal tragen.

»Guten Morgen«, sagte Julia und streckte ihrer neuen Assistentin die Hand entgegen. Sie registrierte ihren kräftigen Händedruck. Emanuel hatte nie so fest zugedrückt. Er war äußerst sensibel gewesen. Julia blickte in die hellblauen Augen der jungen Frau, die sie freundlich anstrahlten.

»Hallo. Ich bin ja so aufgeregt, wie mein allererster Tag verlaufen wird«, plapperte Lenja Nielsen mit ganz leichtem Akzent los.

Julia runzelte unwillkürlich die Stirn. Hoffentlich gehörte ihre neue Assistentin nicht zu jenen Menschen, die niemals zu reden aufhörten. Sie lächelte höflich und bat Lenja, einzutreten.

»Dann schauen wir doch einmal, was heute alles ansteht.« Julia griff zu einem Papierstapel auf ihrem Schreibtisch, ruckte an ihrer Hornbrille und blätterte durch die Unterlagen. »Da hätten wir den ungeklärten Todesfall eines Mannes, fünfunddreißig, vermutlich alkoholisiert, etliche Prellungen am gesamten Körper. Der Mann wurde vor der eigenen Haustür tot aufgefunden. Weiter geht es mit einer fünfundsechzigjährigen Frau, Todesursache unklar, keine Vorerkrankungen, wahrscheinlich Herzinfarkt. Anschließend haben wir noch einen Fall mit starken Verfärbungen der Nagelbetten und hellroten Totenflecken, Verdacht auf Vergiftung.« Sie sah auf. »Womit wollen wir starten?«

Lenja Nielsen legte nachdenklich den Zeigefinger an die Unterlippe. »Ich würde mit dem letzten Fall beginnen«, erklärte sie nach einer Weile.

Julia zog die Augenbrauen hoch. »Warum?«

»Weil wir bei einer Vergiftung auf die Ergebnisse der Laboruntersuchung angewiesen wären. Und das dauert. Wenn wir also mit diesem Fall anfangen, bekommen wir schneller Resultate und schaffen trotzdem heute alle drei Autopsien.« Sie sah Julia fragend an.

Julia erkannte leichte Zweifel in Lenjas Blick. Das machte sie auf Anhieb sympathischer. Zu viel Selbstsicherheit fand sie schädlich. Objektivität und die Beurteilung sämtlicher Fakten in Relation zueinander hatten in der Rechtsmedizin oberste Priorität. Zumindest für Julia. Wer sich nicht immer wieder hinterfragte und vorschnell auf sein Ziel zuschoss, übersah oft wichtige Details.

»Sehr gut«, sagte sie und lächelte. »Dann legen wir mal los.«

2

Die Luft roch nach Schweiß und Haarspray. Der Holzboden knackte hin und wieder unter den graziösen Schritten der zierlichen Mädchen. Annabell stand ganz vorn. Ihr taten die Füße weh, doch der Schmerz war ihr nicht lästig. Er machte sie stolz. Silikon-Pads, die ihre Zehen in den Spitzenschuhen schonen könnten, lehnte sie ab. Sie wollte den Schuh genau am Fuß spüren. An den Schmerz, ihren ständigen Begleiter, hatte sie sich längst gewöhnt. Die Klaviermusik wurde schneller und Annabell landete mit mehreren Sprüngen auf der anderen Seite des Saals. Mit erhobenem Haupt schaute sie in die Spiegelwand, kontrollierte die Stellung ihrer Beine und ihre Armhaltung. Ein Lächeln lag auf ihren Lippen, das eine Leichtigkeit vortäuschte, die nicht im Geringsten existierte. Der Balletttanz war ein knallharter Sport. Wer nicht über sich hinauswuchs, hatte schon verloren. Wer etwas werden wollte, der kämpfte täglich weit über die Schmerzgrenze hinaus.

»Zurück, Mädchen. Wir beginnen noch einmal von vorne.«

Annabell stöhnte innerlich auf. Der rechte große Zeh machte Ärger und pochte dumpf. Sie spürte die Feuchtigkeit im Schuh. Blut. Ihr Lächeln verbreiterte sich und sie hüpfte anmutig in die Ausgangsposition. Wie oft hatten sie diese Passage heute schon geübt? Sie trainierten seit zweieinhalb Stunden. Das Herz donnerte wie ein Sturmgewehr in ihrer Brust. Ihre Wangen glühten. Schweiß lief ihr vom Nacken über den Rücken hinunter.

»Non, Annabell. Du gehst bitte in die zweite Reihe«, befahl die Tanzlehrerin, eine schroffe und gertenschlanke Französin, die ihre Aufgabe darin sah, alles aus den Mädchen herauszuholen.

»Aber ich habe doch nichts falsch gemacht«, klagte Annabell, obwohl sie wusste, dass ihr Einspruch sinnlos war.

Madame Bonnet blitzte Annabell kalt an und klatschte in die Hände.

»Auf drei geht es los«, kommandierte sie und trat zu Annabell. »Denk an deine Ausstrahlung. Du bist errötet und verschwitzt. Sieh dir Katharina an. Sie strahlt wie eine Königin.« Bonnet kniff die Lippen zusammen und musterte sie seufzend. »Leichtigkeit, Annabell. Ich will die Leichtigkeit in deinem Tanz sehen.«

Sie drehte sich um und klatschte erneut in die Hände. Die Mädchen gingen auf ihre Positionen. Annabells Körper spannte sich. Sie wartete auf das Startsignal und legte los. Jeder einzelne Muskel tat ihr inzwischen weh. Hinzu kamen die Demütigungen von Madame Bonnet. Sie wollte dieses Mal die Hauptrolle tanzen. Monatelang übte sie bereits dafür. Die Hochschule für Musik und Tanz plante einen publikumswirksamen Auftritt im großen Konzertsaal. Eine völlig neue Interpretation des *Nussknackers* von Tschaikowski. Modern und gekrönt mit einer innovativen Choreografie. Eine Verbindung von klassischem und zeitgenössischem Ballett. Die Vorstellung war seit Wochen ausverkauft. Es war Annabells Chance, endlich gesehen zu werden.

Seit ihrem sechsten Lebensjahr tanzte sie. Ununterbrochen, in jeder freien Minute. Sie erinnerte sich noch genau an ihre ersten Spitzenschuhe. Sie waren rosa gewesen und damals für sie die schönsten der Welt. Natürlich hatten sie sich nicht halb so gut angefühlt, wie sie aussahen. Die harte Spitze rieb die Haut an ihren Zehen unbarmherzig auf. Wenn sie heute auf ihre Füße schaute, war von ihrer zarten Kinderhaut nichts mehr übrig. Stattdessen überzogen Schwielen die Füße und zudem hatte sie sich sämtliche Zehennägel ramponiert. Blau bis schwarz statt zartrosa, so sahen sie aus. Annabell drehte eine Pirouette und hob die Arme dabei elegant nach oben. Sie streckte den Hals und stellte sich gleichzeitig einen weißen Schwan vor. Genauso anmutig wollte sie wirken. Sie blendete Katharina und die anderen Mädchen aus. Auch Madame Bonnet, die alte Gewitterhexe. Und dann flog sie in Gedanken davon. Sie bewegte sich leichtfüßig. Sie schwebte über dem Boden. Sie wollte die Beste sein. Sie brauchte diese Chance.

3

»Äußerlich kann ich keine großen Verletzungen feststellen«, murmelte Lenja Nielsen mit hochrotem Kopf. »An den Handgelenken finden sich dunklere Striemen, vermutlich wurde das Opfer gefesselt.« Lenja legte die linke Hand der Toten ab und zupfte an dem weißen Kleid herum.

»Was sehen Sie außerdem an den Händen?«, fragte Julia ein wenig zu ungeduldig und biss sich auf die Unterlippe, als sie die roten Flecken am Hals ihrer Assistentin aufleuchten sah. Bisher war Julia mit Lenja Nielsen zwar noch nicht richtig warm geworden, aber der erste Eindruck war positiv. Lenja machte sich gut. Sehr gut sogar. Sie arbeitete sorgfältig, gründlich und verfügte über Ehrgeiz. Lenja wirkte extrem sachlich. Vielleicht lag Julias Zurückhaltung sogar in der Tatsache begründet, dass Lenja ihr in dieser Hinsicht ziemlich ähnlich war. Julia vermochte es nicht zu sagen. Irgendetwas stand zwischen ihnen. Eine unsichtbare Barriere, die im Augenblick unüberwindbar schien.

»Ich bin nicht sicher, worauf Sie hinauswollen«, sagte Lenja und hob die Hand der Toten wieder an.

»Was sagen uns die Fingernägel?«, fragte Julia, um ihr zu helfen, und bemühte sich darum, freundlich zu klingen. Lenja war schließlich blutige Anfängerin. Sie durfte die junge Frau nicht überfordern. Schon gar nicht, weil sie mit ihrer eigenen Gefühlswelt nicht im Reinen war. Emanuel war tot. Niemand konnte ihn ersetzen, aber das Leben ging weiter. Jeder Tote, der auf Julias Obduktionstisch landete, hatte eine gründliche Untersuchung verdient. Sie war die letzte Instanz, die sich um das Recht der Toten kümmerte. Fand sie nicht heraus, was genau geschehen war, oder machte gar einen Fehler, dann gab es niemanden mehr, der ihnen eine Stimme gab und zur Gerechtigkeit verhalf. Es war Julias Job, ihr Bestes zu geben.

»Die Nagelbetten sind dunkel verfärbt.« Lenja runzelte die Stirn. »Wären sie hellrot, würde ich von einer Vergiftung ausgehen. Aber so …«

»Was die hellroten Verfärbungen angeht, liegen Sie richtig. Eine Kohlenmonoxidvergiftung führt beispielsweise zu diesem Symptom in Verbindung mit hellroten Totenflecken, so wie sie hier vorliegen.« Julia seufzte. »Ich hätte Sie zum Fundort mitnehmen sollen. Sie erinnern sich doch, dass die Frau in Eis eingefroren gefunden wurde und zwei Tage lang auftauen musste?«

Lenja nickte unschlüssig.

Julia half ihr auf die Sprünge und sprach: »Die Fingernägel verhindern, dass an den Stellen Sauerstoff durch die Haut diffundieren kann. Deshalb sind die Nagelbetten dunkel verfärbt, während durch die Kälteeinwirkung die Totenflecken auf der restlichen Haut hellrot erscheinen. Hier kommt es durch die Verschiebung der Sauerstoffbindungskurve zu einer neuen Aufsättigung des Hämoglobins. Ein Indiz für einen Kältetod.«

»Natürlich.« Lenja ließ für einen Moment den Kopf hängen. »Ansonsten sind keine weiteren Verletzungen durch Gewalteinwirkung sichtbar. Sie wurde festgebunden, ausgezogen und in der Kälte zurückgelassen.«

Julia nickte. »Wenn wir sie aufschneiden, schauen wir uns ihre Magenschleimhaut an. Finden wir Wischnewsky-Flecken, ist sie zweifelsfrei erfroren.«

»Heißt das, jemand hat sie ins Wasser gelegt und anschließend tiefgefroren?« Lenjas Augen weiteten sich bei der Vorstellung.

Julia zuckte mit den Achseln. »Ihr Magen und die Lunge werden uns die Antwort geben. Dort wird Wasser zu finden sein, falls es so war. Wir sollten sie jetzt ausziehen.« Julia machte noch ein paar Fotos und verfolgte dann die Arbeit ihrer Assistentin, die sich an dem Kleidungsstück zu schaffen machte.

»Was ist das für ein Kleid?«, fragte Julia und musterte den Saum. »Hier muss irgendwo ein Schild eingenäht sein.«

»Hier ist es«, sagte Lenja. »Steht allerdings nur ›Made in China‹ drauf. Scheint kein Markenartikel zu sein.« Sie stutzte kurz. »Es erinnert mich an ein Kostüm.«

»Ein Kostüm?«

»Ja, wie zum Fasching oder Karneval.«

Julia rieb sich nachdenklich das Kinn. »Sie glauben, dass es sich um eine Verkleidung handelt? Aber als was?

Ich kenne viele Kostüme, zu denen ein weißes Kleid gehört.« Julia ging zu einem Tisch in der Wand und betrachtete ein Foto der Eisskulptur. »Sie hatte einen Spiegel in der Hand. Fällt Ihnen dazu etwas ein?« Sie ging zum Autopsietisch zurück und hielt Lenja das Foto unter die Nase, doch die schüttelte den Kopf.

»Leider nein. Ich denke schon die ganze Zeit darüber nach. Ein so einfaches Kleid erinnert an frühere Jahrhunderte. Allerdings kenne ich mich damit nicht sonderlich gut aus.«

Julia nickte und nahm sich vor, gleich im Anschluss an die Obduktion hierüber zu recherchieren. Sie wartete, bis Lenja die Tote vollständig von dem Kleid befreit hatte. Der dünne Stoff war infolge des Auftauens immer noch klatschnass. Florian hatte berichtet, dass die Feuerwehr mehrere Stunden benötigt hatte, um das Eis von der Toten so weit wie möglich zu entfernen, ohne sie zu verletzen. Ihre Identität konnte trotz intensiver Recherche noch nicht ermittelt werden. Offenbar schien niemand die junge Frau zu vermissen. Julia begutachtete den schlanken Körper. Massive Kälteerytheme deuteten ebenfalls auf einen Kältetod hin. Dabei handelte es sich um rötlich-blau verfärbte Hautareale, die sich typischerweise an der Außenseite der Oberschenkel und den Streckseiten der Kniegelenke bildeten. Julia betrachtete kritisch den dünnen schwarzen Slip, der überhaupt nicht zu dem weißen Kleid passte.

»Kennen Sie eine Frau, die dunkle Unterwäsche zu hellem Stoff trägt?« Julia wartete Lenjas Antwort nicht ab. »Also ich nicht.« Sie dachte an ihre eigene Garderobe, bei der sie peinlich genau darauf achtete, dass die

Unterwäsche nicht durchschien, was insbesondere bei Blusen schnell passieren konnte. Sie entfernte den Slip von der Toten und studierte das eingenähte Schild.

»Das ist ein Markenslip«, stellte sie fest und tütete das Kleidungsstück ein. »Sie hat also doch Wert auf ihr Outfit gelegt.«

»Vielleicht finden wir am Kleid oder auf der Haut irgendwelche Fasern, die uns verraten, wo der Täter das Opfer festgehalten hat.« Julia ging um den Tisch und blieb am Fußende stehen.

»Die Fußsohlen sind sauber«, murmelte sie und kontrollierte die Haut gründlich. »Vermutlich sind eventuelle Spuren abgespült worden, als sie ins Wasser befördert wurde.« Sie hielt inne und rief sich die Eisstatue erneut ins Gedächtnis. Bisher hatten sie noch keine Ahnung, wie genau die Frau im Eis platziert worden war. Aber eines erschien aus Julias Sicht logisch: Sie musste von Anfang an in dem Wasser gewesen sein, das später gefror. Ansonsten hätten sie Risse oder Unregelmäßigkeiten im Eis gefunden. Doch die Technik erschloss sich ihr nicht. Um eine Statue von zwei Metern Höhe zu schaffen, bedurfte es eines gewaltigen Tiefkühlbehälters. Etwas passte nicht ins Bild.

»Können wir die Leiche einmal wenden?«, bat sie und wartete, bis Lenja die Schulter umfasste. Julia selbst griff mit der linken Hand die Hüfte und mit der rechten den Oberschenkel der Toten.

»Die Totenflecken passen nicht zur Auffindesituation. Sehen Sie das?«

Lenja nickte. »Ja, sie lag zuerst auf dem Rücken. Das ist deutlich zu erkennen.« Sie drückte mit dem Daumen auf eine tiefviolett verfärbte Stelle. »Die Flecken lassen sich nicht mehr wegdrücken.«

Sie drehten die Tote wieder auf den Rücken. Julia dachte nach. »Das bedeutet, sie lag nach Eintritt des Todes mindestens sechs Stunden auf dem Rücken und wurde erst anschließend in eine stehende Position gebracht.«

»Gestorben ist sie also im Liegen?«, fragte Lenja.

»Das ist schwer zu beantworten«, entgegnete Julia. »Die Totenflecken können sich in den ersten Stunden verlagern. Sie könnte ebenso gut in einer anderen Position gestorben und gleich danach auf den Rücken gelegt worden sein.« Julia seufzte. »Lassen Sie uns mit der inneren Leichenschau beginnen. Dann bekommen wir ein paar Antworten.«

Lenja Nielsen machte das nicht zum ersten Mal. Ihre neue Assistentin hatte bereits in einem Krankenhaus ein paar praktische Erfahrungen gesammelt. Dennoch öffnete sie den Brustkorb mit einer erstaunlichen Routine. Die meisten Anfänger stellten sich mit dem Skalpell zu zaghaft an und schafften es beim ersten Versuch nicht, die tiefer liegenden Muskelschichten komplett zu durchtrennen. Der Widerstand, der auch von einem toten Körper noch ausging, kam für viele frischgebackene Rechtsmediziner unerwartet. Lenja Nielsen hingegen arbeitete sich präzise vor, ohne einen einzigen Fehlschnitt. Sie durchtrennte die Rippen, als wäre es ihr täglich Brot. Das war Julia schon in den letzten beiden Tagen aufgefallen, sie hatte Lenja jedoch nicht darauf angesprochen.

»Wie oft haben Sie bereits obduziert?«, fragte Julia neugierig.

Lenja lächelte verlegen. »Nur ein paarmal. Aber mein Onkel hatte eine Metzgerei. Ich stamme aus einem kleinen Ort. Die ganze Familie half bei Schlachtfesten mit. Das Zerschneiden von totem Fleisch macht mir nichts aus.«

»Sie sind tatsächlich erstaunlich abgehärtet. Schließlich geht es hier um Menschen«, erwiderte Julia, der erst jetzt auffiel, dass Lenja ebenfalls auf Mentholsalbe verzichtet hatte, die sich die meisten Anfänger bei der Arbeit unter die Nase rieben. Sie selbst nutzte diese Salbe nicht mehr. Das Menthol griff bei zu häufigem Gebrauch ihre Haut an und außerdem hatte sie sich nach all den Jahren an den Geruch des Todes gewöhnt. Sie musterte Lenja Nielsen nachdenklich. Objektiv betrachtet hatte das Institut mit dieser neuen Assistentin einen guten Griff gemacht. Die Obduktion würde viel schneller beendet sein als geplant.

»Keine übermäßige Flüssigkeit in der Lunge, keine Anzeichen für Erstickung«, erklärte Lenja und legte das Organ in eine Edelstahlschale.

Julia nickte geistesabwesend und nahm sich die Bauchhöhle vor. Sie wollte die Magenschleimhaut prüfen. Doch so einfach kam sie an das Organ nicht heran. Infolge des Auftauens hatte sich ein See aus verschiedenen Flüssigkeiten im Bauchraum gebildet. Julia griff zur Kelle und schöpfte das Gemisch aus Wasser und Blut vorsichtig ab. Die Organe sahen auf den ersten Blick unauffällig aus. Julia löste den Magen heraus und schnitt ihn auf. Sofort fielen ihr massive dunkelrote, fast schwarze Flecken ins Auge.

»Hämorrhagische Erosionen der Magenschleimhaut«, diktierte sie und beschrieb genau die keilförmigen, infarktähnlichen Gewebeveränderungen, die ein untrügliches Zeichen für eine massive Unterkühlung waren.

»Hier haben wir unsere Wischnewsky-Flecken«, erklärte sie und legte den Magen in eine Schale. »Wenn das Labor im Blut keine Drogen oder Gift findet, können wir sicher davon ausgehen, dass das Opfer erfroren ist.« Julia diktierte das Gewicht und fuhr dann mit der Begutachtung des Darmtraktes fort. Im Gegensatz zum Magen waren in den aufgeschnitten Schlingen keine Auffälligkeiten festzustellen. Das galt auch für die übrigen Organe. Julia beförderte sie zurück in die Körperhöhle und überließ Lenja das Verschließen des Leichnams. Gerade als sie fast fertig waren, schwang die Tür zum Autopsiesaal auf und Florian kam herein.

»Tut mir leid. Heute Morgen war die Hölle los. Ich bin zu spät.« Sein Blick ging von Julia zu Lenja. »Sie müssen Julias neue Assistentin sein. Mein Name ist Florian Kessler. Ich arbeite bei der Kripo und vor Ihnen liegt einer meiner Fälle.« Er lächelte, verzichtete jedoch darauf, Lenja die Hand zu reichen. Julia sah, wie sein Blick an ihren blutigen Handschuhen klebte. Er räusperte sich kurz und wandte sich wieder an Julia. »Weißt du schon, woran sie gestorben ist?«

Julia entledigte sich ihrer Gummihandschuhe und bat Florian in ihr Büro. Lenja Nielsen war routiniert genug, die Obduktion allein abzuschließen.

»Sie ist erfroren«, sagte Julia und ließ sich auf ihren Stuhl sinken. »Es handelt sich um eine Frau Anfang zwanzig, die offenbar kerngesund war. Es gibt keine anderen Anzeichen von Gewalt, außer die Fesselmale an Hand- und Fußgelenken. Ihr Mörder hat sie irgendwo in der Kälte liegen lassen und gewartet, bis sie tot war. In die stehende Position kam sie frühestens sechs Stunden später. Die Lage der Totenflecke lässt darauf schließen.«

Florian runzelte die Stirn. »Wie meinst du das? Sie wurde nicht ertränkt?«

Julia schüttelte den Kopf. »In ihren Lungenflügeln war kaum Flüssigkeit. Ein Kältetod kann bereits eintreten, wenn das Opfer lange genug bei niedrigen Temperaturen bewegungslos ist. Die Frau war an Armen und Beinen festgebunden. Für einen solchen Tod reicht schon eine ungeheizte Wohnung bei den derzeitigen Außentemperaturen. Wenn das Opfer dazu noch mit Medikamenten oder Drogen ruhiggestellt wird, hat es keine Chance mehr. Der Tod tritt in einer Zeitspanne von zwei bis zwölf Stunden ein, wenige Stunden könnten demzufolge gereicht haben.«

»Übel«, stieß Florian aus. »Der Täter hat sie also erst sterben lassen und anschließend eingefroren.«

Julia nickte. »Anhand ihres Zustandes schätze ich, dass sie nicht länger als drei oder vier Tage tot ist. Exakter kann ich es leider nicht feststellen, da das Eis sie konserviert hat.«

»Ich begreife immer noch nicht, wie jemand das bewerkstelligt haben kann. Wie genau hat er sie ins Eis hineinbekommen?« Florian rieb sich angestrengt die Schläfen. »Es sind zwei Tage vergangen, in denen wir sie noch nicht einmal identifizieren konnten. Solange wir nicht wissen, wer sie ist, können wir ihr Umfeld nicht untersuchen. Wir müssen also anders an die Sache herangehen und herausfinden, wie solche Skulpturen hergestellt werden und wo.« Er sah Julia an und lächelte. »Ich habe gleich einen Termin bei einem Eisbildhauer. Er ist in der Szene recht bekannt. Hast du Lust, mitzukommen? Vielleicht verstehen wir nach dem Besuch besser, wie der Täter die Frau in diese Eisskulptur bekommen hat.«

4

Der Hof lag außerhalb von Köln. Sie fuhren Richtung Norden, ohne viel zu sprechen. Beide hingen ihren eigenen Gedanken nach. Julia führte sich wieder und wieder die Obduktion der Frau vor Augen. Nach einer Weile kreisten ihre Gedanken um das Eis und die kalten Temperaturen. Hätten sie jetzt Hochsommer, könnten sie den Kreis der Verdächtigen auf Metzger, Kühlhausbetreiber, Lagerarbeiter in Supermärkten und weitere Personen eingrenzen, die über Zutritt zu einer gut funktionierenden Kühlanlage verfügten und zudem künstlerisch begabt waren. Der kalte Winter jedoch machte eine Kühlanlage überflüssig. Ein großer Tank oder irgendein Becken im Freien genügte. Innerhalb weniger Tage gefror das Wasser darin zu einem Eisklotz. Julia überlegte fieberhaft. Die Frau hatte mitten in der Statue gesteckt. Wie hatte der Täter dieses Kunststück fertiggebracht? Wie wurde der Arm mit dem Spiegel in der Hand im Wasser fixiert? Hatte er die Totenstarre ausgenutzt? Arbeitete er überhaupt allein oder hatten sie es gar mit mehreren Tätern zu tun? Julia war gespannt auf den Eisbildhauer.

»Wie ist sie so, deine neue Assistentin?«, fragte Florian plötzlich und riss Julia damit aus ihren Gedanken.

Sie zuckte mit den Schultern. »Ich vermisse Emanuel«, erwiderte sie leise. »Ich denke, Lenja Nielsen hat es nicht gerade leicht mit mir. Aber sie macht sich gut.«

»Sie wirkt nicht wie eine Rechtsmedizinerin. Ich hätte sie eher als extrovertiert und gesellig eingeschätzt.«

»Was soll das denn heißen?« Julia lachte und Florian errötete. »Müssen alle Rechtsmediziner einsame Muffel sein so wie ich?«

»Nein. Um Gottes willen. Das habe ich nicht gemeint.« Florian ergriff ihre Hand und drückte einen Kuss darauf. »Du bist kein einsamer Muffel. Lenja Nielsen passt irgendwie nicht in die Rechtsmedizin. Ist nur so ein Gefühl. Der erste Eindruck kann auch täuschen.« Florian bog in eine schmale Straße ab und steuerte den Wagen durch ein Waldstück. Die Reifen knirschten auf dem frischen Schnee, der pausenlos vom Himmel fiel. Rechts und links standen kahle Bäume, die traurig der Kälte trotzten. Ihre langen, schneebedeckten Äste krümmten sich unter der Schneelast und erinnerten Julia an winkende Arme, die um Hilfe riefen. Zudem wirkte alles düsterer als in der Kölner Innenstadt. Obwohl Julia in einem beheizten Auto saß, zog sie instinktiv ihren Mantel enger. Ihr graute es schon davor, auszusteigen. Wenigstens hatte sie dieses Mal an Mütze und Handschuhe gedacht. Auf dem Hof eines Eisbildhauers erwartete sie garantiert auch in den Innenräumen eisige Kälte.

Rechts und links eröffneten sich verschneite Felder, als sie die Baumreihen hinter sich ließen. Florian steuerte das Auto bis zu einem Gebäude aus dunkelrotem Ziegelstein. Über dem Tor zum Gehöft hing ein großes Schild: *Der Zauber des Eises. Kunstwerkstatt Hanjo Wegner.*

Sie hielten an und stiegen aus. Reifenspuren auf dem Hof verrieten, dass der Künstler oder einer der Bewohner an diesem kalten Tag bereits unterwegs gewesen war. Ein Lieferwagen und ein Pkw parkten vor dem Eingang zum Wohnhaus. Zu beiden Seiten gingen Gebäude ab, die wie Scheunen aussahen. Im Hof selbst fand sich kein Hinweis darauf, dass hier ein Bildhauer tätig wäre. In einer Ecke lagerten schneebedeckte, alte Reifen, ein paar Paletten und ein kleiner Schrank. Davor reihten sich etliche Gummieimer auf. Vor der rechten Scheune lehnte eine Holzleiter, an deren Fuß eine Schubkarre stand. Florian klingelte an der Haustür. Es dauerte eine Weile, bis endlich jemand öffnete. Ein alter Mann mit verknittertem Gesicht und Zigarre im Mundwinkel erschien im Türrahmen und musterte Florian kritisch.

»Guten Tag. Mein Name ist Florian Kessler von der Kriminalpolizei Köln. Und das ist meine Kollegin, Rechtsmedizinerin Julia Schwarz. Sind Sie Herr Hanjo Wegner? Wir hatten gestern telefoniert.«

Der Alte kniff die Augen zusammen und schüttelte den Kopf. Dann machte er einen Schritt rückwärts in den Flur und brüllte nach hinten: »Hanjo. Hier sind Leute für dich.« Er sah sie wieder an und murmelte: »Kleinen Moment.« Anschließend schlurfte er zurück ins Haus. Die Tür blieb offen. Die Kälte kroch Julia an und sie wäre dem Alten am liebsten ins Warme gefolgt. Fröstelnd starrte sie in den Hausflur, doch es rührte sich nichts.

Erst nach ein paar Minuten hörte sie die Stufen einer Holztreppe knarren. Ein Mann, vielleicht Mitte dreißig, erschien im Flur.

»Ich bin Hanjo Wegner«, sagte er und reichte Florian die klobige Hand. Der Mann war gut eins neunzig groß, hatte kräftige, breite Schultern und trug das dunkle Haar schulterlang. Ein Vollbart zierte sein Gesicht. Die Lippen und Konturen seines Kinnes konnte Julia nur erahnen. Unter den dichten Augenbrauen stachen hellblaue, kalt scheinende Augen hervor. Sie musterten Julia intensiv.

»Darf ich fragen, wer Sie sind?« Sein Blick klebte auf Julia, während er ihr die Hand zum Gruß entgegenstreckte.

Julia nahm die Hand und drückte sie fest. »Julia Schwarz von der Kölner Rechtsmedizin.«

»Rechtsmedizin?« Die Brauen des Mannes schossen in die Höhe. »Davon hatten Sie gar nichts gesagt.« Er sah wieder zu Florian.

»Das hat sich kurzfristig ergeben. Dürfen wir reinkommen?«

»Oh. Ja. Natürlich. Entschuldigen Sie. Ich habe nicht alle Tage solchen Besuch.« Er trat zur Seite. »Gehen Sie am besten durch in den Wintergarten. Von dort gelangen wir auch direkt in meine Werkstatt.«

Julia folgte Florian und Hanjo Wegner durch den breiten Flur, dessen Decke allerdings ziemlich niedrig war. Gleiches galt für das winzige Wohnzimmer, an das sich ein erstaunlich moderner Wintergarten anschloss. Julia nahm auf einem Sessel neben Florian Platz.

»Wie genau kann ich Ihnen weiterhelfen?«, fragte Hanjo Wegner und ließ sich geräuschvoll auf eine Sitzbank aus Korbgeflecht fallen, die unter seinem Gewicht ächzte.

»Sie haben es vielleicht schon der Presse entnommen, die zwischenzeitlich recht ausführlich über eine Tote in einer Eisskulptur berichtet hat. Wir ermitteln in diesem Fall und würden uns gerne über die Technik der Eisbildhauerei informieren.« Florian legte ein Foto von der Eisskulptur auf den kleinen Tisch, der vor der Korbbank stand, und schob es zu Wegner hinüber.

»O mein Gott«, stöhnte der Mann und betrachtete das Foto lange. »Ich war in letzter Zeit ziemlich beschäftigt und habe überhaupt nichts davon mitbekommen. In zehn Tagen eröffnen wir eine größere Ausstellung und arbeiten derzeit auf Hochtouren. Mir ist ein Kältegerät ausgefallen, das die Temperatur in der Werkstatt auf konstant minus acht Grad halten soll. Das macht das alles nicht gerade leichter.« Er sah zu Julia und musterte sie abermals durchdringend. »Die Ausstellung wird einmalig. Wenn Sie mögen, gebe ich Ihnen eine Führung. Wir sind zehn Künstler aus aller Welt.«

Julia lächelte zurückhaltend. »Wie mein Kollege eben erwähnt hat, ermitteln wir in einem Mordfall. Insbesondere würde uns interessieren, wie so eine Statue hergestellt wird und ob Sie sich vorstellen können, wie man darin eine Leiche platzieren kann.«

Hanjo Wegner verzog enttäuscht das Gesicht und erhob sich. »Dann kommen Sie doch am besten direkt in die Werkstatt. Die Herstellung einer solchen Figur ist nicht schwierig.« Er deutete auf das Foto. »Und wer auch immer diese Eisskulptur geschaffen hat, war nicht sonderlich gut.«

»Woran machen Sie das fest?«, wollte Florian sofort wissen und beeilte sich, dem Künstler zu folgen.

»Ich zeige es Ihnen gleich.« Hanjo Wegner ging mit großen Schritten voraus durch eine schmale Tür. Dort drehte er sich abrupt und kam wieder zurück.

»Vater? Wir sind in der Werkstatt«, brüllte er und setzte seinen Weg fort.

Es kam keine Antwort von dem alten Mann, der ihnen die Tür geöffnet hatte. Julia vermutete ihn in der Küche, die gegenüber vom Wohnzimmer vom Flur abging und aus der unaufhörlich der Qualm seiner Zigarre drang.

Die Werkstatt war in einer der Scheunen untergebracht. Die Temperatur lag gefühlt weit unter acht Grad minus. Julia knöpfte ihren Mantel zu und sah sich um. An der Wand hingen diverse Werkzeuge. Hämmer, Sägen, Kettensägen, eine Axt, Meißel in verschiedenen Größen und drei Gasbrenner. In der Mitte der Halle befand sich ein großes Becken, das gut zwei Meter breit und sechs Meter lang war. Darüber schwebte der eiserne Haken einer Hebevorrichtung.

»Verflucht. Nur noch minus drei Grad.« Wegner schüttelte den Kopf und deutete auf die zur Hälfte fertiggestellte Figur eines Pferdes. »Wir wollten nachher den Hals ankleben, aber dafür muss es kälter sein.« Er blickte auf seine Armbanduhr und stöhnte auf. »Meine Kollegen kommen in einer Stunde. Ich muss mal ganz kurz etwas nachsehen.« Er verschwand hinter einem hohen Regal. Julia hörte ihn leise fluchen. Die Ventilatoren der Kältetechnik über ihnen brummten. Sie sah nach oben. Das System schien selbst gebastelt. Blechröhren baumelten an der hohen Decke und vibrierten wenig vertrauenerweckend. Sie machte ein paar Schritte nach vorn und betrachtete das Becken, das in den Boden eingelassen war und ungefähr einen Meter herausragte. Julia sah hinein. Es war mindestens eineinhalb Meter tief. Mehrere mit Wasser gefüllte Edelstahlquader standen darin.

»Hier stellen wir die Eisblöcke her, mit denen wir arbeiten«, sagte Wegner, der gerade wieder hervorkam. Er deutete auf die Schläuche, die in die Edelstahlformen führten. »Wir benutzen Druckluft. Dadurch wird das Wasser während des Gefrierprozesses die gesamte Zeit über bewegt. So wird das Eis ganz klar und durchsichtig. Sozusagen lupenrein.« Er lächelte. »In den Edelstahlformen wachsen die Eisblöcke. Das dauert gut eine Woche.«

»Nur eine Woche? Das geht ja recht schnell«, bemerkte Florian und machte sich Notizen.

»Ja. Deshalb arbeite ich so gerne mit Eis. Im Gegensatz zu Stein lässt es sich einfach beschaffen oder herstellen und zudem benötigt man für das Fertigen einer Eisskulptur in der Regel nicht länger als vier oder fünf Tage. Für eine Marmorfigur brauchen Sie Monate. Ich liebe dieses Material, auch wenn es vergänglich ist.«

Julia zeigte auf das Wasserbecken. »Haben Sie das selbst gebaut?«

Hanjo Wegner nickte stolz. »Ja, es ist im Grunde genommen eine riesige Tiefkühltruhe. Fast alles, was Sie hier sehen, ist selbst gemacht. Man kann die Eisblöcke auch fertig kaufen. Aber das war mir auf

Dauer zu teuer. Allein der Transport im Tiefkühllaster kostet ein Vermögen.« Er pochte auf die Edelstahlform. »Das Eis wächst von außen nach innen. Sobald es fertig ist, heben wir die Form mit dem Kran heraus und lassen sie ungefähr drei Stunden antauen. Anschließend helfen wir mit dem Gasbrenner nach, damit das Eis aus der Form rutscht. Da drüben liegt ein frischer Eisblock.«

Julia blickte zu dem Koloss aus Eis, der an der Wand auf dem Boden lag.

»Taut der nicht?«, fragte sie verwundert.

»Bei diesen Temperaturen nicht. Sofern die verdammte Kälteanlage läuft und wir konstant bei minus acht Grad sind, dann praktisch nie. Wenn Sie den Eisblock im Sommer aufstellen, dauert es mehrere Tage, bis er geschmolzen ist. In diesem Winter taut draußen gar nichts.«

»Wie schwer ist dieser Block?« Florian fuhr mit der Hand über das glasklare Eis.

»Mindestens eine halbe Tonne«, erwiderte Wegner. »Bei solchen riesigen Blöcken verwenden wir eine besonders große Edelstahlform, die liegend im Becken platziert wird. Die Unebenheiten auf der Oberfläche werden mit einem Gasbrenner weggeschmolzen. Ansonsten lässt sich das Eis leicht mit jedem erdenklichen Werkzeug bearbeiten.«

»Und was ist das?« Julia zeigte auf einen anderen Eisklotz, der mit einer Schicht aus undurchsichtigem Eis bedeckt war.

»Das ist Trockeneis. Damit wird die Feuchtigkeit von der Oberfläche entfernt. Zeigen Sie mir noch einmal das Foto?«

Florian hielt es ihm hin. Wegner fuhr mit dem

Zeigefinger über die abgebildete Eisskulptur. »Das Eis sieht nicht völlig klar aus. Alle mir bekannten Künstler arbeiten mit Druckluft, um glasklares Eis zu bekommen, oder kaufen die Blöcke bei professionellen Herstellern ein. Wenn Sie mich fragen, wurde dieser Eisblock selbst hergestellt, und zwar ohne Druckluft. Zudem stimmen die Proportionen der Statue nicht ganz. Der Kopf ist beispielsweise im Verhältnis zum Körper ein wenig zu klein. Genauso Hände und Arme. Sehen Sie!« Hanjo Wegner ging zu einem Regal und zog ein Buch über die Kunst des Bildhauens heraus. »Vergleichen Sie die Proportionen«, forderte er Florian und Julia auf.

»Ich sehe es«, meinte Julia nach einer Weile. »Der Täter ist also wahrscheinlich kein Profi.«

»So könnte man es ausdrücken.«

»Und wie hat er die tote Frau in das Eis hineinbekommen?« Florian sah wieder den Eisblock an.

Wegner holte ein anderes Buch aus dem Regal. »Das ist der *Hamburger Eiszauber*, eine Eiskunstausstellung, die jedes Jahr in der Hansestadt stattfindet. Ich habe für eine Eisbar große Eisblöcke mit eingefrorenen Akazienstämmen geliefert.« Er zeigte das Foto von einer Bar, im Hintergrund war eine Eiswand mit den Bäumen zu erkennen, die aussahen, als wären sie in dem Eis gewachsen. Das Ensemble wurde wunderschön in verschiedenen Farben angeleuchtet.

Julia starrte fasziniert auf das Bild.

»Wie wurden die Stämme denn in der Mitte des Eises platziert? Haben Sie irgendwelche Halterungen benutzt?«

»Entweder man nimmt eine kleinere Eisplatte, auf

die man die zu fixierenden Gegenstände legt, oder man bastelt sich Stützen aus Eis. Wenn die Objekte fertig drapiert sind, wird Wasser darübergegossen. Alles friert nahtlos zusammen, und so sind die Hilfsmittel später im fertigen Eisblock nicht mehr sichtbar. Bei den Akazienstämmen reichten ein paar Stützen. Bei der Toten vermute ich eine Eisplatte und für den Handspiegel Stützen.« Wegner legte sich auf den Boden und hob den rechten Arm etwas an. »Es sind nur Feinheiten. Aber sehen Sie? Der rechte Arm schließt mit Rücken und Hinterkopf ab.« Er stand wieder auf und betrachtete das Foto mit der Toten noch einmal.

»Ich weiß, was Sie meinen«, erwiderte Julia, der dieses Detail an der Eisskulptur bisher nicht aufgefallen war. »Normalerweise müsste der Arm etwas nach vorne kommen.« Sie winkelte den Arm an und tat so, als würde sie sich in einem imaginären Handspiegel betrachten. »Der Kopf ist ebenfalls ein wenig zu weit nach rechts gedreht.«

Florian schüttelte den Kopf. »Ich verstehe kein Wort.«

Sofort legte sich Wegner abermals auf den Rücken und demonstrierte die Pose erneut. »Der Arm liegt einfach auf dem Boden. Das Gesicht schaut zur Seite.« Er kam hoch und hob den Arm abermals. »Jetzt blicke ich nach vorne in den Handspiegel.«

Florians Gesicht sprach Bände. Er verstand es offenbar immer noch nicht. Julia half ihm: »Ich vermute, dass sie zum Einfrieren ins Wasser gelegt wurde, als der Körper noch beweglich war. Also vor Eintritt der Totenstarre. Ohne Muskelkraft fällt der Arm, wie eben gezeigt, schlaff zur Seite. Es wurde keine Stütze oder

Halterung benutzt, um eine natürliche Körperhaltung perfekt nachzuahmen.« Sie drehte das Foto in die Waagerechte. »Siehst du, die Frau steht nicht. Sie liegt.«

Florian nickte langsam. »Jetzt verstehe ich es.«

»Ja«, fügte Julia hinzu. »Das passt auch zu der Lage der Totenflecken.«

»Wir haben es also mit jemandem zu tun, der zwar kein guter Bildhauer ist, aber trotzdem weiß, wie man grundsätzlich eine Eisskulptur herstellt. Wie aufwendig ist es denn, so eine Kühltruhe zu bauen?«, wollte Florian wissen.

»Nicht sonderlich. Die Materialien bekommt man in jedem Baumarkt und Anleitungen gibt es im Internet. Die Kältetechnik für die Raumtemperatur gibt es im Fachhandel. Wer will, kann sich komplette Kühlräume konzipieren lassen. Aber wie gesagt, das ist nicht unbedingt notwendig. Große Eisblöcke schmelzen nicht so schnell. Zum Erlernen der Eisbildhauerkunst können Sie sogar Kurse belegen. Ich biete auch regelmäßig welche an.« Wegners Finger verschwanden in seinem üppigen Vollbart. Er rieb sich nachdenklich das Kinn. »In vier Wochen, gleich nach der Ausstellung, beginnt der nächste Kurs. Sie können gerne teilnehmen.«

»Nein, danke«, erwiderte Florian. »Ich glaube, fürs Erste haben wir genug erfahren. Sie könnten mir aber eine Liste von allen Kursteilnehmern, die Sie in der Vergangenheit unterrichtet haben, zukommen lassen. Und am besten auch die Neuanmeldungen. Wir kommen sicher noch einmal auf Sie zu.«

»Machen Sie das. Sie finden ja alleine raus. Ich muss mich jetzt um die Kälteanlage kümmern. Es ist ein bisschen kühler geworden, vielleicht läuft sie jetzt.« Er warf

Julia schon wieder einen durchdringenden Blick zu und drückte ihre Hand ein wenig länger zum Abschied. »Denken Sie daran, falls Sie Interesse an der Eisausstellung haben, führe ich Sie gerne durch.« Er zwinkerte ihr zu und begab sich dann wieder hinter das Regal, wo sich die Steuerung der Kältetechnik befand.

Florian verdrehte die Augen. »Da hast du wohl einen neuen Verehrer«, flüsterte er im Hinausgehen.

»Pst.« Julia legte den Zeigefinger auf die Lippen. »Nicht dass uns noch sein Vater hört.« Sie deutete auf eine Qualmwolke, die gerade in den Flur waberte.

»Auf Wiedersehen«, sagte sie laut und hielt den Atem an. Sie mochte den Gestank von Zigarren nicht, was vermutlich darauf zurückzuführen war, dass sie nur allzu gut wusste, wie eine Raucherlunge von innen aussah. Die Vorstellung von dem schwarzen, öligen Belag war ihr zuwider. Sie hastete durch den Flur und riss die Haustür auf. Wunderbar, frische Luft! Sie atmete tief ein. Ihr Blick wanderte kurz zu dem weißen Transporter, der immer noch vor dem Haus parkte. Sie marschierte auf Florians Wagen zu. Als sie die Autotür öffnete, klingelte ihr Handy.

Sie meldete sich mit »Julia Schwarz«, denn auf dem Display erschien die Nummer des rechtsmedizinischen Institutes.

»Holsten, hier. Wo sind Sie? Ich muss Ihnen jemanden vorstellen.«

5

»Annabell, du bist einfach noch nicht so weit.« Madame Bonnet fuchtelte mit ihren dünnen Armen in der Luft. »Du musst die Anmut einer Königin haben, die über die Bühne schwebt. Mit Leichtigkeit. Wie eine Feder.« Die Tanzlehrerin drehte zur Demonstration eine Pirouette. »Niemand darf dir die Anstrengung ansehen.«

»Aber ich habe doch fehlerfrei getanzt. Katharina hat mehrere Schritte verpatzt.«

Madame Bonnet nickte langsam und bedachte sie mit einem mitleidigen Blick. »Ich weiß nicht, Annabell.« Sie seufzte theatralisch. »Von mir aus. Wir versuchen es heute im Training noch einmal. Also, Abmarsch, auf deine Position.« Sie klatschte in die Hände und die Mädchen huschten auf ihre Plätze. Annabell flog regelrecht, beinahe ohne den Boden zu berühren. Heute würde sie Madame Bonnet beweisen, dass sie die richtige Primaballerina war. Sie konnte diese Rolle tanzen. In den letzten Tagen hatte sie nichts anderes mehr getan, als zu üben. Ihr Magen knurrte. Gegessen hatte sie auch nicht allzu oft. Mit vollem Magen tanzte es sich nicht gut. Außerdem wollte sie nicht fett werden. Sie hatte sich mit Proteindrinks über Wasser gehalten und mit Salat, auf den sie eine Handvoll Hühnchenbruststreifen verteilt hatte. Sie spannte den Körper an. Jeder Muskel schmerzte. Dann legte Annabell los, im perfekten Takt zur Musik. Eine Dehnung nach links, eine Drehung, danach ein lang gestreckter Sprung. Sie ließ sich fallen und spreizte die Beine zum Spagat. Sie lehnte den Oberkörper zur Seite, die Arme weit nach oben ausgestreckt. Schweiß bildete sich auf ihrer Stirn und im Nacken. Ihr Herz pumpte. Hitze kroch durch jede Zelle. Ihr Körper glich einem Kraftwerk. Sie sprang leichtfüßig auf, zu dem Spiegel an der Wand, kontrollierte ihre Haltung und drehte die Füße. Die Blasen unter den Sohlen ignorierte sie. Katharina und die anderen Mädchen folgten. Annabell schwebte in die entgegengesetzte Richtung, anschließend tänzelte sie auf der Stelle, wobei sie sich haargenau an die vorgegebene Schrittfolge hielt. Madame Bonnet beobachtete sie mit Adleraugen. Ihre dünnen Lippen waren geschürzt. Sie wedelte mit den Armen wie eine Dirigentin. Dann war die Passage zu Ende und Annabell setzte sich schwer atmend auf den Boden. Ihre Lunge arbeitete auf Hochtouren. Der Schweiß lief ihr in Sturzbächen über den Rücken und tropfte vom Kinn. Im Augenwinkel nahm sie Katharina wahr. Sie wandte sich um und stellte fest, dass ihre Freundin kaum schwitzte. Sie sah mit ihrem tadellos geflochtenen Zopf so aus, als hätte sie noch keine Minute trainiert. Wie machte sie das bloß?

»Das war wunderbar, Mädchen«, lobte Madame Bonnet und schenkte Annabell wider Erwarten ein Lächeln.

Sogleich entspannte sich Annabell ein wenig.

»Morgen üben wir mit den Jungs. Ich spreche gleich mit Igor und bereite alles vor. Ich weiß noch gar nicht, wer von ihnen die Hauptrolle bekommt. Es entscheidet sich zwischen Philip und Antonio.«

Der erste Name ließ Annabells Herz höher schlagen. Er mit ihr zusammen auf der großen Bühne. Das wäre ein Traum. Philip war neu. Er war vor ein paar Monaten an ihre Hochschule gekommen und sie fand ihn einfach umwerfend. Groß, schlank, muskulös, grüne Katzenaugen und schwarze Locken. Von seinem Lächeln ganz zu schweigen.

»Ich hoffe, es wird Philip«, stieß Katharina hervor und presste die Hände aufs Herz. »Ich würde so gerne mit ihm tanzen.«

Annabell blickte sie erschüttert an. Was bildete sich Katharina ein? Sie war doch die erste Tänzerin. Madame Bonnet hatte zufrieden gewirkt. Wie kam Katharina nur darauf, dass sich an dieser Rangfolge noch einmal etwas ändern könnte? Sie sah zu Madame Bonnet, die Katharinas Worte gehört hatte.

Die Französin lächelte. Sie widersprach nicht. Annabell spürte Wut in sich aufsteigen. Sie hielt es keine Sekunde länger in diesem Raum aus. Das Training war sowieso zu Ende. Aufgebracht schnappte sie ihre Sachen und stürmte hinaus.

6

Julia eilte fröstelnd durch den Hintereingang ins rechtsmedizinische Institut. Sie ging mit kleinen, schnellen Schritten durch den kargen Flur und stoppte vor Manfred Holstens Büro. Julia ahnte, dass er ihr seine Nachfolgerin oder seinen Nachfolger präsentieren wollte. Sie war gespannt. Mit ihrem Chef hatte sie sich immer gut verstanden. Hoffentlich änderte sich das mit der neuen Besetzung nicht. Julia klopfte an und öffnete die Tür. Hinter dem Schreibtisch saß wie erwartet ihr Vorgesetzter. Als er sie sah, lächelte er breit.

»Julia, wie schön. Kommen Sie herein. Es ist endlich in trockenen Tüchern. Darf ich Ihnen meinen Nachfolger und Ihren künftigen Chef vorstellen?«

Den Rest von Holstens Worten hörte Julia schon gar nicht mehr. Der Mann mit dem dunklen Haarschopf, der vor seinem Schreibtisch saß, hatte sich inzwischen erhoben und umgedreht. Julia erkannte ihn sofort. Sie taumelte.

»Julia? Alles in Ordnung?« Holsten stand ebenfalls auf und kam mit besorgtem Blick um den Schreibtisch auf sie zu.

Julia war sprachlos. Sie blinzelte ein paarmal. Ihr Hirn wehrte sich gegen die Erkenntnis.

»Valentin?«, entfuhr es ihr irgendwann, und Holsten musterte seinen Nachfolger überrascht.

»Sie kennen sich?«

Julia nickte wie fremdgesteuert.

»Wir haben zusammen studiert«, erklärte Valentin Henzler mit seiner typisch tiefen und rauen Stimme, die Julia augenblicklich einen Schauer über den Rücken jagte. Sie hatte diese Stimme einmal geliebt. Und dann nur noch gehasst.

»Wir waren mal ein Paar«, ergänzte sie knapp und registrierte, wie Manfred Holsten fast die Augen aus dem Kopf fielen.

Julia funkelte Valentin an. »Können wir uns kurz alleine unterhalten? In meinem Büro?« Sie machte auf dem Absatz kehrt und rannte beinahe über den grauen Bodenbelag, der bei jedem ihrer Schritte quietschte. Julia hatte das Gefühl, der Boden verhöhnte sie mit diesen widerlichen Geräuschen. Wie lächerlich. Wut, Entsetzen, Überraschung, Verletztheit. Sie konnte gar nicht sagen, was sie zuerst fühlte und in welcher Reihenfolge. Vielleicht überfiel sie auch alles auf einmal. Ihre Schläfen pochten heiß. Ihr Magen wog Tonnen. Sie riss die Tür zu ihrem Büro auf. Das Türblatt krachte gegen die Wand. Es war ihr egal. Sie stolperte zu ihrem Schreibtisch. Drehte sich um. Lehnte sich an die Tischplatte und krallte die Finger daran fest.

Valentin erschien im Türrahmen. Das Gesicht eine Spur blasser. Sein Blick fixierte sie. So etwas wie ein Lächeln huschte über seine Lippen. Ein Zeichen von Verlegenheit. Julia kannte es nur zu gut.

»Was hast du hier zu suchen?«, stieß sie hervor. Viel lauter und unbeherrschter als geplant.

Valentin schloss die Tür hinter sich.

»Holsten hat mir ein super Angebot gemacht. Ich konnte unmöglich ablehnen. Und ich dachte, es macht dir nichts aus.«

Julia taxierte Valentin. Am liebsten wäre sie ihm an die Gurgel gesprungen. Sie hatte ihn längst aus ihrem Leben verbannt und wollte, dass das so blieb. Ihre Trennung war ein Jahr her. Ihre Beziehung hatte bereits ein ganzes Jahr davor einen tiefen Riss erlitten. Valentin hatte sie betrogen.

Diesen Verrat hatte Julia bisher nicht überwunden, obwohl sie sich ernsthaft Mühe gegeben hatte – monatelang. Doch immer wenn Valentin abends ausgegangen war oder sich länger nicht bei ihr gemeldet hatte, gruben sich die Zweifel erneut tiefer in ihr Herz. Das Vertrauen war einfach zerstört. Irgendwann sah Julia keinen anderen Weg mehr, als die Notbremse zu ziehen. Sie wollte nicht zu einer verbitterten Frau werden oder zu jemandem, der seinen Partner auf Schritt und Tritt kontrollierte. Valentin hatte ihren Glauben an die Liebe beinahe ausradiert. Während des Studiums hatte Julia keine Sekunde daran geglaubt, dass ihre Beziehung jemals scheitern könnte. Bis zu jenem Tag, an dem sie den Geruch einer anderen Frau an seinem Hemd wahrnahm.

»Dir ist aber klar, dass wir nicht zusammenarbeiten können«, fauchte sie und starrte Valentin wütend an.

Der verzog das Gesicht und kratzte sich verlegen am Ohr. »Hör mal, Julia. Das ist doch eine halbe Ewigkeit her. Können wir die Sache nicht schlicht vergessen und von vorne anfangen?« Er grinste schief, und Julia spürte, wie sie sein Lächeln noch wütender machte.

»Ich will nichts mit dir zu tun haben.« Den nächsten Satz, der ihr auf der Zunge lag, schluckte sie hinunter. Sie wollte ihn nicht beleidigen. Sie hatten sich wegen dieser Sache Hunderte Male gestritten. Sämtliche Argumente waren ausgetauscht. Es gab nichts mehr hinzuzufügen. Für Valentin war es ein harmloser Fehltritt, für Julia der Zusammenbruch ihrer bisherigen Welt. Zwei mögliche Sichten auf die Dinge. Seine Perspektive schmerzte sie umso heftiger.

»Geh zu Holsten und sage ihm, dass du es dir anders überlegt hast«, forderte sie.

Valentin presste die Lippen zu zwei schmalen Linien zusammen. »Das kann ich nicht.«

»Wieso?«

»Ich habe meinen alten Job in der Rechtsmedizin Bonn bereits gekündigt. Willst du, dass ich auf der Straße stehe?« Er kam einen Schritt auf sie zu. Sein Parfüm stieg ihr in die Nase. Widerwillig drehte sie den Kopf zur Seite.

»Das ist doch nicht mein Problem«, zischte sie. »Du wirst schon etwas anderes finden.«

»Julia, bitte.« Valentin stand unmittelbar vor ihr. Seine Nähe irritierte sie. Sein Blick war warm, bittend. »Mir war nicht klar, dass du die Geschichte mit uns immer noch nicht verarbeitet hast. Ich dachte, es macht dir nichts mehr aus. Das war wohl ein Fehler.« Er sah ihr direkt in die Augen. »Ich werde dir nicht reinreden. Okay? Du machst einfach so weiter wie bisher. Wir haben doch kaum Überschneidungspunkte.«

»Kaum Überschneidungspunkte?«, prustete Julia. Valentin schien ein Talent dafür zu besitzen, Katastrophen herunterzuspielen. Denn nichts anderes passierte hier gerade. Er war ihr Ex, raus aus ihrem Leben, und nun sprang er unvermittelt wieder mitten hinein. Sie würden sich täglich über den Weg laufen, doch er spielte diese Tatsache herunter und stellte sie zudem als verbitterte Ex-Freundin hin, die noch nicht mit der Trennung abgeschlossen hatte. Sie rannte hinter ihren Schreibtisch. Sie musste Abstand zu diesem Ignoranten schaffen. Sie holte tief Luft und bemühte sich, sachlich zu bleiben.

»Wir werden eine Menge miteinander zu tun haben. Das weißt du genauso gut wie ich.«

Valentin zuckte mit den Achseln. »Wir werden uns sicherlich hie und da besprechen, aber das konnten wir doch früher auch. Erinnerst du dich nicht mehr? Wir waren ein super Team. Warum sollte das nicht wieder funktionieren? Außerdem sind wir schon über ein Jahr auseinander.« Er beugte sich vor und stützte die Hände auf ihren Schreibtisch. »Verdammt noch mal, Julia. Es war deine Entscheidung, dich zu trennen. Aber das muss ja nicht heißen, dass wir nicht wenigstens zusammenarbeiten können. Ist dir denn alles nichts mehr wert, was wir einmal hatten?« Seine dunkelbraunen Augen fixierten sie. Verletztheit blitzte darin auf.

Doch davon ließ Julia sich nicht täuschen. Sie kannte seine Spielchen. Ständig verdrehte er die Tatsachen. Er hätte hier niemals auftauchen dürfen. Das war ihr Institut. Er hatte die Grenze überschritten. Nicht sie. Und dass er jetzt auch noch das Opfer spielte, schlug dem Fass den Boden aus.

»Du hast unsere Beziehung zerstört«, stellte sie fest und stockte, denn jemand klopfte an die Tür und öffnete sie auch schon.

»Darf ich kurz stören?«, fragte Lenja Nielsen. Julia wollte sich gar nicht ausmalen, wie lange ihre Assistentin bereits vor der Tür gestanden hatte. »Es ist wichtig.« Lenja musterte Valentin flüchtig und sah anschließend wieder Julia an.

»Wir sprechen ein andermal weiter«, sagte Valentin und verließ, ohne sich bei Julias Assistentin vorzustellen, den Raum.

Lenja wartete einen Moment, dann fragte sie: »Wer war das? Der kommt mir irgendwie bekannt vor.«

Julia seufzte. Kein Wunder. Valentin stand öfter in der Presse. Er beriet unter anderem die Filmemacher des *Tatortes*. Immer wenn es einen spektakulären Todesfall gab, war Valentin mit Kommentaren ganz vorn dabei. Sogar ins Fernsehen hatte er es schon geschafft.

»Valentin Henzler«, erklärte Julia knapp.

Lenja schlug sich die Hand vor den Mund. »Wow. Sie kennen Valentin Henzler?«

Julia verdrehte die Augen. Diese Reaktion hatte ihr gerade noch gefehlt. Was fanden nur alle an diesem Mann?

»Was gibt es denn so Wichtiges?«, fragte sie und lenkte damit vom Thema ab.

Lenja blickte sie einen Augenblick irritiert an und

wedelte dann mit dem Blatt Papier, das sie in der Hand hielt.

»Der Laborbericht zum Eis, in dem die Tote eingefroren war, ist eben eingetroffen. Es gibt zwei Punkte, die sehr interessant sind. Zum einen wurde kein Trinkwasser, sondern Grundwasser verwendet und zum anderen gab es Spuren von ätherischen Ölen darin.«

Julia nickte und nahm Lenja das Papier aus der Hand.

»Okay«, murmelte sie und überflog die Tabelle. Das Wasser war demnach mit Sand und Nitraten versetzt. Nitrate fanden sich überwiegend in Düngemitteln. Der Sand sprach für eine schlechte Filteranlage. Julia vermutete, dass das Wasser aus einem Brunnen stammen könnte, der sich in der Nähe einer landwirtschaftlich genutzten Fläche befand.

»Rufen Sie doch bitte mal die Abteilung für Wasserwirtschaft von Köln an. Ich glaube, Brunnen sind immer anzeigepflichtig, sie sind alle registriert. Vielleicht kommen wir dem Täter so auf die Spur.« Sie las weiter und studierte die verschiedenen ätherischen Öle, die das Labor ermittelt hatte. Es waren nicht nur ätherische Öle, sondern auch Alkohol und Aromastoffe aufgeführt. Julia stutzte. Gespannt tippte sie die Bestandteile in eine Suchmaske auf ihrem Computerbildschirm ein.

»Parfüm«, stieß sie nach einer Weile aus. »Das Eis war mit Parfüm versetzt. Das ist mir gar nicht aufgefallen. Haben Sie bei der Obduktion etwas gerochen?«

Lenja schüttelte den Kopf. »Ich denke, die Bestandteile sind zu gering für unsere Nasen.«

»Das ist ja interessant.« Julia dachte nach und wählte

dann Florians Nummer, um ihm das Ergebnis mitzuteilen, doch es hob niemand ab.

»Könnten Sie auch noch beim Labor nachfragen, ob es möglich ist, das Parfüm zu identifizieren? Möglicherweise hilft uns das. Der Täter hat die Aufmachung in der Eisskulptur, das Kleid, den Spiegel und die Zusammensetzung des Wassers ja nicht zufällig gewählt.« Sie rieb sich das Kinn und sah plötzlich das Wasserbecken in Wegners Werkstatt vor sich.

»Ich muss noch mal los«, erklärte sie und bat Lenja Nielsen, sich bei ihr zu melden, sobald sie etwas Neues herausgefunden hatte. Julia eilte über den grauen Flur, hinaus zum Parkplatz. Sie war froh, dass von Valentin weit und breit nichts mehr zu sehen war. Um dieses Problem würde sie sich ein anderes Mal kümmern müssen. Jede weitere Diskussion mit Valentin war jedenfalls zwecklos. Vielleicht gelang es ihr, Manfred Holsten umzustimmen, was seine Nachfolge anging. Sie zog die Fahrertür schwungvoll heran und gab Gas.

Ungefähr zwanzig Minuten später sah sie erneut das Schild der Eiskunstwerkstatt von Hanjo Wegner vor sich. Allerdings konnte sie die Aufschrift nicht mehr entziffern, da die Dämmerung bereits eingesetzt hatte. Sie parkte ihren Wagen im Hof, und noch bevor sie aussteigen konnte, öffnete sich die Haustür. Der große, breitschultrige Mann kam herausgestürmt und stoppte erst kurz vor ihrem Golf.

»Tut mir leid. Wir haben geschlossen«, sagte er und wedelte mit den Armen.

Julia öffnete die Wagentür einen Spaltbreit. »Ich habe nur noch mal ein paar kurze Fragen«, sagte sie und stieg aus.

»Ach, Sie sind es.« Wegner fuhr sich verlegen durch das lange Haar. »Entschuldigung. Es ist schon ziemlich dunkel. Ich habe Sie nicht erkannt.« Er streckte ihr die Hand entgegen und murmelte weiter: »Das ist natürlich unverzeihlich. Was kann ich denn für Sie tun?« Der Hüne wirkte plötzlich lammfromm. Seine Stimme schnurrte wie die eines Kätzchens. Er hielt Julias Hand viel zu lange fest. Sie zog sie rasch wieder zwischen seinen kräftigen Fingern hervor.

»Ich wollte mit Ihnen noch einmal über die Wasseraufbereitung sprechen. Uns liegt inzwischen der Laborbericht zu dem verwendeten Eis vor, und ich hatte gehofft, dass Sie für die eine oder andere Sache eine Erklärung haben.«

Hanjo Wegner lächelte erfreut. Julia sah seine weißen Zähne aufblitzen.

»Gerne. Kommen Sie rein. Haben Sie sich schon überlegt, ob Sie die Eisausstellung besuchen möchten? Sie wird wirklich zauberhaft werden.«

»Nein. Noch nicht. Ich hatte den ganzen Tag zu viel zu tun.«

Wegner schob die Haustür so weit auf, dass Julia eintreten konnte.

»Sie wissen ja, wo die Werkstatt ist.« Er sah sie direkt an, und plötzlich erschien eine Falte auf seiner Stirn. »Sie wirken ein wenig mitgenommen, wenn ich das so sagen darf. Hat Sie jemand geärgert?«

Julia schluckte. So viel Sensibilität hätte sie dem großen Mann gar nicht zugetraut. Verlegen suchte sie nach einer Antwort, doch Wegner hob den Zeigefinger.

»O bitte, jetzt erfinden Sie keine Ausreden. Ich sehe es Ihnen an. Sie sind verärgert.«

Julia schwieg. Sie wollte nicht mit einem wildfremden Mann über ihre Probleme sprechen. Wegner verstand die Reaktion, er wandte sich um und lief dann schweigend voraus. Der Flur stank immer noch nach den Zigarren seines Vaters. Julia konnte ihn jedoch nirgendwo entdecken. Sie folgte Wegner durch das Wohnzimmer und den Wintergarten bis in die Werkstatt. Anders als erwartet, war die Scheune nicht menschenleer. Drei Augenpaare richteten sich neugierig auf sie, als sie die Werkstatt betrat.

»Darf ich vorstellen? Das ist Julia Schwarz, und das hier sind meine Kollegen, mit denen ich die Ausstellung durchführe. Allesamt Künstler mit allergrößtem Talent.« Er grinste und trat zu einem schlaksig wirkenden Mann mit blondem Pferdeschwanz.

»Mike Kühnert«, stellte Wegner ihn vor und stieß dabei die geballte Faust gegen die des Mannes. Julia gab ihm die Hand. Anschließend stolzierte Wegner weiter zu einem Chinesen mit kurz geschorenem Haar. »Das ist Chang Soy, der amtierende Weltmeister.«

Julia lächelte und drückte die Hand des Künstlers. Sie hatte nicht gewusst, dass es Weltmeisterschaften im Eisbildhauen gab.

»Freut mich sehr«, entgegnete der Chinese lächelnd mit typischem Akzent.

»Und das hier ist Frank Barton, unser Amerikaner.«

Julia grüßte auch ihn.

»Schade, dass ich Ihnen den Rest der Truppe nicht vorstellen kann. Die Kollegen sind gerade unterwegs. Vielleicht klappt es ein anderes Mal. Kommen Sie mit. Ich zeige Ihnen den Brunnen«, sagte Hanjo Wegner und führte Julia zum Ende der Halle. »Den hatte ich Ihnen bei unserer Begegnung heute Morgen gar nicht gezeigt. Sorry. Mir war nicht klar, dass es von Bedeutung sein könnte.« Seine hellblauen Augen musterten Julia.

»Das Labor hat berichtet, dass das Eis eine ganze Menge Sandpartikel enthielt. Ist das bei Ihnen auch der Fall?« Julia betrachtete die verschiedenen Röhren, die aus dem Boden der Werkstatt kamen und mit denen sie nicht sonderlich viel anfangen konnte.

»Wir filtern unser Wasser zweifach. Da dürfte kein Sand mehr drin sein. Wir wollen ja möglichst lupenreines Eis erzeugen. Jegliche Partikel zerstören diesen Effekt.«

»Darf ich eine Probe nehmen?«, fragte Julia und holte ein Fläschchen aus der Tasche.

Wegner runzelte die Stirn. »Warum?«

»Ich möchte, dass das Labor die Unterschiede herausfiltert. Vielleicht können wir anhand der Wasserzusammensetzung sogar den Brunnen identifizieren.«

»Meinetwegen«, brummte Wegner. Seine Miene wirkte undurchdringlich.

»Arbeiten Sie mit ätherischen Ölen?«, fragte Julia, die sich davon nicht beeinflussen ließ und eine Probe aus dem großen Becken entnahm.

In Wegners Augen blitzte etwas auf. Er sah zu seinen Kollegen hinüber, die gerade den Kopf des Pferdes auf dem eisigen Rumpf anbrachten.

»Hat Angelo nicht mal mit Parfüm gearbeitet?«, brüllte Wegner durch die Halle.

Der Chinese reagierte als Erster. »Ich glaube, er wollte es dieses Jahr wieder versuchen. Frage ihn doch selbst. Er müsste ja bald hier sein.«

»Sebastian wollte auch eine neue Kombination von

Eis, Licht und Duft ausprobieren. Er hat eine riesige Rose entworfen.« Mike Kühnert, der Blonde mit dem Pferdeschwanz, deutete auf einen Eisbrocken in einer Ecke.

Wegner brummte: »Am besten, ich rufe ihn mal an. Ich selbst halte nicht so viel davon. Man verbraucht Unmengen an Aromastoffen bei der Größe der Eisblöcke. Das ist mir auf Dauer zu kostspielig. Außerdem kann sich bei den niedrigen Temperaturen der Duft nicht gut entfalten.« Er tastete seine Hosentaschen ab. »Mist. Mein Handy liegt irgendwo im Haus.« Wegner drehte sich um und ging durch die Tür in den Wintergarten.

Julia blieb unschlüssig zurück. Ihre Fragen waren bis auf die Aromastoffe beantwortet. Das Wichtigste war die Wasserprobe, deren Analyse eventuelle Unterschiede zwischen den verwendeten Eisblöcken aufzeigen würde. Julia hoffte, dass die Ergebnisse sie irgendwie weiterbrachten. Sie blickte sich in der Werkstatt um und sah dabei zu, wie der Hals der Pferdeskulptur befestigt wurde. Die Männer nutzten hierzu heiße Eisenplatten, die das Eis an den Kontaktflächen anschmolzen. Zu zweit hielten sie den schweren Pferdekopf so lange fest, bis das Wasser wieder gefroren war. Es wirkte wie Klebstoff.

»Ihr könnt loslassen«, sagte Chang Soy, der die gesamte Aktion und die Positionierung des Kopfes koordiniert hatte.

Julia trat einen Schritt vor und bewunderte die beeindruckende Skulptur. Chang Soy lächelte.

»Wir werden das Eis anstrahlen.« Er deutete als Nächstes auf einen Eisblock am Boden. »Und wir müssen den Reiter noch anfertigen. Aber das ist Arbeit für morgen. Jetzt machen wir Feierabend.«

»Darf ich?«, fragte Julia und fuhr mit den Fingerspitzen über das spiegelglatte Eis. Dabei hatte sie eine Idee. Sie wusste, dass es eigentlich Florians Aufgabe war, aber wenn sie schon einmal hier war, wollte sie keine Zeit verschwenden. Sie zog das Foto der Eisskulptur mit der Toten hervor.

»Was denken Sie, wer so etwas geschaffen haben könnte?«, fragte sie Chang.

Der Chinese kniff die Augen zusammen. »Ich habe darüber in der Zeitung gelesen. Es könnte jeder von uns sein.«

»Aber die Proportionen der Figur stimmen nicht. War es nicht eher ein Anfänger?«

Chang zuckte mit den Schultern. »Die Figur ist nicht gerade klein. Es erfordert Geschick, einen großen Eisklotz zu bearbeiten. Es gibt Künstler, die Wert auf realistische Proportionen legen. Es gibt aber auch jene, die Dimensionen bewusst verzerren. Es ist schwer zu sagen.« Chang lächelte entschuldigend.

Julia nickte. Seine Aussage brachte sie nicht weiter.

»Darf ich mal sehen?«, fragte Frank Barton mit starkem amerikanischem Akzent und wurde blass. Er starrte auf das Foto, das in seiner Hand zu zittern begann.

»Haben Sie ein Bild nur von der Frau?«

Julia zog eine Nahaufnahme des Gesichtes hervor, das sie während der Obduktion geschossen hatte.

Der Amerikaner schloss für einen Moment die Augen.

»Ich glaube, das ist die Ex-Freundin von meinem Bruder, Jette Höffner«, flüsterte er heiser.

»Sind Sie sicher? Das wäre ja ein schrecklicher Zufall.«

Frank Barton holte sein Handy aus der Hosentasche. »Ich habe ein paar Bilder von ihr und meinem Bruder, als sie noch ein Paar waren.« Barton wischte über das Display, bis er fündig wurde. »Hier«, sagte er und reichte Julia das Smartphone.

Julia betrachtete das Bild einer jungen Frau, die sich lächelnd an einen wesentlich älteren Mann schmiegte, der mit Frank Barton auf den ersten Blick keinerlei Ähnlichkeiten aufwies. Vielleicht lag das an dem Vollbart, der einen Großteil des Gesichtes verdeckte.

»Das könnte sie tatsächlich sein«, sagte Julia nach einer Weile. »Und Sie sagen, ihr Name ist Jette Höffner?«

Barton nickte. »Ich habe sie allerdings schon länger nicht mehr gesehen. Mein Bruder war bis vor einem halben Jahr mit ihr liiert. Dann hat er seine neue Freundin kennengelernt.«

»Verstehe«, entgegnete Julia. »Ich gebe ihren Namen gleich mal zur Überprüfung an die Kriminalpolizei weiter. Sie haben mir sehr geholfen.« Julia zögerte, bevor sie weitersprach: »Ich gebe Ihnen Bescheid, falls sich der Verdacht bestätigt. Tut mir wirklich leid.«

»Sie ist … Ich meine, sie war sehr nett.« Barton presste die Lippen zusammen.

Julia berührte tröstend den Arm des Mannes. »Vielleicht ist sie es ja gar nicht.«

Beide wussten, dass das eine falsche Hoffnung war. Die Ähnlichkeit war frappierend. Barton erwiderte nichts. Julia bedankte sich und verließ die Werkstatt, um nach Wegner zu suchen. Sie ging durch den Wintergarten und öffnete die Tür zum Wohnzimmer. Sofort stieg ihr wieder der beißende Geruch von Zigarren in die Nase. Wegners Vater saß auf einem Sessel und rauchte. Er nickte ihr geistesabwesend zu und starrte dann weiter auf den Fernseher. Offenbar war er es gewohnt, dass fremde Menschen durch das Haus liefen. Sie machte ein paar Schritte und vernahm Hanjo Wegners Stimme aus dem Flur. Er hörte sich ganz und gar nicht gelassen an.

»Hör zu, mir ist egal, warum du was getan hast. Ich will von dieser Frau nichts mehr hören. Schaff deinen Arsch hierher. Die Kripo hängt mir verdammt noch mal am Hals. Ich …« Er stockte, als er Julia bemerkte. »Ich melde mich«, fügte er hinzu und legte auf.

»Tut mir leid. Künstler gehören nicht gerade zu der zuverlässigsten Sorte von Menschen. Angelo ist offensichtlich entgangen, dass uns nur noch wenige Tage bis zur Ausstellung verbleiben.« Er klang zerknirscht.

In Julias Kopf arbeitete es. In Gedanken war sie bei der Toten, deren Identität vermutlich eben geklärt wurde.

»Haben Sie ihn gefragt, ob er seine Eisblöcke mit ätherischen Ölen oder Parfüm versetzt?«

»Ja. Angelo hat das letztes Jahr ausprobiert, seitdem aber nie wieder. Ich erinnere mich, dass Sebastian im Augenblick damit experimentiert. Er hat eine eigene Werkstatt. Doch er geht nicht ans Telefon. Der Mistkerl ist mindestens genauso unzuverlässig wie Angelo. Alle beide sollten heute hier auftauchen. Ich bekomme nie wieder eine Ausstellung auf die Beine gestellt, wenn wir sie diesmal vergeigen.« Er schlug wütend mit der Faust gegen die Wand. Julia zuckte zusammen, denn gleichzeitig schrillte ihr Handy los. Es war Florian. Sie grüßte ihn erfreut, kam jedoch nicht zu Wort.

»Bist du bei Hanjo Wegner?«

»Ja.«

»Hör zu, Julia. Verlasse sofort das Haus. Setz dich in dein Auto und fahr los.«

»Aber ...« Weiter kam sie nicht. Florian unterbrach sie erneut.

»Kein Aber. Fahr los und ruf mich an, sobald du unterwegs bist. Lass dir nichts anmerken«, sagte Florian streng. So hatte Julia ihn noch nie gehört.

»Okay«, erwiderte sie heiser und legte auf. Erst jetzt merkte sie, dass Wegner sie anstarrte. Julia schoss die Hitze ins Gesicht. Sie hoffte, dass sie nicht knallrot anlief. Nervös steckte sie das Handy wieder ein.

»Das war meine Kollegin. Ich muss los, ein neuer Termin.«

»Um diese Uhrzeit? Ist das für die Rechtsmedizin nicht ein wenig spät? Die Toten laufen schließlich nicht weg, oder?« Wegner grinste schief. »Wie wäre es mit einem Drink?«

Julia bewegte sich Richtung Ausgang. »Sehr freundlich von Ihnen. Das nächste Mal gerne. Ich melde mich.«

Wegners bulliger Körper schob sich vor die Haustür. »Warum denn so eilig? Vielleicht ruft mich Sebastian gleich zurück, dann kann ich Ihnen doch noch weiterhelfen.« Er griff nach ihrem Arm.

Julia erstarrte und wusste für einen Moment nicht,

was sie tun sollte. War Wegner eine Bedrohung? Florians Worte hallten in ihrem Kopf.

»Wie gesagt, ich kann leider nicht. Ich muss meiner Kollegin helfen. Sie ist noch neu, und es wäre nicht besonders fair von mir, sie hängen zu lassen.« Langsam zog sie ihren Arm aus seiner Umklammerung.

Wegner seufzte. »Na schön. Aber Sie melden sich morgen? Versprochen?«

Julia nickte und rang sich ein Lächeln ab.

Doch Wegner trat nicht zur Seite. »Warten Sie. Ich habe eine bessere Idee. Sie geben mir Ihre Handynummer, und ich rufe Sie an, sobald ich etwas von Sebastian höre.«

Der Eisbildhauer löste sich schließlich von der Tür, allerdings nur ein kleines Stück. Julia kam nach wie vor nicht an ihm vorbei. Er holte sein Telefon aus der Hosentasche.

»Wie lautet die Nummer?«, fragte er und begann sogleich emsig zu tippen, als Julia ihre Handynummer diktierte.

Noch immer machte Wegner keine Anstalten, sie hinauszulassen. Julia spürte inzwischen leichte Panik in sich aufsteigen und hatte dadurch Mühe, seinen Gesichtsausdruck zu interpretieren. Sie gab sich einen Ruck und streckte die Hand nach der Türklinke aus.

»Darf ich?«

Endlich trat Wegner beiseite. Julia biss sich auf die Lippen, damit sie nicht losrannte. Sie fixierte ihr Auto, das vielleicht zehn Meter entfernt stand, und zählte ihre Schritte. Nur keine Nervosität zeigen, mahnte sie sich. Immerhin schien Wegner ihr nicht zu folgen. Sie erreichte das Auto und öffnete die Tür. Plötzlich hörte sie seine Schritte. Sie schwang sich auf den Sitz und knallte die Tür zu. Wegner baute sich neben ihrem Fenster auf. Seine linke Hand landete auf der Frontscheibe. Julia fühlte sich bedroht. Sie startete den Motor. Wegner klopfte mit der rechten gegen die Seitenscheibe. Ihr Herz stolperte. Aus dem Augenwinkel registrierte sie einen Gegenstand in seiner Hand. Verwirrt wandte sie sich um.

7

Florian hielt sein Handy noch immer in der Hand. Er atmete schwer. Er wusste, dass er mit seinem Anruf bei Julia maßlos übertrieben hatte. Er kannte sich selbst nicht mehr. Julia war nicht die erste Frau, mit der er zusammen war. Aber er konnte sie nicht richtig einschätzen, und das machte ihm zunehmend zu schaffen. Es war nicht so, dass er besitzergreifend war oder an einem veralteten Frauenbild hing. Im Gegenteil, ihn faszinierte die toughe Julia, die stets alles im Griff zu haben schien. Sowohl ihre Kollegen im rechtsmedizinischen Institut als auch die Kriminalbeamten seines Reviers hatten Hochachtung vor ihrem Sachverstand. Ihren scharfen Augen entging nichts. Sie konnte den Tod lesen wie niemand sonst. Er bewunderte, mit welchem Selbstbewusstsein sie durchs Leben schritt. Doch es verunsicherte ihn auch. Seine bisherigen Freundinnen hatten ihm im Vergleich regelrecht zu Füßen gelegen, ihn angehimmelt und waren seinen Ratschlägen gefolgt. Julia aber hatte ihren eigenen Kopf. Sie ließ sich nicht von ihm steuern. Kein kleines bisschen. Er durchschaute sie nicht. Sosehr das auch dafür gesorgt hatte, dass er sich Hals über Kopf in sie verliebte, so sehr nährte diese Tatsache auch das Gefühl, ihr hilflos ausgeliefert zu sein.

Und seit heute Morgen spürte er noch etwas anderes, das ihm überhaupt nicht gefiel: Eifersucht. Automatisch ballten sich seine Hände zu Fäusten. Hanjo Wegner hatte Julia mit seinen Augen förmlich verschlungen. Das Schlimmste war, dass er ihre Reaktion auf den Eisbildhauer nicht einzuschätzen wusste. Mochte Julia diesen Mann? Den ganzen Tag über hatte Florian diese Frage verdrängt. Doch als er sie nicht erreicht und Lenja Nielsen ihm zudem erzählt hatte, dass Julia sich allein auf den Weg in die Eisbildhauerwerkstatt gemacht hatte, kochte diese Frage in ihm hoch. Warum hatte sie ihn nicht informiert? Er wusste, dass er einen ihrer Anrufe verpasst hatte, als er mit Saathoff Zeugen aus dem Wohnblock gegenüber des Fundorts am Mediapark vernahm. Leider widersprachen sich die verschiedenen Aussagen wie so oft. Nur eines schien sich klar herauszukristallisieren: Zwei Anwohner hatten in der Nacht, in der die Eisstatue mit der Toten aufgestellt worden sein musste, auf einer Parkfläche gegenüber dem Fundort einen weißen Lieferwagen gesehen. Einen solchen Wagen hatten er und Julia auch auf Wegners Hof bemerkt. Natürlich gab es in Köln und Umgebung viele derartige Wagen. Trotzdem konnte er nicht ausschließen, dass der Eisbildhauer oder jemand aus seinem Umfeld hinter dem Mord steckte. Es wäre nicht das erste Mal, dass Julia sich mit ihrem Dickschädel in Gefahr brachte.

Sobald sie eine Fährte roch, war sie nicht mehr aufzuhalten.

Florian seufzte und blätterte in seinem Notizbuch. Er hatte sich die Unterlagen mit nach Hause genommen und stellte die Berichte der einzelnen Zeugen fertig. Die Kollegen hatten die Teilnehmerliste von Wegners Eisbildhauerkursen durchgesehen. Leider ohne besondere Erkenntnisse. Sie hatten bisher zu wenige Anhaltspunkte, um Personen zu selektieren, die aus triftigem Grund genauer überprüft werden könnten. Florian rieb angestrengt die Schläfen. Er saß auf der Couch mit dem Laptop auf den Knien. Schreibarbeit gehörte nicht unbedingt zu seinen Lieblingstätigkeiten. Aber sie gab ihm Gelegenheit, intensiver über den Fall nachzudenken. Eines hielt er inzwischen jedenfalls für relativ wahrscheinlich: Der Täter wollte eine Botschaft senden. Er wollte seine Taten nicht verstecken, sondern gesehen werden. Er präsentierte sein Opfer wie ein Kunstobjekt, und dafür war ihm keine Mühe zu groß. Er arbeitete höchstwahrscheinlich allein, denn die Art des Tötens erschien Florian einfach zu speziell, um jemand Gleichgesinnten zu finden. Florian, der zusätzlich eine Ausbildung zum polizeilichen Fallanalytiker absolviert hatte, versuchte wie immer, sich möglichst tief in die Psyche des Täters hineinzuversetzen. Sie hatten es mit einem Künstler zu tun, der sein Werk inszenierte. Er ließ die Leiche in Wasser zu einem Eisblock gefrieren, schnitt daraus eine Figur, stellte sie an einem öffentlichen Ort aus und strahlte sie mit Scheinwerfern an. Vermutlich war er stolz auf sein Werk. Florian rieb sich nachdenklich das Kinn und tippte das nächste Gesprächsprotokoll in seinen Laptop. Es war nicht von der Hand zu weisen, dass Wegner in das Täterprofil passte. Männlich, kräftig, zwischen zwanzig und fünfundvierzig Jahre alt, Besitzer eines Transporters, künstlerisch begabt und bewandert in der Herstellung von Eisblöcken. Wieder sah er die Blicke vor seinem geistigen Auge, die der Eisbildhauer Julia zugeworfen hatte. Spontan schob Florian den Laptop von seinen Knien.

Er musste etwas tun, um Julia für sich zu gewinnen. Und plötzlich wusste er auch, wie es funktionieren könnte, zumindest für den heutigen Abend.

8

»Sie haben Ihre Wasserprobe liegen lassen.« Wegner pochte an die Scheibe auf der Fahrerseite. Er lächelte nicht, sondern musterte Julia wie ein Raubtier vor dem tödlichen Sprung. Eine Sekunde lang erwog sie, einfach Gas zu geben und abzuhauen. Aber irgendetwas in ihr blockierte diese Panikreaktion. Stattdessen kurbelte sie die Scheibe hinunter.

Wegner hielt ihr das Fläschchen hin.

»Ist schon spät. Fahren Sie vorsichtig«, murmelte er und entfernte sich. Kurz wunderte Julia sich, dass die Flasche feucht war. Doch dann kurbelte sie in Windeseile die Scheibe wieder hoch. Sie würde sich endlich einen neuen Wagen kaufen. Einen mit elektrischen Fensterhebern, so viel stand fest. Als Wegner fast vor seiner Haustür angelangt war, fuhr sie los. Mit rasendem Herzen steuerte sie das Auto vom Hof. Als sie rund einen Kilometer gefahren war, wählte sie Florians Nummer.

»Verflucht, Florian. Du hast mir einen Riesenschrecken eingejagt. Was ist los?«

»Bist du im Auto?«

»Ja, verdammt.« Julia hörte, wie Florian am anderen Ende der Leitung aufatmete.

»Wir haben den ganzen Tag über Zeugen befragt, Anwohner und Passanten, die die Eisstatue mit der Toten gesehen haben, und vermutlich das Auto des Täters identifiziert. Einen weißen Lieferwagen mit Kranvorrichtung. Genau so einen Wagen fährt Wegner.«

Julia erinnerte sich an das Auto, das sie beim Verlassen des Hofes bemerkt hatte. Viele Handwerker besaßen so ein Modell.

»Handelt es sich denn um Wegners Kennzeichen?« Immerhin hatte sie sich wieder so weit entspannt, dass sie klar denken konnte.

»Wissen wir nicht. Aber als mir deine Assistentin erzählt hat, dass du dich alleine auf den Weg zu ihm gemacht hast, bekam ich wirklich Bauchschmerzen. Wegner könnte durchaus in die Tat involviert sein oder jemand aus seinem Umfeld. Wir können im Augenblick nichts ausschließen. Warum hast du mich nicht angerufen?«

»Das habe ich, doch du bist nicht rangegangen.« Sie biss sich auf die Zunge und schluckte den nächsten Satz hinunter. Sie durfte Florian auf keinen Fall Vorwürfe machen, nur weil er sich um sie sorgte. Auch wenn sie das Ganze als ein wenig übertrieben empfand. Andererseits hatte sich Wegner schon merkwürdig benommen, und deshalb hatte Florians Anruf sie beinahe in Panik versetzt.

»Ich habe übrigens einen Hinweis, wer die Tote sein könnte«, sagte sie nur.

»Was?«

»Einer von Wegners Kollegen glaubt, sie zu kennen.«

Florian schwieg. Julia wusste, dass er ihre Alleingänge nicht sonderlich schätzte.

»Es handelt sich wahrscheinlich um Jette Höffner. Sie war mit dem Bruder von Frank Barton liiert.« Julia hörte, wie Florian auf seiner Tastatur tippte.

»Du könntest recht haben«, sagte er nach einer Weile. »Heute Nachmittag hat die Schwester von Jette Höffner eine Vermisstenanzeige aufgegeben. Leider wurde bisher kein Foto in die Datenbank hochgeladen. Schätze, das dauert noch.« Florian seufzte tief. »Ich werde mir morgen früh als Erstes Saathoff schnappen und dem nachgehen. Kannst du dir vorstellen, dass mehrere Zeugen ein potenzielles Fahrzeug des Täters gesehen haben wollen, aber kein Einziger einen Fahrer? Es ist unglaublich schwer, aus den Aussagen überhaupt vernünftige Hinweise herauszufiltern. Dabei konnte die Statue eigentlich von niemandem, der am Mediapark wohnt, arbeitet oder mit dem Auto vorbeifuhr, übersehen werden.«

Florian atmete hörbar durch. Sein Schnaufen kitzelte Julia am Ohr.

»Hast du Hunger?«, fragte er plötzlich.

Julias Magen zog sich augenblicklich schmerzhaft zusammen.

»Ja, sogar ziemlich großen.«

»In meinem Ofen brutzelt ein Auflauf. Komm vorbei. Du bist herzlich eingeladen.«

Florian klang so förmlich, dass Julia unwillkürlich

lächeln musste. Sie liebte seine höfliche Art. Er war durch und durch ein Gentleman.

Sie befand sich sowieso auf dem Weg zu ihm und war schon fast da. Eigentlich hatte sie ihn überraschen wollen. Seine Einladung kam ihr aber trotzdem recht, denn so konnte er sie keinesfalls für aufdringlich halten. Noch immer war sich Julia nicht im Klaren darüber, ob sie mit Florian inzwischen eine feste Beziehung führte oder ob sie eine Affäre hatten. Über die Zukunft sprachen sie nie. Vielleicht weil es ihr dafür auch viel zu früh war.

Seit Valentin war Julia, was Männer anging, sehr vorsichtig. Beziehungen waren für sie nicht steuerbar. Es war etwas ganz anderes als ihr Job, in dem nur die Fakten zählten. Fakten, die bei einem Toten nicht mehr veränderbar waren. Beziehungen hingegen hingen nur von Emotionen ab. Sie ließen sich nicht über Fakten steuern. Das verunsicherte Julia. Sie wollte nicht schon wieder verletzt werden. Florian schien das genaue Gegenteil von Valentin zu sein. Das fing bei seinem Sport an und hörte bei der Selbstdarstellung auf. Valentin trainierte nie und konnte nicht oft genug in der Presse stehen. Florian hatte etwas Derartiges gar nicht nötig. Er war topfit und von Kopf bis Fuß durchtrainiert. Er kam bei Frauen gut an, obwohl er eher introvertiert war. Julia kannte mindestens drei Polizeikolleginnen, die ihm Blicke zuwarfen, die alles andere als rein dienstlicher Natur waren. Manchmal fragte sie sich, was er überhaupt an ihr fand. An ihr und ihrem Beruf. Sie beschäftigte sich nur mit den Toten und wusste, dass er Obduktionen nicht besonders mochte. Das tat kaum jemand. Doch warum hatte er sich in sie verliebt? Sie machte ja den ganzen Tag nichts anderes. Resigniert schob Julia die quälenden Gedanken von sich. Sie würde sehen, was die Zukunft brachte. Ein Schwarm von Schmetterlingen stieg in ihr auf, als sie vor seinem Apartmenthaus parkte und die wenigen Stufen zur Haustür erklomm.

Florian wohnte im fünften Stock, gleich neben dem Haus befand sich ein großer Sportplatz, auf dem er regelmäßig trainierte. Er war Triathlet. Julia mochte seine durchtrainierte, schlanke Statur und die blonden kurzen Haare. Florian war nicht nur charakterlich, sondern auch äußerlich das genaue Gegenteil von Valentin.

Sie klingelte und wartete, bis sich die Tür summend öffnete, und stieg die Treppen hinauf. Sie mochte keine Fahrstühle, deshalb hatte sie sich eine Wohnung im Erdgeschoss gesucht. Die Vorstellung, in einer kleinen, engen Box aus Stahl gefangen zu sein, löste ein beklemmendes Gefühl in ihr aus. Sie wusste, dass es irrational war. Trotzdem vermied sie Aufzüge, seit sie denken konnte.

Florian lehnte im Türrahmen und lächelte, als er sie sah. Aber als Julia direkt vor ihm stand, erkannte sie eine schmale Falte auf seiner Stirn. Sie erschien immer dann, wenn er spürte, dass etwas nicht in Ordnung war.

»Geht es dir gut?«, fragte er und ließ Julia herein.

Sie huschte an ihm vorbei, doch er hielt sie fest und gab ihr einen Kuss.

»Tut mir leid, dass ich dich vorhin erschreckt habe. Ich mag Wegner einfach nicht sonderlich. Er hat dich heute Vormittag die ganze Zeit angestarrt. Die Vorstellung, dass du am Abend alleine in seinem Haus bist, hat mir nicht gefallen.« Florian kratzte sich verlegen am Hinterkopf. »Wegen des Täterfahrzeugs habe ich womöglich übertrieben.«

»Ist schon gut. Wegner hat sich tatsächlich merkwürdig benommen. Er hat sich am Telefon mit einem Kollegen gestritten und gesagt, die Polizei sei hinter ihm her.« Julia war erleichtert, dass Florian einlenkte. »Ich war jedenfalls froh, als ich nach deinem Anruf wieder in meinem Wagen saß.« Sie grinste und wurde dann ernst. »Mein Ex-Freund soll Manfred Holsten ablösen. Das nimmt mich im Augenblick viel mehr mit.«

Florian sah sie mit großen Augen an. Julia konnte es in seinem Kopf rattern sehen.

»Du meinst diesen Valentin?«

Julia nickte. »Ja, Valentin Henzler. Ich habe ihn bereits zur Rede gestellt. Aber er sieht natürlich nicht ein, dass eine Zusammenarbeit zwischen uns nicht funktionieren kann.« Julia ließ sich auf einen Küchenstuhl fallen und sog den herrlichen Duft aus dem Ofen ein. »Du machst einen Auberginenauflauf?« Ihr Magen knurrte freudig.

»Ich kenne dich und weiß, was du magst«, erwiderte Florian und strahlte. Irgendwie wirkte er heute Abend überaus bemüht. Julia freute sich darüber. Valentin hätte nie für sie gekocht. Schon gar nicht ihr Lieblingsgericht. Sie war sich ziemlich sicher, dass er es nicht einmal kannte.

»Du und dieser Valentin. Ihr seid doch schon lange nicht mehr zusammen. Würdest du ihn denn oft sehen, wenn er das Institut leitet?«

Julia stöhnte. »Wahrscheinlich ein- oder zweimal die Woche. Trotzdem, ich habe kein Vertrauen zu diesem

Mann. Er hat mich damals total hintergangen. So jemanden möchte ich nicht zum Chef.«

Florian öffnete den Backofen und beförderte die dampfende Auflaufform auf den Küchentisch. »Kannst du denn daran überhaupt etwas ändern? Er wird den Vertrag ja längst unterschrieben haben.«

»Das ist ja genau das Problem. Valentin müsste kündigen. Das wird er niemals tun.« Sie rümpfte die Nase. »Es ist typisch für ihn. Er ist immer nur auf seinen Vorteil bedacht. Er denkt nur an sich und nicht daran, was sein Verhalten bei anderen auslösen kann. Du hättest ihn reden hören sollen. Er wollte mir tatsächlich einreden, dass wir ja früher auch ein gutes Team gewesen seien und es wieder werden könnten.« Julia spürte, wie ihr Blutdruck anstieg. Bei der Vorstellung, ihren Ex-Freund ständig sehen zu müssen und dann auch noch Anweisungen von ihm zu bekommen, wurde ihr übel. Plötzlich roch selbst der Auflauf nicht mehr so lecker.

Florian stellte einen gut gefüllten Teller vor sie und sie stocherte mit der Gabel darauf herum.

»Hast du denn mit Holsten viel zu tun? Ich habe den Eindruck, er lässt dir völlig freie Hand.« Florian biss vorsichtig von einem Stück Aubergine ab.

»Das ist es ja. Mit einem neuen Chef kann sich das alles ändern, und ich lasse mir nur ungern in meine Arbeit hineinreden. Die meisten Rechtsmediziner sind bei den eigentlichen Ermittlungen nicht dabei und verlassen kaum den Obduktionssaal. Das könnte Valentin auch so sehen.« Julia zwang sich, etwas zu essen. Sie wollte Florian nicht enttäuschen.

»Dein Ex wird sich doch sicher nicht einmischen.«

Florian grinste vielsagend. »Er müsste wissen, dass es zwecklos wäre, dich an die Kette zu legen.«

Julia schüttelte den Kopf. Florians Ironie konnte sie im Moment nicht vertragen. »Ich werde morgen mit Holsten reden. Vielleicht gibt es noch eine andere Möglichkeit.« Julias Handy summte. Genervt sah sie nach. Es war eine Nachricht von Valentin.

Können wir uns morgen in Ruhe unterhalten? Es findet sich bestimmt eine Lösung.

Julia ärgerte sich. Er ließ einfach nicht locker. Musste er sie so bedrängen und ihr auch noch am Abend eine SMS schicken? Das hatte doch wirklich bis morgen Zeit.

»So viel zum Thema. Valentin will morgen mit mir sprechen.« Sie stellte das Telefon auf lautlos und legte es weg. Sie würde sich nicht auch noch den Abend verderben lassen. Damit war ab sofort Schluss. Sie musste diese ganzen Emotionen beiseiteschieben. Florian hatte extra für sie gekocht – und sie saß hier und sprach über ihren Ex. Was sollte er nur von ihr denken?

»He, es wird alles gut werden«, sagte Florian, als hätte er ihre Gedanken gelesen. Er erhob sich von seinem Stuhl und kam zu ihr.

»Ich hätte jetzt schon Appetit auf den Nachtisch«, murmelte er sanft und küsste sie. Julia zögerte einen Moment. Eigentlich hatte sie mit Florian über die Wasseranalyse sprechen wollen. Der Fall ging ihr sowieso nicht aus dem Kopf. Andererseits durfte sich auch nicht ihr gesamtes Leben um den Job drehen. Neben der Rechtsmedizinerin gab es auch noch Julia Schwarz als Privatperson. Die Frau in ihr. Und die war nicht zu Florian gefahren, um über Tote zu sprechen.

Das konnte sie genauso gut morgen früh erledigen. Die Toten drängelten nicht. Das taten nur die Lebenden.

Sie drehte sich zu Florian und spürte, wie seine Hände über ihren Körper wanderten. Er hatte sich vor sie hingehockt. Ein Kribbeln breitete sich in ihr aus. Julia erwiderte Florians Kuss, und zum ersten Mal an diesem Tag ließ sie sich einfach fallen.

9

Das Café lag in der Nähe der Hochschule für Musik und Tanz in Köln. Es handelte sich um einen bekannten Treffpunkt für jeden, der in der Künstlerszene Rang und Namen hatte. Hier verkehrten nicht nur Musiker und Tänzer, sondern auch Künstler anderer Fachrichtungen, wie beispielsweise Design und Malerei. Deshalb liebte Annabell diesen Ort. Nach ihrem morgendlichen Balletttraining saß sie oft hier, trank einen Kaffee und lauschte den teilweise leidenschaftlichen Gesprächen der Tischnachbarn. Meist blieb sie allein und schottete sich von den anderen ab.

»Hey. Geht es dir nicht gut?«

Annabell sah von ihrem Platz auf und ließ ihren Löffel zurück in den Joghurtbecher mit Obst plumpsen. Ihre erste Trainingseinheit hatte sie gerade absolviert. Die Studenten durften die Räumlichkeiten der Hochschule auch außerhalb des Unterrichts nutzen, und deshalb trainierte Annabell jeden Morgen schon um kurz vor sechs. Fast eine Stunde lang hatte sie ihre Choreografie getanzt, bis ihr schwindlig geworden war, weil sie noch nichts gegessen hatte. Ihr Magen glich einem großen, schwarzen Loch.

Marlon sah sie mitleidig an. Annabell beeilte sich mit ihrer Antwort: »Ich muss zurzeit viel trainieren. Wir bereiten uns auf einen großen Auftritt vor. Eine Neuinterpretation des *Nussknackers*, und ich darf die Primaballerina sein.«

Sie lächelte gequält. Marlon besuchte ebenfalls die Hochschule. Er war ein paar Semester über ihr und studierte Musik. Annabell unterhielt sich ab und zu mit ihm. Wahrscheinlich sah er ihr an, wie bedrückt sie war. Er zog einen Powerriegel aus der Tasche und legte ihn auf den Tisch.

»Der hilft bestimmt.« Marlon grinste schief, und Annabell fiel auf, wie attraktiv er war. Doch bevor sie sich bedanken konnte, hatte er schon kehrtgemacht. Annabell schaute ihm hinterher und entdeckte Katharina, die unterdessen unbemerkt und ohne zu grüßen am anderen Ende des Cafés Platz genommen hatte. Zu ihrem Entsetzen lief Marlon geradewegs auf sie zu und setzte sich dann auch noch neben sie. Annabell schluckte. Irgendwie kam ihr Katharina in letzter Zeit ständig in die Quere. Beim Tanzen. Bei Philip, und jetzt wollte sie offensichtlich nicht einmal mehr mit ihr reden. Sie starrte zu den beiden hinüber. Katharina blickte auf und nickte ihr kurz zu. Wie immer sah sie perfekt aus. Egal, ob sie trainierte oder in aller Frühe unterwegs war. Katharina waren Anstrengungen oder Stress nie anzumerken. Auch heute Morgen strahlte sie wie eine Königin. Madame Bonnets Worte krallten sich in Annabells Gedanken und an ihrem Selbstbewusstsein fest. Sie merkte, wie ihre Laune auf einen neuen Tiefpunkt sank. Sie schob den Powerriegel beiseite, legte ein paar Euro auf den Tisch und verließ das Café.

Solange Katharina dort war, konnte sie noch üben. Sie wollte die Zeit nutzen. In vierzig Minuten begann das nächste Training, und bis dahin könnte sie ihre Choreografie noch weiter perfektionieren. Während sie auf dem Bürgersteig zurück zum Campus schritt, tanzte sie in Gedanken die einzelnen Figuren durch. Ab und zu hüpfte sie unbeabsichtigt und bewegte die Arme dazu. Ein paar Studenten drehten sich nach ihr um, aber das kümmerte Annabell nicht. Sie war voll und ganz auf ihre Aufgabe konzentriert. Sie wollte die Primaballerina sein. Unbedingt. An der Seite von Philip. Beflügelt von der Vorstellung, mit ihm die Hauptrolle zu tanzen, erreichte sie den Trainingsraum.

Doch der war schon besetzt. Madame Bonnet streckte ihren dünnen, drahtigen Körper an der Stange vor dem Spiegel. Annabell blieb unschlüssig auf der Türschwelle stehen.

»Ma petite, komm rein.« Die Tanzlehrerin winkte. »Du bist sehr fleißig. Zeig mir bitte einmal das Ende des zweiten Aktes, den Tanz der Zuckerfee.« Sie klatschte zweimal in die Hände und zählte.

Annabell sputete sich. Anmutig begab sie sich in die Ausgangsposition. Im Gegensatz zu anderen Passagen begann dieses Stück ziemlich langsam. Es erforderte höchste Konzentration, den Takt zu halten und im Gleichgewicht zu bleiben.

»Großer Sprung«, rief Madame Bonnet, und Annabell folgte ihren Anweisungen, wobei sie in der Luft die

Pose *Arabesque* einnahm. Annabell mochte diese Ballettfigur, bei der sie das gestreckte Bein weit nach hinten hob. Sie konnte die Figuren nicht nur tanzen, sie besaß auch eine Menge theoretisches Wissen rund ums Ballett. So wusste sie beispielsweise, dass die Pose *Arabesque* nach dem gleichnamigen Ornament benannt war, einem dekorativen Rankenmotiv, das seinen Ursprung bereits in der Antike hatte. Sie flog durch die Luft und landete sicher auf den Füßen. Madame Bonnet klatschte zufrieden. Annabell vollführte eine weitere Schrittfolge, doch gerade als sie zum nächsten Sprung ansetzen wollte, kam Philip herein. Sie verpatzte prompt die letzte Figur und blieb wie erstarrt stehen.

»Philip«, rief Madame Bonnet und legte ihren mageren Arm um seine Schulter. »Hat Igor dich geschickt? Meine Mädchen sind schon ganz aufgeregt, endlich die Gesamtchoreografie zu tanzen.«

Philip lächelte. Annabell stellte mit klopfendem Herzen fest, dass er sie dabei ansah. Er blickte sie nicht einfach nur an. Er taxierte sie eindringlich. Etwas in seinen Katzenaugen ließ jede Zelle ihres Körpers vibrieren. Ein wenig unbeholfen umfasste sie die Stange und machte ein paar Dehnungsübungen.

»Es steht immer noch nicht fest, wer die Solo-Rolle übernimmt. Es könnte Antonio oder ich sein.« Seine Augen verfolgten Annabells Bewegungen, als er sprach. »Bekommt Annabell die Hauptrolle?«

Madame Bonnet stieß ein heiseres Lachen aus. »Es ist wie bei euch. Katharina wäre ebenfalls geeignet. Zeig mir, wie du mit Annabell harmonierst. Du bist der Prinz und Annabell ist die Zuckerfee.«

Philip war in wenigen Sekunden bei Annabell. Er reichte ihr die Hand und zog sie zu sich heran.

»Lass uns tanzen.« Er zwinkerte ihr unauffällig zu.

Annabell ließ sich benommen von ihm mitziehen. Sie befanden sich im Trainingsraum der Mädchen. Der Geruch nach femininem Parfüm hatte sich in der Luft und in den Wänden festgesetzt. Philips männliche Aura veränderte die Atmosphäre. Annabell nahm seinen Duft wahr. Unwillkürlich biss sie sich auf die Unterlippe und wartete auf Madame Bonnets Zeichen.

Dann legten sie los. Philip tanzte sehr ausdrucksstark und kräftig. Er hob sie hoch wie eine Feder. In seinen Augen sprühten Funken. Der Tanz schuf eine ungeahnte Verbindung zwischen ihnen. Sie bewegten sich synchron, wie von fremder Hand gesteuert, obwohl sie bisher nur wenige Male miteinander getanzt hatten. Sobald Philip sie berührte, hatte Annabell das Gefühl, mit ihm zu einem einzigen Wesen zu verschmelzen. Ihre Füße trippelten im Einklang. Ihre Herzen schlugen parallel und ihre Blicke zogen sich magisch an. Annabell hätte stundenlang so weitermachen können. Doch Katharina und ein paar andere Mädchen betraten den Trainingsraum und beobachteten sofort interessiert ihre Vorstellung. Annabell spürte ihre kritischen Blicke. Augenblicklich war der Zauber verflogen. Ihre letzten Bewegungen hatten nichts mehr mit der fließenden Performance der letzten Minuten gemein. Auch Philip war wie ausgewechselt. Mechanisch tanzten sie die verbleibenden Schritte und kamen dann zum Stehen.

»Wird Philip der Primoballerino?«, fragte Katharina und starrte ihn mit unverhohlener Bewunderung an.

In Annabells Magengrube stürzte eine Lawine aus

Felsgestein, die scharfen Kanten schnitten ihr schmerzhaft in die Schleimhäute.

»Vielleicht.« Madame Bonnet hob bedeutungsvoll die Augenbrauen und machte eine unbestimmte Geste. »Ich will jetzt dich mit Philip tanzen sehen.«

Annabell blieb glatt das Herz stehen. Mit angehaltenem Atem sah sie zu, wie Philip Katharina herumwirbelte. Mit einem dumpfen Gefühl erkannte sie, dass er seine neue Partnerin mit derselben Intensität anblickte wie sie nur kurz zuvor. Die beiden harmonierten in kompletter Perfektion. Die anderen Mädchen hielten ebenfalls die Luft an und auf Madame Bonnets Gesicht erschien ein stolzes Lächeln. Annabell wollte sich nicht ausmalen, was das zu bedeuten hatte. Der Leistungsdruck und das Verlangen nach der Solo-Rolle und nicht zuletzt ihre Gefühle für Philip schnürten ihr regelrecht die Kehle zu. Stumm ergab sie sich ihrem Schicksal und war froh, als Madame Bonnet die offizielle Trainingsstunde begann, ohne eine Bewertung zu Katharinas Performance abzugeben.

Nach dem Training rannte sie völlig verschwitzt in die Umkleide und duschte lange. Das heiße Wasser lockerte ihre verkrampften Muskeln. Allerdings brannte es auf ihren wunden Zehen und unter den Fußsohlen. Sie hatte sich neue Blasen eingefangen, einige waren aufgeplatzt. Das blutrote Fleisch darunter schmerzte höllisch, egal, ob sie stillstand oder sich bewegte. Die anderen Mädchen gackerten und scherzten, während Annabell sich teilnahmslos abschrubbte. Auch dann noch, als die anderen längst fertig waren. Annabell blieb unter der Dusche. Sie wollte allein sein. Das oberflächliche Geschnatter ging ihr auf den Keks. Bis auf

Katharina verfügte keine der Tänzerinnen aus ihrer Gruppe über wahren Ehrgeiz. Es erschien ihr beinahe so, als ob sie keine Zukunftsträume hätten. Ihnen reichte es, einfach nur zu tanzen. Sie strebten nicht verbissen nach der Position der Primaballerina. Vermutlich war solch eine Einstellung viel gesünder als ihre eigene, aber Annabell konnte nicht aus ihrer Haut. In ihrem Leben gab es nur diesen einen Wunsch. Sie träumte immer nur davon, ganz vorn zu stehen, und deshalb musste sie besser sein als Katharina.

Sie drehte das Wasser ab und sperrte die Ohren auf. Es war still. Die Umkleide schien leer zu sein. Sie schnappte das Handtuch und wickelte sich darin ein. Anschließend lugte sie vorsichtig um die Ecke. An der Wand standen einige Spinde, in der Mitte die Bänke. Ihre Trainingstasche lag einsam auf dem Boden. Ihre Sachen hingen über der Bank. Niemand war mehr da. Annabell atmete auf und spürte gleichzeitig, dass sie fröstelte. Jemand hatte das Fenster angekippt und die eiskalte Winterluft strömte ungehindert herein. Bibbernd zog sie sich an und legte einen dicken Schal um. Sie durfte sich auf keinen Fall erkälten, dann würde sie ihre Chance verpatzen. Sie zog den Schal noch etwas fester und schlüpfte in ihre Stiefel. Dabei bemerkte sie einen kleinen zusammengefalteten Zettel, der auf ihrer Tasche lag. Verwundert nahm sie ihn in die Hand und las die wenigen handschriftlichen Zeilen.

Liebe Annabell, ich würde dich gerne um zehn am See im Park treffen. Das Tanzen mit dir hat Spaß gemacht. Philip

Sie las die Nachricht ein zweites Mal. Plötzlich war ihr nicht mehr kalt, sondern heiß. Philip wollte sie sehen. Allein. Sie sprang auf und rannte los. Auf der

Türschwelle hielt sie an, weil sie die Tasche vergessen hatte. Sie kehrte um, schnappte ihre Sachen und lief wieder los. Sie hatte nur noch knapp zehn Minuten, um zum Treffpunkt zu gelangen. Kurz überlegte sie, ob er zehn Uhr morgens oder abends meinte. Egal, sie wollte ihn nicht verpassen und eilte nach draußen. Nur gut, dass sie trotz der Kälte mit dem Fahrrad gekommen war. Die Fahrradständer wirkten um diese Jahreszeit regelrecht verwaist, ganz anders als im Sommer, wo sie ständig überfüllt waren. Es schneite kräftig und auf ihrem Sattel hatte sich bereits eine dicke weiße Schicht aufgetürmt. Sie zog die Handschuhe an und wischte den Sattel ab. Der kleine See, den Philip meinte, lag in dem Park am Ebertplatz, unweit der Hochschule. Im Sommer war er ein beliebter Treffpunkt der Studenten. Wenn sie sich beeilte, würde sie rechtzeitig dort sein. Annabell trat in die Pedalen. Doch der weiche Schnee setzte sich im Profil ihrer Reifen fest, weswegen sie schon nach ein paar Metern auf der vereisten Straße ins Rutschen kam. Geschickt steuerte sie gegen und hielt das Gleichgewicht. Als sie einen Abschnitt erreichte, auf dem der Schnee geräumt war, beschleunigte sie ihre Fahrt. Genau zwei Minuten vor zehn kam sie am Ufer des Sees an, der gut hundert Meter lang und an der breitesten Stelle höchstens vierzig Meter breit war. Es schneite inzwischen so stark, dass Annabells Sicht erheblich eingeschränkt war. Trotzdem entgingen ihr nicht die malerischen schneebedeckten Bäume, die das Ufer säumten. Der Park und der See wirkten wie verzaubert. Irgendwie magisch. Die Wohnhäuser am Rand ihres Sichtfeldes verschwanden im Schneegestöber, sodass die Welt um sie herum völlig unbefleckt aussah. Ganz so, als wäre sie noch nie von Menschenhand berührt worden. An diesem Eindruck konnte selbst der Straßenverkehr nichts ändern, der im Hintergrund rauschte.

Annabell stieg vom Fahrrad und sog den Anblick in sich auf. Sie fühlte sich plötzlich geerdet. Ihre Furcht, den Platz der Primaballerina an Katharina zu verlieren, war wie weggeblasen. Sogar die Tatsache, dass Philip noch nicht da war, konnte ihren Optimismus nicht trüben. Was gab es Mächtigeres und Schöneres als die Natur? Nichts konnte den Menschen stärker beeindrucken als die Gewalten, die wie von Gotteshand eine Landschaft scheinbar aus dem Nichts heraus komplett veränderten. Annabell kannte den See hauptsächlich aus dem Sommer. Wenn alles grün war, die Gänseblümchen auf der Wiese blühten und die Vögel zwitscherten. Jetzt war das Wasser unter der zugeschneiten Eisfläche nicht mehr zu erkennen. Es gab nicht einmal Fußspuren. Der See lag völlig unberührt da. Am Ufer fiel ihr ein über und über mit Schnee bedecktes Objekt ins Auge, das sich weiß und massiv aus dem Boden erhob und sie an einen Baumstamm erinnerte. Annabell wusste jedoch, dass es dort gar keinen Baum gab. Sie näherte sich und wischte ein bisschen von dem frischen Schnee weg. Eine dicke Eisschicht kam darunter zum Vorschein. Irgendetwas schimmerte durch das Eis. Annabell rieb mehr Schnee ab und entdeckte tiefer im Eis so etwas wie Stoff. Sie hatte keinerlei Erklärung, worum es sich handelte, und entfernte mit beiden Händen noch mehr Schnee, diesmal in Augenhöhe. In dem Eis steckte etwas, das undeutlich hindurchschien. Etwas Helles. Das war kein Stoff. Kein Objekt. Annabell sah Haut. Schemenhaft erkannte sie ein Gesicht. Zwei aufgerissene Augen starrten sie an.

Annabell schrie auf und stolperte rückwärts. Entsetzt rieb sie sich die Augen, als wenn sie das Bild dadurch verschwinden lassen könnte. Aber das Gesicht im Eis starrte sie weiter an. Annabell schrie erneut. Viel lauter diesmal und so lange, bis sie keine Luft mehr bekam.

10

Julia betrachtete die zierliche Zeugin, die kreidebleich neben Florian im Polizeiwagen saß und ihre Aussage machte. Annabell Pitschmann schlug immer wieder die Hände vors Gesicht. Tränen strömten unaufhörlich aus ihren großen braunen Rehaugen. Mit den dunklen, kurzen Haaren wirkte sie überhaupt nicht wie eine klassische Balletttänzerin. Nur an ihrer Statur und der Haltung konnte Julia ihre Profession ausmachen. Sie musterte Annabell noch einen Augenblick lang durch die Scheibe und begab sich dann zum Ufer des zugefrorenen Sees. Die Mitarbeiter der Spurensicherung waren bereits eingetroffen und hatten die Fundstelle der neuen Eisstatue weiträumig abgesperrt. In ihren weißen Overalls waren sie im Schneegestöber kaum auszumachen. Lenja Nielsen begleitete Julia. Es war ihr erster Fundort, und sie schlich hinter Julia her, als hätte sie Angst, dem Tod ins Gesicht zu blicken.

»Da vorne ist es«, sagte Julia und ging auf das zwei

Meter hohe Objekt zu. Auf dem Haupt der Statue türmte sich der Schnee zu einem Hut auf, dem die Krempe fehlte. Im Gegensatz zur ersten Statue war sie fast gar nicht als solche zu erkennen. Julia vermutete, dass der Täter den Schneefall unterschätzt hatte, der auch die um die Skulptur angebrachten Strahler vollständig bedeckte. Wieder hatte er einen Ort ausgesucht, der an einer Straße lag. Ihr Magen rumorte beunruhigt. Was würde der Killer tun, wenn er merkte, dass das Wetter seiner Opferdarbietung einen Strich durch die Rechnung gemacht hatte? Wenn ihm klar wurde, dass sein Kunstwerk unbemerkt geblieben war, versteckt unter einer dicken Schneeschicht? Julias Gehirn spielte einige mögliche Reaktionen blitzschnell durch. Die wahrscheinlichste blieb vor ihrem inneren Auge stehen. Er würde die Tat wiederholen. Sie schüttelte sich. Für Spekulationen war jetzt keine Zeit. Sie wischte sämtliche störenden Gedanken fort und betrachtete die Eisskulptur durch die Brille der nüchternen Rechtsmedizinerin. An der rechten Seite, ungefähr in Bauchhöhe, hatte Annabell Pitschmann den Schnee weggewischt. Weiße Kleidung schimmerte durch die dicke Eisschicht. Die eingeschlossene Tote schien das gleiche Kleid zu tragen wie das erste Opfer. Etwas höher und genau mittig erkannte Julia das Gesicht einer Frau mit weit aufgerissenen Augen. Unwillkürlich musste sie an Wegners Werkstatt und den Herstellungsprozess eines Eisblockes denken. Hatte die Frau womöglich noch gelebt, als sie ins Wasser getaucht wurde? Hatte sie gesehen, was der Killer aus ihr machen würde? Dass er sie zuerst töten und dann vor aller Augen ausstellen wollte? Oder war sie schon tot gewesen und hatte von dieser

Inszenierung nichts mehr mitbekommen? Es war genauso gut denkbar, dass der Killer aus irgendeinem Grund ihre Augen bewusst nicht geschlossen oder vielleicht sogar wieder geöffnet hatte. Sie sah genauer hin, konnte durch die dicke Eisschicht hindurch jedoch keine Verletzungen erkennen, die die eine oder andere These unterstützt hätten. Sie würde abermals warten müssen, bis die Frau aufgetaut war und im Obduktionssaal lag.

»Das ist wirklich gruselig«, murmelte Lenja Nielsen und riss Julia aus ihren Gedanken.

Ihre Assistentin hatte sie völlig vergessen.

»Ein Toter in der künstlichen Atmosphäre eines Autopsiesaals wirkt immer irgendwie irreal. Ein Fund- oder Tatort ist da schon etwas ganz anderes. Man sieht wieder den Menschen, der einmal gelebt hat, und nicht allein die bloße Anatomie. Es ist nicht mehr so leicht möglich, das Opfer auf ein lebloses Objekt aus Haut, Fleisch und Knochen zu reduzieren.« Julia schob die Brille hoch und sah Lenja mitfühlend an. Sie erinnerte sich noch genau an ihren ersten Fundort, der auch zugleich ein Tatort gewesen war. Ein Mann hatte seine Ehefrau zu Tode geprügelt. Es handelte sich um einen sogenannten Ehrenmord, der mit besonderer Brutalität ausgeführt worden war. Julia hatte sich beinahe übergeben müssen, als sie das viele Blut an den Wänden und auf dem Boden sah und ihr klar wurde, unter welchen Qualen die Frau gestorben war. Manfred Holsten hatte sie damals absichtlich mitgenommen. Er wollte, dass sie das komplette Ausmaß eines Mordes sah und nicht nur den toten Körper, der später neutral auf einer Liege oder im Kühlfach lag.

»Soll ich den Schnee abfegen?«, fragte Lenja.

Julia drehte sich nach einem Mitarbeiter der Spurensicherung um. Sie wollte die Eisstatue nicht verändern, bevor jedes Detail abfotografiert und dokumentiert worden war. Sofort kam eine Frau in weißem Overall auf sie zu.

Sie hatte offenkundig mitgehört, denn sie sagte: »Ich mache das.«

Mit einem Handfeger entfernte sie vorsichtig ringsum den Schnee. Nachdem sie fertig war, fotografierte sie die Statue von allen Seiten. Erst dann durften Julia und Lenja wieder näher treten.

»Sie trägt das gleiche Kleid«, stellte Lenja fest.

»Aber sie hat keinen Spiegel in der Hand.« Julia war dieses Detail sofort aufgefallen.

»Was ist das da in ihrer Hand?« Lenja berührte das Eis fast mit der Nase.

»Sieht wie eine Pflanze aus. Finden Sie nicht?« Julia ging ebenfalls so nah wie möglich heran.

»Ja, das könnte ein langer Grashalm sein.« Lenja schien ihren ersten Schrecken überwunden zu haben. Sie war jetzt ganz in ihrem Element und plötzlich sah Julia sich selbst in ihrem Alter. Vielleicht war Lenja Nielsen ihr einfach zu ähnlich. Ihr hoch konzentriertes Gesicht strahlte eine gewisse Unnahbarkeit aus. Dieselbe Distanz, die ihr von vielen Kollegen vorgehalten wurde. Nicht umsonst trug Julia im Institut auch den Namen *Eislady*.

»Könnte auch eine Getreideähre sein«, stellte sie fest und trat einen Schritt zurück, um die Statue im Ganzen zu betrachten.

»Der Täter hat seine Fähigkeiten meines Erachtens

verbessert. Die Proportionen von Kopf, Körper und Füßen sind fast stimmig. Das war bei der ersten Statue noch anders.« Er lernt dazu, ergänzte Julia in Gedanken.

»Er wird nicht aufhören. Falls es überhaupt nur ein einzelner Täter ist.«

Julia drehte sich überrascht zu Florian um. Sie hatte nicht bemerkt, dass er sich zu ihnen gesellt hatte. In seinen Augen sah sie tiefes Entsetzen.

»Er steigert sich, und ich befürchte, er hat Gefallen an dem gefunden, was er tut.« Florian deutete auf die Scheinwerfer, die rund um die Statue aufgebaut waren. »Es sind mehr Strahler, auch wenn das Licht nicht durch den Schnee dringt. Er versucht, seine Darbietung zu perfektionieren.« Florian seufzte resigniert.

Den nächsten Satz musste er nicht aussprechen. Julia wusste, was er meinte. Der Täter würde vielleicht schon bald ein neues Opfer präsentieren, es sei denn, sie konnten ihn vorher zur Strecke bringen.

»Das Wasser ist wieder nicht gefiltert worden«, stellte sie fest. »Ich erkenne überall Sandpartikel und andere kleine Einschlüsse.«

Julia roch an der Statue. »Ätherische Öle kann ich erst mal nicht ausmachen. Und Sie?« Julia blickte zu ihrer Assistentin, die jetzt ebenfalls an dem Eis schnupperte, doch anschließend den Kopf schüttelte.

Florian sah sie fragend an.

»Das Labor hat im Eis der ersten Statue Spuren von ätherischen Ölen identifiziert. Wir vermuten, dass das Wasser mit Parfüm versetzt worden ist. Außerdem handelt es sich definitiv nicht um Trinkwasser, denn es wurden neben dem Sand auch Nitrate gefunden. Die sind häufig im Grundwasser von landwirtschaftlich genutzten Flächen enthalten und stammen aus den verwendeten Düngemitteln«, erklärte Julia.

Florian roch an der Eisoberfläche. »Hast du denn an der letzten Statue etwas gerochen?«

Julia schüttelte den Kopf. »Nein. Ich bin deshalb zu Wegner gefahren. Zwei seiner Kollegen haben bereits mit Düften im Eis gearbeitet.« Sie sah zu Lenja. »Haben Sie das Labor angewiesen, das Parfüm zu identifizieren?«

»Ja. Aber das ist wohl schwierig. Sie versuchen es. Der Laborleiter wollte sich kurzfristig melden. Bei der Stadt habe ich es auch versucht. Grundwasserbrunnen im Stadtgebiet sind alle registriert. Die dürfen mir aber keine Auskunft erteilen. Deshalb hat die Kriminalpolizei die Liste der Brunnen offiziell angefordert.«

Florian grinste. »Ja, ein Kollege von mir hat das erledigt. Es sollte nicht allzu lange dauern. Wir suchen also nach einem Brunnen in der Nähe einer landwirtschaftlichen Fläche.« Er runzelte die Stirn. »Könnte Wegners Werkstatt denn ebenfalls infrage kommen?«

Julia lächelte. »Ich habe gestern eine Wasserprobe aus seinem Brunnen entnommen. In zwei Tagen sind wir klüger. Was ist eigentlich mit der Identität des ersten Opfers? Handelt es sich tatsächlich um Jette Höffner?«

Florian hob die Schultern. »Saathoff ist dran. Bisher haben wir leider immer noch kein Foto. Die Beamten, die die Vermisstenanzeige aufgenommen haben und es beschaffen sollen, sind allerdings nicht die schnellsten.« Florian ging über die schneebedeckte Eisschicht des Sees, die inzwischen voller Fußspuren war. Er deutete auf einige Wohngebäude auf der anderen Seite, die kaum zu sehen waren. »Ein paar Kollegen befragen gerade die Anwohner. Vielleicht hat ja wieder jemand einen Lieferwagen gesehen.«

Er kam zurück ans Ufer und umrundete die Statue, vor dem Gesicht der Toten blieb er stehen. »Merkwürdig, dass dieses Mal die Augen geöffnet sind«, murmelte er und schloss für einen Moment die Lider.

Julia schwieg. Sie wusste, dass Florian versuchte, sich den Tathergang vorzustellen. Sie probierte es ebenfalls, jedoch ohne Erfolg. Ihr fehlte einfach die Fantasie. Sie konnte nicht begreifen, warum jemand tötete. Das Leben war einzigartig und über alle Maßen wertvoll. Wer es zerstörte, beging eine Ursünde. Julia wusste, dass es das Böse gab. Spätestens seit dem Tod ihres kleinen Bruders Michael hatte sie jegliche Illusion über das Gute abgelegt. Obwohl es über fünfzehn Jahre her war, dass Michael missbraucht und getötet worden war, brannte der Schmerz über seinen Verlust mit derselben Intensität weiter in ihr. Sein Tod war der Grund für ihre Berufswahl gewesen. Sie bereute es keinen einzigen Tag, denn sie hatte inzwischen viele Täter überführt, die ohne ihre Arbeit nie gefasst worden wären. Julia sah sich als Anwältin der Toten. Sie war die letzte Hoffnung, für ein Opfer Gerechtigkeit zu erfahren. Gerade deshalb war es gut, dass sie sich nicht in einen Mörder hineinversetzen konnte. Würde sie sich bei jeder Leichenöffnung das Grauen des Opfers und die Mordlust des Täters vorstellen, könnte sie kein Skalpell mehr ruhig in der Hand halten.

»Ich kann es mir nicht erklären«, sagte Florian nach einer Weile und öffnete wieder die Augen. Er deutete auf die Getreideähre. »Auch das Symbol gibt mir Rätsel auf. Zuerst ein Spiegel und ein Opfer mit geschlossenen

Augen und dann eine Ähre, diesmal die Lider geöffnet. Hinzu kommt dieses altmodische weiße Kleid. Was will der Killer uns damit sagen?«

Er trat einige Schritte zurück und starrte auf die Skulptur, als könnte er dadurch eine Antwort auf seine Fragen erhalten. Lenja Nielsen, die sich ein wenig im Hintergrund gehalten hatte, stellte sich neben ihn.

»Vielleicht haben diese Frauen ihm irgendetwas getan. Es könnte ihm um ihre Bestrafung gehen. Das erste Opfer hat ihn womöglich nicht wahrgenommen oder abblitzen lassen. Er stellt die Frau als blind dar. Und die zweite Tote hat ihn zwar gesehen, aber seinen Wert nicht erkannt. Es könnte ja sein, dass sie keine feste Beziehung wollte. Die Ähre wird oft als Symbol für Fruchtbarkeit eingesetzt. Möglicherweise wollte sie keine Kinder.«

Florian schürzte die Lippen. »Sie könnten recht haben. Fest steht jedenfalls, dass wir die Botschaft, die offenbar hinter dieser ganzen Inszenierung steckt, unbedingt entschlüsseln müssen. Sonst kriegen wir den Mistkerl nicht.«

Julia entnahm eine Probe vom Eis. »Ich gebe das schnellstmöglich ins Labor. Vielleicht bekommen wir heraus, woher das Wasser stammt. Wenn wir die Region eingrenzen können, wären wir schon mal einen Schritt weiter.« Sie drehte sich um, weil sie dumpfe Schritte hinter sich hörte. Martin Saathoff näherte sich keuchend. Der schnauzbärtige Mann sah aus wie ein Eskimo. Auf seinem Schädel saß eine viel zu große Pelzmütze, die ihm bis über die Augenbrauen ins Gesicht hing. Dazu trug er einen knielangen, weißen Parka, der noch aus den Siebzigerjahren stammen musste. Julia hatte mehrere Sekunden gebraucht, bis sie ihn an seiner massigen Gestalt erkannte.

»He, Partner«, sagte Saathoff zu Florian und wischte ein paar Schneeflocken weg, die sich in seinem üppigen Bart verfangen hatten. »Ich habe endlich ein Foto von Jette Höffner. Meiner Meinung nach handelte es sich um die Tote.« Sein Blick blieb an Lenja Nielsen hängen, wanderte anschließend kurz zu Julia und kehrte wieder zu ihrer Assistentin zurück.

»Donnerwetter. Sie wollen mir jetzt aber nicht erzählen, dass Sie die neue Assistentin von Julia Schwarz sind.« Er reichte ihr die Hand und grinste schief.

»Darf ich vorstellen? Lenja Nielsen, meine Assistentin, und das ist Martin Saathoff, der Partner von Florian Kessler«, fuhr Julia dazwischen. Sie kannte Saathoffs Affinität zu jungen, hübschen Frauen und wollte an dieser Stelle direkt eine Grenze ziehen.

Saathoff räusperte sich und streckte Julia die Hand zum Gruß entgegen. Dann musterte er die Eisstatue.

»O Mann. Der Täter kann wohl nicht genug bekommen. Warum steckt er nicht etwas Lebloses ins Eis?« Er schüttelte den Kopf. »Moment mal. Das Gesicht kenne ich doch.« Ohne ein weiteres Wort machte Saathoff kehrt. Er lief zu seinem Wagen und telefonierte. Nach einer Weile kam er mit seinem Smartphone zurück.

»Ich wusste es. Stundenlang habe ich mich durch die Vermisstenanzeigen gewühlt«, sagte er und wischte über das Display. »Die Frau wurde vor vier Tagen als vermisst gemeldet. Sie heißt Carola Schwennig und ist Modedesignerin. Alter und Aussehen passen auf den ersten Blick.«

Julia nahm ihm das Smartphone aus der Hand. Saathoff lag vermutlich richtig. Sie reichte es an Florian weiter. Der starrte das Foto eine Weile an und gab anschließend das Handy zurück.

»Ich will diesen Mistkerl schnappen. Lieber heut als morgen.«

11

Der Wetterbericht dröhnte aus den alten Holzlautsprechern. Er öffnete den Wasserhahn und drehte ihn sofort wieder zu.

»Verdammt!«

Missmutig stapfte er zum Radio. Der Sprecher verkündete das vorläufige Ende des Winters. Eine wärmere Luftmassenströmung aus dem Südwesten Europas sollte sich in den nächsten Tagen ausbreiten und die Temperaturen auf knapp über null steigen lassen.

Er klappte den Laptop auf und setzte sich auf einen Küchenstuhl. Er klickte die Website eines meteorologischen Dienstes an, der sich in den letzten Wochen als äußerst zuverlässig herausgestellt hatte, und studierte die Wettervorhersage auf einer Karte mit gekräuselten Linien und Wolken. Von der Strömung mit wärmerer Luft, die im Radio erwähnt wurde, konnte er nichts erkennen. Sein Blick schweifte zum Küchenfenster. Schneeflocken klebten an den Rändern der Scheibe.

»Verdammte Wetterfrösche!« Zu allem Überfluss bemerkte er, dass er den halben Boden mit seinen nassen Gummistiefeln unter Wasser gesetzt hatte. Nervosität beschlich ihn. Er hatte dieses Projekt so lange geplant. Bisher hatte es unter einem guten Stern gestanden. Die frostige Kälte dieses Winters hatte ihm die ganze Zeit zugespielt. Doch heute lief es nicht so wie gedacht. Schuld daran war die unerwartete Schneefront, die seit ein paar Stunden über Köln fegte und die Stadt fast unter sich begrub. Es schneite so heftig, dass er sich Sorgen darüber machte, ob von seinem Kunstwerk überhaupt noch etwas zu sehen war. Eigentlich musste er an seiner neuen Statue weiterarbeiten. Aber der viele Schnee störte seine Konzentration. Was, wenn niemand sein Kunstwerk sah? Die halbe Nacht hatte er geschuftet, um alles perfekt zu arrangieren.

Noch einen Moment lang saß er unschlüssig da und starrte auf die Fensterscheibe. Dann beschloss er, nachzusehen. Er zog seinen Mantel über, ging nach draußen und stieg in den Wagen. Als er sich dem Ebertplatz näherte, sah er schon von Weitem die Blaulichter der Polizei. Er fuhr langsamer. Auf seinem Kunstwerk hatte sich Schnee aufgetürmt. Eine Frau, eingepackt in einen weißen Overall, fegte gerade den Schnee weg. Die Strahler schienen nicht zu funktionieren. Alles lag in schnödem Grau. Der Anblick war wie ein Stich ins Herz. Seine Befürchtungen wurden schlagartig wahr. Fast niemand hatte seine Statue gesehen. Keine Menschenseele erkannte die Perfektion, mit der er gearbeitet hatte. Wie auch, ohne die Beleuchtung? Dieser verdammte Schnee! Nur ein paar Polizeibeamte bekamen sein Werk zu Gesicht. Kunstgenießer fanden sich sicherlich kaum darunter. Er hatte die Menschen beeindrucken wollen. Ein Polizist blickte in sein Auto und kniff prüfend die Augen zusammen. Er gab Gas und fuhr weiter. In seinen Gedanken ratterte es. So konnte er das Ganze nicht stehen lassen.

In seinem Kopf entwickelte sich ein neuer Plan. Er brauchte dringend Nachschub. In der Kühlkammer lag zwar schon der nächste Eisblock, aus dem eine Skulptur werden sollte. Aber er musste die Taktung erhöhen. Sein Werk sollte vollendet sein, bevor ihm die Polizei auf die Schliche kam. Nur so konnte er einen bleibenden Eindruck in der Geschichte hinterlassen. Er wollte, dass die Menschen ihn als das sahen, was er wirklich war: ein großer Künstler.

Kurz entschlossen entfernte er sich vom Ebertplatz und steuerte eine Baustelle an, die er schon länger beobachtete. Zugegeben, es ging ihm nicht um die Baustelle, sondern um die Architektin, die sich hier regelmäßig nach dem Rechten umsah. Voller Vorfreude leckte er sich über die Lippen und lächelte. Er parkte den Wagen und stieg aus. Im Baucontainer an der Ecke warf er eine verdreckte blaue Jacke über, nahm sich einen Helm und schlüpfte in ein Paar grobe Gummistiefel. Aufgrund des schlechten Wetters war der Rohbau immer noch nicht fertiggestellt. Das Bauprojekt würde sich verzögern. Ihm kam das sehr entgegen. Ansonsten wäre er erst mal damit beschäftigt, herauszufinden, wo ihr neues Projekt entstand. Er hatte in der Zeitung von ihr gelesen und war sofort fasziniert gewesen. Was für eine großartige Frau. Er musste sie haben. Und dann würde er dafür sorgen, dass sich alle ihre Träume erfüllten.

Ihr Wagen parkte immer ganz vorn, gleich dort, wo der Bauzaun begann. Er sah den silbernen Audi, der sich im Sommer in ein Cabrio verwandeln konnte. Seine Laune verbesserte sich augenblicklich, denn er entdeckte sie im Inneren des Rohbaus. Sie stand genau an der Stelle, wo einmal eine beeindruckende Empfangshalle entstehen würde. In den Händen hielt sie einen Bauplan, einige Herren umringten sie. Einer von ihnen trug einen dunkelblauen Anzug, vermutlich gehörte er zu den Investoren. Das Projekt geisterte schon seit Monaten durch die Presse, weil hier ein besonders moderner und nachhaltiger Bürokomplex gebaut werden sollte. Er schnappte sich einen Pressluft-hammer und betrat damit einen Nebenraum, von dem er einen guten Blick auf sie hatte und hören konnte, was gesprochen wurde. Die Stimmung unter den Anwesenden schien ziemlich angespannt. Der Investor fragte in jedem zweiten Satz ungeduldig nach dem Fertigstellungstermin. Der Bauleiter, ein rundlicher Mann mit Wollmütze, wedelte nervös mit einer Mappe und drückte sich davor, einen konkreten Termin zu nennen. Die Architektin beschwichtigte beide Seiten. Sie hing zwischen den Stühlen. Sie durfte den Investor nicht vergraulen, aber auch ihren Bauleiter nicht verlieren, ohne den das Projekt sich zwangsläufig noch weiter verzögern würde. Unweigerlich huschte ein Grinsen über sein Gesicht. Seine Auserwählte ahnte nicht im Geringsten, was er mit ihr vorhatte.

12

Judith Haiden spürte, wie die Kälte an ihr hochkroch, obwohl sie gerade erst aus dem beheizten Wagen gestiegen war. Der eisige Wind wehte das bisschen Wärme sofort weg und zog durch jede noch so kleine Ritze ihres teuren Wintermantels. Dabei hatte ihr die Verkäuferin etwas ganz anderes versprochen. Judith würde nie wieder frieren, hatte sie behauptet. Mit diesem Mantel könne sie jederzeit einen Urlaub in Sibirien antreten. Angeblich war das synthetische Material sogar am Nordpol getestet worden. Wie konnte es dann sein, dass sie bereits in Deutschland kurz vor dem Erfrieren stand? Sie setzte gedanklich die Marke auf ihre rote Liste. Judith arbeitete gerne mit Listen. Die konnte man abhaken. Es war ein gutes Gefühl, Punkte zu erledigen und für immer durchzustreichen. Ihr Job brachte eine Komplexität mit sich, in dem es ohne Ordnung nicht ging. Trotzdem konnte nicht alles geplant werden. Sie lebten zwar im einundzwanzigsten Jahrhundert, aber das Wetter ließ sich noch immer nicht von menschlicher Hand leiten. Es war ein Risiko. Allerdings ein bekanntes. Dafür plante man Zeitpuffer ein. Sie hatte für die Umsetzung dieses Projektes ein üppiges Zeitfenster vorgesehen, doch der Investor hatte es gleich wieder gestrichen. Jetzt stand er da und lamentierte. Er hatte sich so in Rage geredet, dass er von der Kälte offensichtlich gar nichts mitbekam. Er war der Einzige in der Runde, der schwitzte, während alle anderen froren.

Judith beherrschte sich und schaffte es, nicht die Augen zu verdrehen.

»Wann sind die Büros fertig?«, lispelte der Anzugträger und brachte ihren Bauleiter damit abermals in Bedrängnis.

»Hören Sie. Es schneit ununterbrochen. Wir haben den kältesten Winter seit Jahren. Solch ein Wetter ist für das Rheinland völlig untypisch. Wir können nicht alle Materialien wie geplant verbauen, denn der Frost würde sie sofort beschädigen. Ein mangelhaftes Gebäude ist doch sicherlich auch nicht in Ihrem Sinne?« Judith setzte ein schmales Lächeln auf und dachte an den Preis, den sie mit einem anderen Projekt endlich gewinnen wollte.

Bis jetzt hatte ein konkurrierendes Architektenbüro stets die Nase vorn gehabt. Sie wollte erneut an einem Architekturwettbewerb teilnehmen, und dieses Mal würde sie die Siegerin sein. Die halbe Nacht hatte sie am Entwurf für einen Coworking-Space mitten in der Kölner Innenstadt gefeilt. Es handelte sich um ein Prestige-Objekt, das auf begehrtem Bauland entstehen sollte. Start-up-Unternehmen sollten hier günstig und flexibel Büroflächen anmieten können. Sogar für Übernachtungsmöglichkeiten würde Judith sorgen. Die komplette Gestaltung des Gebäudes war darauf ausgelegt, die Kreativität zu fördern. Ihre ganze Leidenschaft steckte in diesem Projekt.

Sie musterte den Investor und schluckte trocken. Den Stress, den dieser Typ schon wieder verbreitete, konnte sie im Moment überhaupt nicht gebrauchen. Am liebsten hätte sie ihn einfach stehen gelassen und sich wieder in ihr warmes Auto gesetzt. Fast jeden Tag trafen sie sich auf der Baustelle, weil Mister Perfect etwas auszusetzen hatte. Er stahl ihr die Zeit und die Nerven. Zudem war er es gewesen, der den Zeitplan zusammengestrichen hatte, er war selbst schuld. Sie hatte in ihrer Planung alle Faktoren, auch schlechtes Wetter, berücksichtigt.

»Herr Wahrendorf«, hob sie erneut an und blickte dem Investor dabei in die Augen. »Wir tun alles, was wir können, um den Gebäudekomplex so schnell wie möglich fertigzustellen. Wir achten aber auch auf die Qualität und die Sicherheit. Ich unterstütze Sie gerne im Gespräch mit Ihren Geldgebern und erkläre ihnen die Situation.«

Wahrendorfs Augen wanderten hin und her. Der Mann war nicht in der Lage, ihr mehr als zwei Sekunden in die Augen zu blicken. Judith seufzte. Er würde sich nicht beruhigen, egal, wie sehr sie auf ihn einredete.

»Ich möchte wissen, wann genau das Gebäude fertiggestellt ist. Das ist die einzige Frage, die ich habe, und Sie schleichen mit der Antwort wie eine Katze um den heißen Brei herum. Nennen Sie mir ein konkretes Datum.« Wahrendorfs Stimme zitterte. Seine Wangen waren gerötet, und jetzt wischte er sich tatsächlich ein paar Schweißperlen von der Stirn, während Judith ihre Füße vor Kälte bereits nicht mehr spüren konnte.

»März oder April«, erwiderte sie und zuckte mit den Schultern. »Genauer kann ich es nicht sagen. Ich kann das Wetter nicht voraussehen. Nehmen Sie doch einfach den dreißigsten April. Dann sind wir auf der sicheren Seite.« Sie sah regelrecht, wie Wahrendorfs Blutdruck anstieg. Zuerst färbte sich sein Hals an den Seiten dunkelrot. Anschließend breitete sich das Rot weiter nach oben bis zur Stirn aus.

»März«, platzte es schließlich aus ihm heraus. »Ende März, oder wir ziehen uns aus dem Investment zurück.«

Judith Haiden traute ihren Ohren nicht. Was sollte das heißen? Wollte er etwa von seinem Ausstiegsrecht Gebrauch machen? Im Vertrag war eine solche Klausel enthalten, die bei erheblichem Zeitverzug griff. Und es gab noch weitere Möglichkeiten, ihr das Leben zur Hölle zu machen. Zahlungen verzögern. Mängel vor Gericht bringen. Ihre Mitarbeiter durch ständige Meckereien entnerven.

Sie zwang sich zu einem verbindlichen Lächeln.

»Lieber Herr Wahrendorf, ich schlage vor, dass wir uns vielleicht heute Abend bei einem Dinner darüber in Ruhe austauschen. Keiner von uns möchte, dass dieses Projekt ein Misserfolg wird. Ganz im Gegenteil.« Sie schaute ihn an und wartete, bis er zögerlich nickte. »Wir unterhalten uns ungestört und gehen alle Optionen noch einmal durch. Bestimmt finden wir eine Lösung.« Das Lächeln fiel ihr inzwischen leichter, denn sie merkte, wie Wahrendorf sich langsam beruhigte. Innerlich stöhnte sie. Es gab so viele Manager, denen man einfach nur etwas Aufmerksamkeit entgegenbringen musste, um sie milder zu stimmen. Sie dachte erneut an ihren Beitrag für den Wettbewerb und seufzte. Dieser Abend würde nicht ihrem Coworking-Space-Projekt, sondern Wahrendorf gehören.

Sie blickte zum Bauleiter und gab ihm verschiedene Anweisungen für die nächste Bauphase. Die oberen Geschosse konnten trotz des Frostes weitergebaut werden. Das sparte Zeit. Sie überschlug die Anzahl der Wochen, die noch vor ihr lagen. Wenn der Frost sich nicht über die nächsten zwei Monate hinzog, was sehr unwahrscheinlich war, schien zumindest Mitte April realistisch. Sie musterte Wahrendorf von der Seite. Zwei Wochen konnte sie ihm bestimmt aus den Rippen leiern. Sie würde im *Swan* reservieren. Dort gab es gutes Essen und die Atmosphäre war nett. Wahrendorf würde den Abend sicherlich genießen und sich für seine Geldgeber etwas einfallen lassen. Sie wartete, bis der Bauleiter die Stufen zum nächsten Geschoss erklommen hatte. Wahrendorf schnaufte hinterher. Sie stieg als Letzte die improvisierte Treppe hinauf. Im Augenwinkel bemerkte sie einen Bauarbeiter mit einem Presslufthammer und fragte sich für eine Sekunde, was er mit dem schweren Gerät in ihrem Rohbau anstellen wollte. Doch dann hatte Wahrendorf schon wieder etwas zu meckern, und sie beeilte sich, dem Bauleiter zu Hilfe zu kommen.

»Diese Wand ist so nicht geplant«, behauptete Wahrendorf und pochte auf den knittrigen Bauplan, den er stets mit sich trug.

Diesmal schaffte sie es nicht zu lächeln und verdrehte stattdessen innerlich die Augen. »Sie müssen den Plan drehen. Die Mauer finden Sie hier.« Judith tippte auf die entsprechende Stelle und fragte sich, warum dieser Mann für einen Investor auftrat, obwohl er noch nicht mal den Bauplan verstand. Immerhin war Wahrendorf mit ihrer Antwort zufrieden. Er rannte dem Bauleiter hinterher, dem Judith ansehen konnte, dass er dieses Treffen auch so schnell wie möglich hinter sich bringen wollte. Es gab nur noch einen Raum, der für heute auf der Tagesordnung stand.

Sie blieb im Eingang stehen. Wahrendorf schien es plötzlich eilig zu haben. Er blickte zwei-, dreimal auf die Uhr und unterbrach schließlich die Ausführungen des Bauleiters.

»Danke. Danke. Ich sehe, es läuft halbwegs. Leider muss ich los zu meinem nächsten Termin.« Er blickte zu Judith und grinste. »Wir sehen uns.«

Judith nickte. »Ich sende Ihnen die Adresse und die Uhrzeit, sobald ich etwas Nettes reserviert habe.«

Wahrendorf verschwand und sie atmete auf.

»Ich kann den Kerl nicht ausstehen«, murmelte der Bauleiter im Rausgehen. Judith zuckte müde mit den Schultern. Sie war völlig durchgefroren. Hoffentlich wurde sie nicht krank. Trotzdem blieb sie noch ein paar Sekunden in dem zukünftigen Konferenzraum stehen und schaute aus den nicht vorhandenen Fenstern, die im Augenblick nicht mehr als riesige Löcher in der Außenwand waren. Sie schnaufte durch und sprach sich im Stillen Mut zu. Alles würde sich in Wohlgefallen auflösen, und trotz eines verlorenen Abends hatte sie immer noch genug Zeit, um ihren Beitrag für den Wettbewerb fertigzustellen. Diesmal standen ihre Chancen ziemlich gut. Mit einem Quäntchen Glück könnte sie von der ewig Zweit- oder Drittplatzierten zur Nummer eins werden. Sie schob die Hände in die großen Manteltaschen und schritt durch den Rohbau zur Treppe, wo sie noch einmal innehielt. Sie drehte sich um und sah den gleichen Bauarbeiter, den sie im Vorbeigehen schon bemerkt hatte. Nach wie vor hielt er den Presslufthammer in der Hand. Das Kabel hing lose herunter. Das Gerät hatte keinen Strom.

Sie runzelte die Stirn und beobachtete den Arbeiter. Was tat er da? Oder vielmehr, was tat er nicht? Er lief einfach nur herum und starrte auf seine Fußspitzen. Hatte der Mann keine konkrete Aufgabe? Judith setzte sich wieder in Bewegung und ging auf ihn zu.

»Was machen Sie eigentlich gerade?«, fragte sie und wunderte sich, dass der Mann nicht reagierte.

»Hallo?«

Der Mann stand regungslos mit dem Rücken zu ihr und rührte sich nicht. Hatte er sie nicht gehört? Er kam ihr inzwischen sehr merkwürdig vor.

»Hallo?«, rief sie erneut und berührte ihn forsch an der Schulter, als sie ihn erreicht hatte.

Da drehte er sich blitzschnell um, und sie erschrak beinahe zu Tode.

13

Florian betrachtete die rundliche Frau, deren Strickpullover vom vielen Waschen ausgeblichen und fusselig wirkte. Sie saß auf ihrem Sofa, als gehörte sie selbst zum Mobiliar. Ihr ausufernder Hintern und der krumme Rücken verschmolzen mit den tiefen Kuhlen im Polster, das im Laufe der Zeit ihre Körperform nachgebildet hatte. In ihren stumpfen Augen erkannte er die Sinnlosigkeit, die sie anscheinend für ihr Leben empfand. Marianne Kraus lebte in einer kargen Sozialwohnung in der ersten Etage eines Wohnhauses mit direktem Blick auf den kleinen See am Ebertplatz. Vor Florian stand eine fleckige Kaffeetasse, die sie ihm trotz Widerstand serviert hatte. Er führte die Tasse aus Höflichkeit bis an den Mund, ohne sie mit den Lippen zu berühren, verharrte einen Moment und stellte sie dann wieder ab.

»Sie haben also einen Lieferwagen gesehen, der von der Straße abbog und zum Seeufer fuhr?« Florian kaute ihre Zeugenaussage jetzt zum dritten Mal mit ihr durch.

Leider unterschieden sich die Details bei jeder Version. Das war typisch. Befragte man drei Zeugen, erhielt man fünf verschiedene Beschreibungen für ein und dasselbe Ereignis. Es war schon komisch, was das Gehirn aus den Dingen, die unsere Augen wahrnahmen, machte. Gespeichert wurden nur relevante Einzelheiten. Und diese Relevanz wiederum hing von den persönlichen Vorlieben und Erfahrungen ab. Marianne Kraus beispielsweise war kein Kran auf dem Transporter aufgefallen. Sie wusste nicht einmal mehr, ob die Ladefläche offen oder geschlossen gewesen war.

»Ja. Also, wie gesagt. Ich stehe in der Küche und hole mir ein Glas Wasser. Es war mitten in der Nacht, da wache ich öfter wegen meiner trockenen Kehle auf. Der Doktor sagt, das liegt am Rauchen.« Sie verdrehte die Augen nach oben und schüttelte abfällig den Kopf. »Meine Großmutter hat Zeit ihres Lebens geraucht und ist fünfundneunzig geworden. Ist doch alles moderner Quatsch, den die Wissenschaft sich heutzutage ausdenkt. Auf jeder Zigarettenpackung versuchen sie jetzt, mir das Rauchen mieszumachen.« Zum Beweis nahm sie eine Packung hoch und warf sie kopfschüttelnd wieder auf den Couchtisch. »*Rauchen kann tödlich sein.* Dass ich nicht lache. Das Leben endet doch immer tödlich. Wir landen alle früher oder später unter der Erde.« Sie prustete und trank aus ihrer ebenfalls fleckigen Kaffeetasse. »Was bleibt mir denn sonst noch vom Leben?«, murmelte sie und stellte die Tasse ab. Sie blickte Florian aus ihren stumpfen hellen Augen an und wischte sich eine Strähne aus der Stirn.

Florian lächelte mühsam. »Wie spät war es, als Sie sich etwas zu trinken geholt haben?« Er pochte mit seinem Kugelschreiber auf den Notizblock auf seinen Knien und hoffte, dass sie die bisher gemachte Zeitangabe einfach wiederholte.

»Na ja.« Marianne Kraus und kratzte sich ausgiebig am Hinterkopf. »Es war kurz vor vier.«

Florian atmete erleichtert auf. Immerhin. Sie blieb dabei, und diese Beobachtung passte zu denen anderer Zeugen.

»Ich kann mich erinnern, weil ich seit zwei Wochen diesen Digitalwecker auf meinem Nachttisch stehen habe. So ein Ding mit riesigen rot leuchtenden Zahlen. Immer wenn ich aufwache, sehe ich sofort, wie spät es ist.« Sie lächelte tatsächlich, und Florian registrierte, dass sie wahrscheinlich einmal recht attraktiv gewesen sein musste. Bevor das Leben sie in einen Abwärtsstrudel gerissen hatte.

»Und was haben Sie anschließend beobachtet?«, fragte er knapp, weil er ihren Redefluss nicht unnötig unterbrechen wollte.

»Ich bin also in die Küche und zum Schrank, habe ein Glas herausgeholt und dann diesen Wagen gesehen. Er fuhr ohne Licht und hielt am Ufer, da, wo jetzt alles abgesperrt ist. Ein Kerl stieg aus, gleich neben einer Laterne. Er war vermummt, hatte einen dicken Schal um den Kopf gewickelt. Ich dachte, das ist wieder einer von diesen Drogendealern. Die schleichen öfter hier herum. Es hat mich nicht weiter interessiert. Ich habe mich umgedreht, mein Glas am Wasserhahn gefüllt und bin zurück ins Schlafzimmer.« Sie zuckte mit den Schultern. »Das war es auch schon. Wie gesagt, der Wagen war weiß und an eine Ladefläche kann ich mich nicht erinnern. Es war ja auch dunkel bis auf die paar Straßenlaternen.«

Florian nickte. »Können Sie den Mann noch genauer beschreiben?«

»Hm. Er war recht groß, soviel ich sehen konnte, trug dunkle Sachen, soweit ich mich entsinne. Er ging ganz normal, hat nicht gehumpelt und ist auch nicht gerannt. Er wirkte nicht so, als sei er irgendwie nervös oder so. Er sah aus wie einer, der es gewohnt ist, mit Drogen zu dealen.«

»Und haben Sie gesehen, was dieser Mann getan hat, nachdem er ausgestiegen war?«

Marianne Kraus schüttelte den Kopf. »Nein. Ich war müde und hatte Durst. Ich habe nur gesehen, wie er zum Ufer lief. Dann bin ich zurück ins Bett.«

»Ich danke Ihnen, Frau Kraus. Falls Ihnen noch etwas einfällt, melden Sie sich bitte bei mir.« Florian erhob sich und schob das Notizbuch in seine Hosentasche. Sein Kopf summte. Schon den ganzen Tag lang befragten sie unablässig Zeugen. Sie hatten sich aufgeteilt. Martin Saathoff war im Nachbarhaus unterwegs. Zusätzlich halfen fünf Streifenpolizisten. Die Ergebnisse bisher waren ernüchternd. Es war kaum zu glauben, dass der Täter bereits zum zweiten Mal mitten in Köln eine große Eisstatue aufgestellt hatte, ohne dabei gesehen worden zu sein. Waren die Menschen denn inzwischen völlig ignorant? Sahen sie nichts oder wollten sie womöglich gar nichts sehen? Er wünschte sich manchmal in ein Dorf, in dem die Bewohner auch heute noch jede ungewöhnliche Bewegung registrierten. Dort hätte sich mit Sicherheit jemand wenigstens das Kennzeichen aufgeschrieben. In einer Großstadt wie

Köln konnte er so etwas vergessen. Tausende und Abertausende Menschen lebten einfach vor sich hin. Sie interessierten sich nur noch für sich selbst und bekamen von den Dingen, die direkt vor ihren Augen geschahen, nicht mehr viel mit. Er fluchte leise, nachdem Marianne Kraus die Tür hinter ihm geschlossen hatte. Müde schlurfte er über den Hausflur zu ihrem Nachbarn und klingelte.

Ein vielleicht sechsjähriges Mädchen mit dunklen, zerzausten Locken öffnete ihm die Tür.

»Bist du ein Prinz?«, fragte die Kleine ihn lächelnd. Eine große Zahnlücke prangte Florian entgegen. Er ging in die Hocke und lächelte zurück.

»Ich bin leider kein Prinz, dafür aber ein Polizist. Darf ich mit deiner Mami sprechen?«

Die Kleine riss beeindruckt die Augen auf und nickte.

»Mama«, rief sie und verschwand in der Wohnung.

Kurz darauf erschien eine mürrisch dreinblickende Frau mit einem Neugeborenen im Arm und einem zwei- oder dreijährigen Jungen, der sich an ihren Oberschenkel klammerte.

»Was ist denn los?«, fragte die Frau sichtlich genervt.

Florian stellte sich vor, zeigte seinen Dienstausweis und erläuterte mit wenigen Worten, worum es ging. Die Frau winkte ihn mit einem knappen Kopfnicken herein. Florian folgte ihr ins Wohnzimmer, wo er auf der Couch Platz nahm.

»Frau Herrmann, ist Ihnen letzte Nacht irgendetwas Ungewöhnliches …?«, hob er an, wurde jedoch sofort von dem Schreien des Babys unterbrochen. Die Mutter versuchte es mit einem Schnuller ruhigzustellen, doch es nützte nichts. Schließlich verschwand sie in der Küche, um Milch zu erwärmen. Florian erhob sich und inspizierte das Zimmer, das nicht viel mehr als die Couch, einen kleinen Tisch und einen Fernseher beherbergte. Draußen an der Fensterscheibe klebten Schneeflocken. Der See war vom Wohnzimmer aus nicht zu sehen. Florian betrat den schmalen Flur. Geradeaus hörte er Frau Herrmann in der Küche hantieren. Daneben befand sich ein Kinderzimmer, vermutlich das der Sechsjährigen, denn ein rosa Stern mit Glitzer hing an der Tür. Rechts ging das Schlafzimmer ab. Florian sah ein breites Bett durch die offene Tür.

»Willst du meine Prinzessin sehen?«

Florian sah überrascht zu dem kleinen Mädchen, das plötzlich im Türrahmen des Kinderzimmers lehnte und ihn mit immer noch großen Kulleraugen anblickte.

»Aber ich bin doch leider kein Prinz«, erwiderte er lächelnd und blieb unschlüssig stehen, während die Kleine in ihrem Zimmer verschwand. Die Tür stand sperrangelweit offen. Florian konnte durch ihr Fenster die Bäume am Seeufer sehen. Neugierig betrat er das Zimmer. Der Blick auf den See war perfekt. Er erkannte die Kollegen der Spurensicherung, die nach wie vor am Fundort zugange waren.

»Ist sie nicht wunderschön?« Das Mädchen streckte ihm eine Puppe mit goldfarbenem Haar entgegen, die in einem Rüschenkleidchen steckte.

Er nickte ein wenig abgelenkt und fragte sich, ob die Sicht aus der Küche genauso gut war. Das Baby brauchte alle paar Stunden seine Milch. Vielleicht hatte die Mutter den potenziellen Täter ebenso wie die Nachbarin von der Küche aus beobachtet. Aber als er direkt am Fenster stand und an der Hauswand zur Seite spähte, erblickte er einen Kastanienbaum, der vor dem Küchenfenster wuchs und wahrscheinlich die komplette Sicht nach draußen nahm. Florian wollte sich das von der Küche aus genauer ansehen und machte kehrt.

»Meine Prinzessin hat letzte Nacht die Eiskönigin getroffen.«

Florian blieb wie angegossen stehen und drehte sich wieder um.

»Die Eiskönigin?«

Das Mädchen strahlte. »Ja, ein Prinz mit einem großen weißen Wagen hat sie gebracht.« Sie presste den Zeigefinger auf den Mund. »Aber Mama darf davon nichts wissen. Sie mag es nicht, wenn ich nachts aufstehe und herumlaufe.«

Florian ging zu der Kleinen und hockte sich vor sie. »Und wie sah der Prinz aus?«

Das Mädchen ging zu einem rosafarbenen Tisch und zog ein buntes Blatt heran. »So. Ich habe ihn gemalt. Und die Eiskönigin auch.«

Florian stockte der Atem, als er die Zeichnung sah. Tatsächlich erkannte er den See, die Bäume, ein weißes, kastenförmiges Auto und einen Mann. Rechts oben in der Ecke stand ein Name in unförmigen Buchstaben: Greta. Erste Schulklasse.

»Was hat der Mann da am Kopf?«, fragte er und tippte mit dem Zeigefinger auf die Stelle.

»Dem Prinzen war kalt. Deshalb konnte er seine Krone nicht aufsetzen und hat sich lieber einen Schal um den Kopf gewickelt.«

Bingo. Das passte zu der Aussage von Marianne Kraus.

»Greta. So heißt du doch, oder?«

Die Kleine nickte.

»Hast du das Gesicht des Prinzen gesehen?«

Greta verzog die Miene. »Nur kurz. Es war ein alter Prinz.«

Florian studierte das Bild nachdenklich. Ein alter Prinz. Was konnte das bedeuten? Für eine Sechsjährige waren vermutlich alle Erwachsenen alt.

»So alt wie dein Papa oder wie dein Opa?«, fragte er behutsam.

Greta überlegte.

»Ich habe keinen Papa«, erwiderte sie schließlich.

»War er vielleicht so alt wie andere Papas von deinen Schulfreundinnen?«

Greta bohrte mit dem Zeigefinger in der Nase und nickte. »Mhm, so alt wie der Papa von Emily.«

Emily. Florian notierte den Namen. Möglicherweise konnte er Gretas Mutter nach dem ungefähren Alter befragen. Er drehte das Bild ein wenig und tippte auf eine Figur am Ufer des Sees.

»Und was ist das?«

Greta verdrehte die Augen. »Na, die Eiskönigin. Sie ist wunderschön. Der Prinz hat mit ihr getanzt.«

»Getanzt?«

Greta nickte. »Ja, ich habe es mit meiner Prinzessin vom Fenster aus beobachtet. Er hat die Eiskönigin aus dem Auto gehoben und dann zum See gebracht. Wahrscheinlich war es ihr im Schloss zu warm. Sie brauchte Kälte. Also hat der Prinz sie zum Eissee gefahren. Er ist zweimal um sie herumgetanzt und dann ist er wieder ins Auto gestiegen und davongefahren. Die Eiskönigin hat die ganze Nacht geweint.« Greta deutete auf die Schneeflocken, die auf der Fensterscheibe klebten. »Siehst du?«

Florian nickte und überlegte, wie er weitere Informationen aus der Kleinen herausbekommen könnte. Es war nicht so einfach, weil sie völlig verhaftet war in der Märchenwelt ihrer Eisprinzessin und er nicht einschätzen konnte, was Fantasie und was Realität war.

»Was ist das hier auf dem Wagen des Prinzen?« Florian fragte sich, ob Greta so etwas wie eine Kranvorrichtung gezeichnet hatte. Ein dicker schwarzer Strich ging von der Hecktür des Wagens ab.

»Weiß ich nicht. Da war so ein Ding an dem Auto. Damit hat er der Eiskönigin heruntergeholfen.« Sie streckte die Arme aus.

Florian nahm an, dass sie einen Kranarm meinte, mit dem die Eisstatue möglicherweise aus dem Wagen gehoben worden war. Sein Blick fiel auf den rosafarbenen Tisch, auf dem noch eine Zeichnung lag.

»Hast du das auch gemalt?« Florian betrachtete die dünnen und unsicher gezeichneten Linien, die Zahlen darstellen sollten.

»Die beiden Zahlen standen auf dem Auto«, erwiderte Greta und schob das Blatt beiseite. »Es ist kein schönes Bild geworden.«

»Ich finde es gar nicht so schlecht. Darf ich es noch einmal sehen?«

Greta presste die Lippen zusammen und gab Florian das Blatt.

»Waren die Zahlen auf dem Nummernschild?«

Gretas Nicken ließ Florians Herz höher schlagen.

»Es gab auch noch Buchstaben, aber die habe ich vergessen«, murmelte das Mädchen.

»Das macht doch nichts. Du hast mir wirklich ganz toll weitergeholfen. Wenn du später mal Polizistin werden möchtest, dann melde dich bei mir. Okay?«

Greta strahlte. Florian machte Fotos von den beiden Zeichnungen.

»Ach, hier sind Sie?« Die Mutter erschien mit ihrem Baby in der Tür und Greta zuckte zusammen. Der zweijährige Junge schien mit dem Oberschenkel der Mutter verwachsen zu sein, die Florian argwöhnisch taxierte.

»Dürfte ich mal aus dem Küchenfenster schauen?«, fragte Florian und sah zu, dass er aus Gretas Zimmer kam. Er wollte nicht, dass die Kleine womöglich ausgeschimpft wurde, weil sie in der Nacht gespielt hatte.

Es gab nur ein kleines Fenster in der Küche. Florian sah direkt auf den dicken Stamm der Kastanie. Der Baum stand so, dass man die Eisstatue nicht sehen konnte.

»Waren Sie letzte Nacht in der Küche oder im Zimmer Ihrer Tochter?« Er verrenkte sich nach links und rechts, um einen Blick auf das Team der Spurensicherung zu erhaschen.

»Nein. Wieso?«

»Aus dem Fenster Ihrer Tochter hat man eine klare Sicht auf den See. Von der Küche aus sieht man so gut wie nichts.«

»Das stimmt. Ich bin nachts nur selten in der Küche. Der Fläschchenwärmer für das Baby steht bei mir im Schlafzimmer. Das geht schneller und der Kleine schreit dann nicht so viel.«

»Haben Sie letzte Nacht vielleicht etwas Ungewöhnliches gehört?«

Frau Herrmann schüttelte den Kopf. »Nein, gar nichts. Ich habe auch sonst nichts mitbekommen. Erst als ich Greta heute Morgen geweckt habe, sind mir die vielen Polizisten aufgefallen. Fragen Sie doch mal die Nachbarin. Die bekommt immer alles mit.«

Das Baby fing wieder an zu schreien. Florian verabschiedete sich. Er wollte schleunigst herausfinden, ob sich aus Gretas Ziffern das Autokennzeichen rekonstruieren ließ.

14

Julia malte einen roten Kreis auf den Stadtplan von Köln und trat nachdenklich einen Schritt zurück. Der Plan war so groß, dass er fast die ganze Wand ihres Büros einnahm. Vor einer Stunde hatte Lenja Nielsen ihr eine Auflistung der Grundwasserbrunnen in Köln und der Region zukommen lassen. Es waren Hunderte, trotzdem konnte Julia es nicht lassen, die Liste zu analysieren. Sie ging systematisch vor. Anhand der Postleitzahlen war es ihr relativ schnell gelungen, ländliche Gebiete mit Feldern und Bauernhöfen herauszufiltern. Obwohl sie dadurch die Anzahl auf fünfzig reduzieren konnte, wimmelte es auf dem Stadtplan nur so von roten Kreisen. In ihrem Hirn ratterte es. Die Uhr tickte. Wenn der Killer rasch erneut Aufmerksamkeit auf sich ziehen wollte, steckte die nächste Frau vermutlich bereits tot in einem neuen Eisblock. Diese Vorstellung war schon schlimm genug. Julia zählte jedoch eins und eins zusammen: Der Täter hatte vielleicht sogar schon das übernächste Opfer im

Visier. Möglicherweise besaß er zwei Tiefkühlbecken und konnte mehrere Eisblöcke gleichzeitig herstellen. Sie wusste ja inzwischen, dass so eine selbst gebaute Tiefkühltruhe recht einfach mit Materialien aus jedem Baumarkt gefertigt werden konnte.

Julia rieb sich die Schläfen. Was, wenn der Brunnen, den sie suchten, nicht auf der Liste stand? Es gab zwar eine Anzeigepflicht, aber wie sollte die Stadt herausfinden, ob jemand einen illegalen Grundwasserbrunnen auf seinem Grundstück betrieb? Hatte es Sinn, aus allen fünfzig Brunnen Wasserproben zu entnehmen? Das wäre ein riesiger Aufwand. Die Polizei durfte schließlich nicht einfach so auf Privatbesitz eindringen, ohne dass es einen Tatverdacht oder eine Gefährdungslage gab. Falls die Eigentümer nicht freiwillig mitmachten, bedurfte es eines richterlichen Beschlusses, den sie für die Vielzahl von Brunnen mangels belastbarer Indizien nicht bekommen würden. Außerdem hatten sie vielleicht nicht so viel Zeit, der Fall brannte ihr unter den Nägeln. Sie fühlte sich ruhelos. Die neue Leiche konnte sie nicht obduzieren, weil sie erst auftauen musste. Dieser Umstand trieb sie beinahe in den Wahnsinn. Julia war es gewohnt, zu agieren. Ihr fehlte die Geduld, um schlicht abzuwarten. Immerhin lief da draußen höchstwahrscheinlich ein Serienkiller herum. Jeder Tag, jede Stunde, die sie herumsaß, gaben dem Mörder Zeit, sich ein weiteres Opfer zu schnappen. Sie sah auf die Liste und markierte den nächsten Brunnen auf der Karte mit einem Fähnchen. Köln wurde durch den Rhein geteilt. Nur sieben Brücken verbanden die Stadtteile miteinander. Die beiden Eisstatuen mit den toten Frauen wurden auf der westlichen Seite gefunden. War das reiner Zufall oder stammte der Täter tatsächlich aus einem linksrheinischen Teil Kölns? Vielleicht mied er die Brücken aus irgendeinem Grund. Sie waren schließlich wie ein Nadelöhr und verursachten zahlreiche Staus. Zudem gab es dort etliche Polizeikontrollen und Blitzer. Das war ein Risiko.

Julia betrachtete die Fähnchen auf der linken Seite des Rheins. Ungefähr dreißig Stück fanden sich hier, auch Wegners Werkstatt. Interessanterweise hatte der Eisbildhauer seinen Brunnen nicht angezeigt. Julia hatte sich das bereits für Florian notiert. Sie überprüfte kurz ihre E-Mails. Das Labor hatte immer noch keine Ergebnisse zu der Zusammensetzung der neuen Eisstatue und der Probe aus Wegners Brunnen geliefert. Auch die Blutergebnisse des ersten Opfers ließen auf sich warten. Das war normal. Trotzdem störte sich Julia daran. Immerhin wussten sie so gut wie sicher, dass es sich um Jette Höffner handelte. Ihre Eltern hatten sie anhand der Fotos identifiziert. Die DNS-Analyse stand noch aus, aber das war aus Julias Sicht eine reine Formalität. Florian hatte sie in den letzten Stunden mit ein paar E-Mails auf dem Laufenden gehalten. Julia liebte ihn dafür. Er wusste, wie gerne sie die Ermittlungen unterstützte. Sie hatte nach dem Leichenfund den restlichen Tag mit Lenja Nielsen im Autopsiesaal verbracht und zwischendurch seine Nachrichten verschlungen. Die Zeugenaussagen deuteten darauf hin, dass es sich um einen einzelnen Täter handelte. Mehrere Anwohner hatten einen vermummten Mann am Fundort beobachtet.

Julia blickte wieder zum Stadtplan und fuhr mit dem Finger die Straßen ab. ›Wo bist du entlanggefahren?‹, dachte sie und wiegte den Kopf. Mehrmals startete sie außerhalb von Köln an einer Landstraße. Und jedes Mal gelangte sie beinahe automatisch zum Hof von Wegner. Sie sah den großen, beeindruckenden Künstler vor sich. Wäre er imstande, zu morden? Ihr Handy schreckte sie aus den Gedanken. Erstaunt registrierte sie die Nummer auf dem Display. Wenn man an den Teufel dachte ... Sie hob ab.

»Hanjo Wegner hier. Spreche ich mit Julia Schwarz?«

Die Stimme des Riesen klang unsicher. Ganz anders als bei ihrer letzten Begegnung, wo sie fast aus seinem Haus geflüchtet war und er sie wie ein Raubtier angestarrt hatte. Julia kam sich augenblicklich dumm vor. Der Mann hatte schließlich nichts anderes getan, als ihr die vergessene Wasserprobe zuzustecken.

»Ja, Herr Wegner, was kann ich für Sie tun?«, fragte sie deshalb.

»Schön. Ich war nicht sicher, ob ich Sie um diese Uhrzeit noch erreiche.«

Julias Blick wanderte sofort zur Uhr an der Wand. Kurz nach acht.

»Aber umso besser. Ich habe es endlich geschafft, mit meinem Kollegen Sebastian Kaltenbach zu sprechen. Er experimentiert derzeit tatsächlich mit ätherischen Ölen. Er stellt eine überdimensionale Rose für unsere Eisausstellung her. Wie gesagt, er hat eine eigene Werkstatt. Ich gebe Ihnen mal die Adresse durch.«

Julia griff augenblicklich zu einem Stift, notierte die Straße und Hausnummer und blickte dann wieder auf den Stadtplan. Der rote Kringel um genau diese Adresse sprang ihr direkt ins Auge und auch die Distanz zu den beiden Fundorten. Kaltenbachs Werkstatt lag linksrheinisch. Nur Felder waren erst einmal nicht ausmachen. Das konnte aber an der Karte liegen, die alles, was nicht bebaut war, in sattem Grün zeigte.

»Wissen Sie denn, welche Mengen an ätherischen Ölen er ins Wasser gibt?«

»Puh. Sie stellen Fragen. Offen gestanden habe ich keine Ahnung. Ich weiß nur, dass wir für ihn in der Ausstellung eine eigene Nische einrichten, weil er mit den menschlichen Sinnen Sehen und Riechen spielen möchte. Damit man bei den niedrigen Temperaturen überhaupt etwas riecht, wird er wahrscheinlich jede Menge Duftstoff verwenden müssen. Vielleicht stellt er aber zusätzlich auch noch Duftstäbchen auf. Wie gesagt, er experimentiert derzeit und deshalb habe ich Ihnen seine Adresse gegeben. Sie können gerne vorbeischauen und sich alles erklären lassen, er ist informiert.« Wegner räusperte sich und fuhr fort: »Mein Angebot steht übrigens nach wie vor. Ich würde Sie mit Vergnügen durch die Ausstellung führen, sobald sie eröffnet ist.«

Julia lächelte. »Ich habe im Moment viel zu tun. Es sind ja auch noch einige Tage hin. Ich überlege es mir, sobald ich wieder mehr Luft habe.«

»Sind Sie noch in Ihrem Institut?«

Die Frage überraschte Julia. Irgendwie empfand sie es als Eingriff in ihre Privatsphäre. Trotzdem antwortete sie: »Ja. Wie gesagt, es gibt viel zu tun. Der Tod ruht nicht.«

»Oh. Sie passen nicht dorthin. Eine hübsche Frau wie Sie sollte von schönen Dingen umgeben sein. Sie sind doch handwerklich als Ärztin bestimmt geschickt. Waren Sie schon einmal künstlerisch aktiv?«

»Nein. Ich bin überhaupt nicht kreativ. Ich orientiere mich gerne an Fakten, und die Anatomie des menschlichen Körpers ist nahezu immer gleich. Es verschafft mir Zufriedenheit, wenn ich auch nach dem Tod noch etwas zur Gerechtigkeit beitragen kann. Die Toten haben keine Stimme mehr. Aber sie haben mich und meine Kollegen.«

»So habe ich die Dinge noch gar nicht betrachtet. Das klingt sehr interessant.« Wegner machte eine kleine Pause. »Ich freue mich wirklich, Sie kennengelernt zu haben – von den widrigen Umständen einmal abgesehen.«

Sie konnte sein Lächeln vor sich sehen. Er schaffte es tatsächlich, sie verlegen zu machen. Plötzlich konnte sie die Angst, die sie vor ihm verspürt hatte, gar nicht mehr nachvollziehen. Trotzdem blieb ein Rest Zurückhaltung.

»Mich hat es auch gefreut. Sie haben uns sehr weitergeholfen.« Sie verstummte und sperrte die Ohren auf. Jemand hämmerte an die Tür zum Institut.

»Ich muss jetzt weitermachen. Wir sprechen ein anderes Mal«, sagte sie und legte auf. Dann lauschte sie erneut dem vehementen Klopfen und ging auf den Flur. Ob der Wachdienst den Schlüssel vergessen hatte? Seit sich ein Junkie einmal ins rechtsmedizinische Institut eingeschlichen hatte, um an einem ungestörten Plätzchen Drogen zu konsumieren, wurde der Hintereingang automatisch abgeriegelt. Julia benutzte nie den Haupteingang, denn so war sie vom Parkplatz viel schneller im Büro. Wieder klopfte es. Eine unheimliche Sekunde lang wurde Julia bewusst, dass sie um diese Uhrzeit vermutlich ganz allein war. Nirgends brannte mehr

Licht und sie hatte Lenja Nielsen selbst vor über einer Stunde nach Hause geschickt. Langsam lief sie den Flur hinunter und blieb vor der Außentür stehen.

»Hallo, ist da jemand? Ich habe Licht gesehen. Bitte machen Sie doch auf.«

Julia hörte eine Männerstimme, die sich zum Ende des Satzes verzweifelt überschlug. Sie kannte die Stimme nicht.

»Wer ist denn da?«

»Gott sei Dank. Mein Name ist Schwennig.« Der Unbekannte verstummte. Sein Name sagte Julia nichts.

»Wer bitte?«, fragte sie deshalb.

»Otto Schwennig. Ich bin der Vater von Carola Schwennig. Die Polizei war heute bei uns. Ich muss meine Tochter sehen.«

Durch Julias Kopf ging ein Ruck. Sie öffnete die Tür einen Spaltbreit.

»Es tut mir sehr leid. Aber es ist nicht möglich, dass Angehörige ihre Familienmitglieder im Institut sehen können. Vielleicht warten Sie, bis der Leichnam beim Bestatter liegt.« Sie biss sich sofort auf die Zunge, denn der Schmerz in den Augen des Mannes sprang sie regelrecht an. »Es tut mir leid«, stotterte sie. »Wer hat Sie hierhergeschickt?«

»Niemand. Ich weiß nur, dass die Frau in dem Eis meine Tochter ist. Wo soll sie denn sonst sein, wenn nicht bei Ihnen?«

Julia dachte an den grauenvollen Anblick des letzten Opfers. An die toten Augen, die sie durch die Eisschicht hindurch angestarrt hatten. Kein Familienmitglied sollte sie so sehen. Dieses letzte Bild würde sich auf ewig ins

Gehirn brennen. Das lag an dem Schock, der eintrat, wenn man einen geliebten Menschen unvermittelt leblos vor sich sah. Sobald der Tod die Muskeln endgültig erschlaffen ließ, veränderte sich der vertraute Gesichtsausdruck. Der Mensch, oder auch die Seele, war weg. Kein noch so guter Bestatter konnte den lebendigen Ausdruck wiederherstellen. Egal, wie viel Schminke er benutzte. Der Anblick der eigenen Tochter tiefgefroren unter einer Eisschicht würde Otto Schwennig für immer verändern. Das konnte Julia nicht zulassen.

»Hören Sie. Ich darf Ihnen keinen Zutritt gewähren. Das könnte mich meinen Job kosten. Zudem steht noch gar nicht hundertprozentig fest, ob es sich um Ihre Tochter handelt.«

»Ich muss sie sehen«, beharrte der Mann, und Julia seufzte.

»Ich schließe jetzt die Tür. Es tut mir unendlich leid.«

Augenblicklich schob Otto Schwennig einen Fuß in den Spalt. Julia versuchte, ihm standzuhalten, aber es war hoffnungslos. Gegen den massigen Mann hatte sie keine Chance.

»Lassen Sie das«, bat sie und hielt mit aller Kraft die Tür fest.

Der Widerstand ließ für den Bruchteil einer Sekunde nach, doch dann warf sich der Mann mit seinem gesamten Gewicht in den Türspalt. Das Türblatt knallte ihr mit voller Wucht aufs Gesicht. Ihr Nasenbein knirschte verdächtig. Tränen schossen ihr in die Augen. Blitze flogen durch ihr Sichtfeld. Sie stürzte nach hinten, unfähig, den Sicherheitsdienst zu rufen oder wenigstens zu schreien. Otto Schwennig stürmte an ihr vorbei.

»Was ist denn hier los?«

Julia hatte keine Ahnung, woher diese Stimme kam. Sie war ganz plötzlich hinter ihr. Hände griffen ihr unter die Achseln und zogen sie von der Tür weg. Julia spürte warme Flüssigkeit aus ihrer Nase laufen. Benommen hob sie die Hand und betastete Nase und Mund. Verschwommen sah sie das Blut auf ihren Fingerspitzen. Hoffentlich hatte Schwennig ihr nicht das Nasenbein gebrochen. Sie untersuchte weiter ihr Gesicht, tastete vorsichtig die Knochen ab, die jedoch glücklicherweise alle noch am richtigen Platz saßen.

»Alles in Ordnung?«

Ein Gesicht schob sich in ihr Blickfeld. Eines, das sie kannte, das ihr vertraut war.

»Verflucht. Deine Nase ...« Hände erkundeten ihren Schädel. Fachkundig. Sanft. Eine Erinnerung stieg in Julia auf, die sie frösteln ließ.

»Die Nase scheint nicht gebrochen zu sein. Kannst du aufstehen? Ist dir schwindlig?«

Sie wusste, worauf er hinauswollte, und gehorchte, zumindest für den Augenblick. Es ging darum, eine Gehirnerschütterung auszuschließen. Sie raffte sich keuchend auf. Schwankte, allerdings nur für wenige Sekunden. Ihr Gesicht pochte heiß. Der Schmerz fraß sich wie eine Feuerqualle durch ihre Nervenbahnen. Noch immer tränten ihr die Augen. Doch sie biss die Zähne zusammen und machte ein paar Schritte.

»Es geht schon wieder«, krächzte sie und schüttelte die Benommenheit ab. »Wo ist der Kerl hin?«, fragte sie und blickte Valentin an, in dessen Augen sie echte Besorgnis erkannte.

»Er ist den Flur runter. Viel kann er ja nicht anstellen. Geht es dir wirklich gut? Du bist sehr blass.« Er bot ihr den Arm an, aber Julia lehnte ab.

»Ich habe nur die Tür abbekommen. Ist nicht weiter tragisch. Wir müssen Schwennig finden, bevor er seine Tochter sieht. Den Anblick wird er nicht ertragen. Sie liegt im Putzmittelraum.«

»Im Putzmittelraum?« Valentins Augen weiteten sich unmerklich.

Julia zuckte mit den Schultern. »Was sollten wir tun? Ich wollte, dass sie so zügig wie möglich auftaut. Der Kühlraum ist nicht geeignet und im Putzmittelraum habe ich die Heizung auf die höchste Stufe gedreht. Natürlich haben wir ihn vorher leer geräumt.«

Valentin grinste. »Das ist meine Julia«, stellte er fest.

Sie ignorierte das kleine, viel zu intime Wort vor ihrem Namen. Sie gehörte nicht ihm. Nicht mehr.

»Geh schon mal vor. Ich brauche ein bisschen Wasser.« Sie bog in die Toilette ab und musterte sich schnell im Spiegel. Der Nasenrücken sah gerötet aus, jedoch nicht sonderlich geschwollen oder gar verformt. Das Blut war bereits angetrocknet. Sie nahm ein wenig Toilettenpapier, hielt es unter den Wasserhahn und tupfte die Nase ab. Dann verließ sie die Toilette wieder.

Die Kühlräume befanden sich ganz am Ende des Flurs, genauso wie der Putzmittelraum. Die Tür stand offen und Julias Puls beschleunigte sich augenblicklich. Schwennig kniete vor der tropfenden Eishülle, in der seine leblose Tochter gefangen war. Neben ihm hockte

Valentin, der dem weinenden Mann die Hand auf die Schulter gelegt hatte und ruhig auf ihn einredete.

»Sie ist es«, schluchzte Schwennig mit gebrochener Stimme.

Julia konnte nur erahnen, was in diesem Moment in dem Vater vorging. Er kniete mitten in einer Pfütze, die sich unter dem Edelstahltisch gebildet hatte. Das Wasser floss nur langsam durch einen kleinen Abfluss auf dem Boden des gefliesten Raumes ab.

»O Gott. Warum nur? Letzte Woche waren wir noch zusammen essen. Alles schien in Ordnung. Warum muss das Schicksal so grausam sein? Warum ausgerechnet sie? Sie war total optimistisch. In ihrem Beruf ging es endlich voran. Auch mit ihrem Freund war sie sehr glücklich. Und jetzt?« Er schlug die Hände vors Gesicht. »Jetzt ist sie nicht mehr da.« Er drehte sich um und bemerkte Julia, die im Türrahmen stand.

»Tut mir leid, dass ich Sie umgerannt habe. Ich musste zu ihr. Sie ist doch mein kleiner Liebling.« Über seine Wangen liefen die Tränen in Strömen.

Julia schluckte. Sie dachte an Michael, ihren Bruder, und spürte sogleich den tiefen Schmerz, den sein Tod in ihr hinterlassen hatte. Auch wenn Jahre vergangen waren, würde dieser Schmerz bis an ihr Lebensende in ihr weiterbrennen.

»Es tut mir unendlich leid«, murmelte sie und betrachtete die schmelzende Eishülle. Es würde noch mindestens vierundzwanzig Stunden dauern, bis sie mit der Obduktion beginnen konnte.

»Kommen Sie, Herr Schwennig. Sie haben Ihre Tochter gesehen. Es ist besser, wenn Sie jetzt nach

Hause gehen und sich ausruhen.« Valentin erhob sich und half dem Mann auf.

»Wie konnte das nur passieren? Wer um Himmels willen hat ihr das angetan?«

»Die Polizei und wir tun alles, was in unserer Macht steht, um das herauszufinden und den Mörder Ihrer Tochter zu überführen«, versprach Julia und lief voraus, um die Tür zu öffnen. Valentin schob den Mann behutsam nach draußen. Dabei redete er ununterbrochen auf ihn ein, bis Schwennig sich einigermaßen beruhigt hatte und schließlich ging.

»Puh!« Valentin lehnte sich an die geschlossene Tür. »Was für ein Auftritt. Wer hat ihn nur hierhergeschickt?«

»Keine Ahnung.« Julia betastete erneut ihre Nase, die immer noch wie Feuer brannte.

»Komm. Ich sehe mir das genauer an.« Valentin zog sie mit sich in ihr Büro, wo er Julia auf den Stuhl an ihrem Schreibtisch setzte.

»Lass mal schauen«, sagte Valentin und leuchtete mit einer Taschenlampe in ihre Nase. »Tut das weh?«, fragte er und berührte eine Stelle am Nasenbein.

Julia stöhnte auf.

»Okay. Ich prüfe jetzt, ob sich der Knochen verschiebt.« Valentin legte beide Zeigefinger an ihre Nase und drückte. Sie schloss die Augen und versuchte, den pochenden Schmerz zu ignorieren.

»Ich denke nicht«, murmelte Valentin und beugte sich ganz dicht über sie. So, dass sie sein Parfüm riechen konnte.

»Die Schwellung ist noch klein. Morgen ist es sicherlich schlimmer. Du solltest die Nase ein paar Stunden kühlen. Eigentlich müsstest du Schwennig deswegen anzeigen. Dazu hatte er trotz aller verständlicher Trauer kein Recht.«

Julia erwiderte nichts. Ihr tat der Mann leid, und inzwischen bereute sie, dass sie ihn nicht hereingelassen hatte. Letztlich war es seine Entscheidung, in welchem Zustand er seine Tochter sehen wollte. Sie hielt die Augen weiter geschlossen und wartete darauf, dass Valentin endlich fertig wurde. Sie brauchte jetzt unbedingt ein Schmerzmittel und Eiswürfel, wenn sie nicht die halbe Nacht wach liegen und morgen wie ein Boxer im Institut erscheinen wollte.

»Julia?«

Sofort öffnete sie die Augen und fuhr hoch. Fast wäre sie mit Valentin zusammengestoßen, der sich immer noch über sie beugte und ihre Gesichtsknochen begutachtete.

»Florian? Wie kommst du denn hier rein?« Das Blut in ihren Ohren rauschte so stark, dass sie ihn gar nicht bemerkt hatte. An seinem Gesichtsausdruck erkannte Julia direkt, dass sie die falsche Frage gestellt hatte.

»Wer ist das?« Florian sah Valentin völlig überrascht an.

»Das könnte ich auch fragen«, erwiderte Valentin zu allem Übel, und Julia merkte augenblicklich, wie sich der pochende Schmerz in ihrem Nasenbein verstärkte.

Sie schob Valentin fort und hielt sich am Schreibtisch fest.

»Das ist Valentin Henzler«, erklärte sie. Die plötzliche Spannung im Raum war greifbar.

»Dein Ex?« Florian sah sie an. In seinem Blick lag Enttäuschung. Erst in diesem Moment wurde Julia klar, in welch misslicher Situation er sie gerade angetroffen hatte.

»Es ist nicht so, wie du denkst«, stotterte sie, denn Florians Miene zog ihr regelrecht den Boden unter den Füßen weg. Er starrte sie an und sagte kein einziges Wort. Sie wollte weitersprechen, ihm erklären, was tatsächlich vorgefallen war.

Aber Valentin fuhr dazwischen: »Jetzt sag bloß, du hast einen neuen Freund?« Er taxierte Florian von oben bis unten. »Dann gibt es doch erst recht kein Problem mit unserer Zusammenarbeit. Darüber wollte ich eigentlich mit dir heute Abend sprechen.«

Julia schluckte fassungslos. Hatte Valentin nichts anderes im Sinn als sein persönliches Fortkommen? Sie steckten mitten in einer komplizierten Mordermittlung. Ihre Nase war vielleicht gebrochen. Ihr Freund glaubte, sie in flagranti mit einem anderen erwischt zu haben, und Valentin dachte nur an sich selbst. Wie immer.

»Ach, halt einfach mal deinen Mund«, schoss es aus ihr heraus. Sie staunte darüber, mit welcher Abfälligkeit sie ihre Worte betonte. Valentins Kinnlade klappte immerhin höchst erstaunt zu und auch in Florians Augen veränderte sich etwas.

»Schwennig, der Vater des zweiten Opfers, hat sich gewaltsam Zutritt zum Institut verschafft und mir die Tür vor die Nase geknallt.« Julia deutete darauf. »Er wollte unbedingt seine Tochter sehen und hat sie auch erkannt. Valentin hat geprüft, ob meine Nase gebrochen ist.« Sie verstummte, denn sie wusste nicht, was sie noch sagen sollte. Die Luft im Raum schien inzwischen die Minusgrade von draußen angenommen zu haben. Julia war eiskalt.

Sie sah Florian an, aber der stand nur schweigend da. Genau wie Valentin. Die Situation war beinahe komisch. Ausgerechnet sie, Julia Schwarz, umgeben von zwei Männern, die sich ihretwegen stritten. Dabei hatte sie nie zu denen gehört, für die sich die Jungs ins Zeug legten. Im Teenageralter hatte sie immer davon geträumt. Jetzt, wo dieser Traum sich realisierte, hätte sie am liebsten irgendwo auf Reset gedrückt.

»Ich dachte mir so etwas in der Art. Martin Saathoff hat mit Otto Schwennig gesprochen und mich vorgewarnt. Deshalb bin ich hier. Der Pförtner am Haupteingang kennt mich ja und hat mich reingelassen.« Florian machte einen unbeholfenen Schritt auf Julia zu. »Wie geht es dir denn?«

»Alles okay«, erwiderte Julia.

In seinen Augen sah sie, dass überhaupt nichts in Ordnung war.

15

Julia hielt es nicht mehr auf ihrem Platz. Aufgebracht schritt sie vor Manfred Holstens Schreibtisch hin und her.

»Ich wusste nicht, dass Valentin Henzler Ihr Ex-Freund ist und dass Sie diese einstige Beziehung immer noch derartig belastet.« Holsten zuckte hilflos mit den Schultern. »Die Klinikleitung hat zugestimmt. Die Verträge sind längst unterzeichnet. Herr Henzler hat seine vorherige Position gekündigt. Ich fürchte, das Ganze lässt sich unmöglich rückgängig machen.« Er betrachtete Julia nachdenklich. »Sie sind doch sonst so faktenorientiert. Henzler wird genau wie ich operativ nicht sonderlich viel mit Ihnen zu tun haben. Und er wird Ihnen selbstverständlich dieselben Freiheiten zugestehen. Dafür werde ich sorgen, ich bin stets äußerst zufrieden gewesen mit Ihrem Engagement. Er hat auch gar nicht vor, Sie in irgendeiner Weise einzuschränken. Das hat er mir heute Morgen selbst versichert.«

Julia schnaufte und folgte weiter ihrem Pfad vor Holstens Schreibtisch.

»Sie hätten mich vorher einweihen müssen. Warum setzen Sie mir ausgerechnet meinen Ex vor die Nase?«

»Aber das wusste ich doch gar nicht. Ich habe nach jemandem gesucht, der ähnlich agiert wie ich. Jemandem, der seine Mitarbeiter nicht einengt. Ich habe Ihnen meine Nachfolge angeboten. Weshalb haben Sie denn nicht eingewilligt?«

Julia schüttelte den Kopf. Holsten kannte die Antwort. Sie war niemand für die Leitung eines Instituts mit vielen administrativen Aufgaben, die sie nur allzu oft hinter den Schreibtisch zwingen würden. Sie wollte etwas Praktisches bewirken.

»Das Thema hatten wir doch ausdiskutiert«, erwiderte sie nur. »Was, wenn ich mit Valentin nicht klarkomme?«

Holsten rieb sich angestrengt das Kinn. »Ich verstehe Ihre Sorgen. Wenngleich ich davon ausgehe, dass sie unnötig sind.« Ein Lächeln stahl sich auf sein Gesicht. »Sie sind meine beste Rechtsmedizinerin. Und zugleich auch die mit dem größten Dickschädel. Ich habe es in all den Jahren nicht geschafft, Ihnen reinzureden, und Henzler wird das erst recht nicht gelingen. Der Mann ist auf seine Karriere bedacht. Wenn Sie einfach so weitermachen wie bisher, dann sind Sie für ihn Gold wert. Er wird den Teufel tun und Ihnen in die Quere kommen.«

Julia überlegte. Womöglich hatte Holsten recht. Trotzdem blieb die Sache riskant. Sie wollte dieses Institut nicht wegen Valentin verlassen. Natürlich könnte sie sofort irgendwo anders anfangen, aber Aufgeben oder Weglaufen kam für sie nicht infrage.

»Ich rede noch einmal mit der Klinikleitung. Vielleicht finden wir eine Lösung, mit der Sie besser leben könnten.«

Julia forschte in Holstens Gesicht. Ihr war klar, dass er eine Idee hatte, allerdings fehlte ihr die Fantasie, um dahinterzukommen, welche. Dennoch wusste sie seine Geste zu schätzen. Sie nickte stumm.

»Ich halte Sie auf dem Laufenden, was die Toten in den Eisskulpturen angeht.« Julia wartete nicht mehr auf Holstens Antwort. Die nächste Obduktion stand an, und sie brannte regelrecht darauf, zu beginnen. Sie brauchte jetzt Routine und ein paar Erfolgserlebnisse, die sie von Valentin und vor allem von Florian ablenkten. Der gestrige Abend war anders verlaufen als erhofft. Sie spürte, dass Florian sich etwas von ihr zurückgezogen hatte. Aus irgendeinem Grund schien er ihr die Geschichte mit Otto Schwennig und Valentin nicht abzukaufen. Die ganze Nacht hatte sie die Szene aus verschiedenen Blickwinkeln durchdacht. Letztendlich war sie zu dem Schluss gekommen, dass Florian eifersüchtig war. Auf der einen Seite fühlte sie sich deswegen geschmeichelt. Aber andererseits verletzte sie seine unterkühlte Haltung. Er hatte sie gestern nicht nach Hause begleitet und sie auch nicht zu sich eingeladen. Nachdem Valentin endlich gegangen war, hatte Florian halbherzig den Stadtplan mit den eingekringelten Grundwasserbrunnen an der Wand überprüft und sich dann mit einem Kuss auf ihre Wange verabschiedet. In seinen Augen lag Enttäuschung. Julia hatte zwar versucht, ihn aufzumuntern, doch es war zwecklos gewesen. Florian wehrte ihre Annäherungsversuche freundlich ab. Nach der löchrigen Nacht, in der sie nur wenig Schlaf gefunden hatte, wusste sie gar nicht mehr, wie sie sich verhalten sollte. Zudem pochte ihre Nase unaufhörlich, trotz der Schmerztabletten, die sie eingenommen hatte. Zum ersten Mal, seit ihre Assistentin im Institut angefangen hatte, freute Julia sich, sie zu sehen.

»Guten Morgen, Frau Nielsen. Können wir starten?« Julia blieb routinemäßig am Tisch neben der Tür stehen, nachdem sie den Obduktionssaal erreicht hatte. Im Hängeschrank über dem Tisch befanden sich Gummihandschuhe. Julia nahm ein Paar heraus und wollte sie gerade überstreifen, als Lenja Nielsen sich räusperte.

»Also, ich habe die anstehende Obduktion an den Kollegen Neumann abgetreten. Er hatte noch Freiräume.«

Julia drehte sich schlagartig um. »Sie haben was?«

Lenja Nielsen lief knallrot an. Ihr Blick senkte sich schnell auf ihre Fußspitzen. »Ich dachte, wir könnten uns um die Brunnen kümmern«, flüsterte sie beinahe.

Julia wusste im ersten Moment überhaupt nicht, was sie davon halten sollte. Spielten denn zurzeit alle verrückt? In ihrem Schädel ratterte es. Sie zwang sich, tief Luft zu holen. Ansonsten wäre sie auf der Stelle explodiert. Zumindest fühlte sich der Druck in ihrem Kopf so an. Vermutlich lag es aber an ihrer Nase, die auf einmal wieder pochte, als wäre ihr die Tür gerade erst darauf geknallt.

»Sie haben doch immer betont, dass ein guter

Rechtsmediziner die Ermittlungsarbeit der Polizei verstehen muss. Ehrlich gesagt war ich total fasziniert von dem Fundort der zweiten Eistoten. So intensiv hätte ich mir das gar nicht vorgestellt. Und da wir im Moment noch nicht obduzieren können, dachte ich, wir schauen uns diese Brunnen einmal an.« Lenja Nielsen hielt nach wie vor schuldbewusst den Kopf gesenkt.

Julia musterte die junge Frau und musste plötzlich grinsen. Lenja Nielsen schien wirklich aus demselben Holz geschnitzt wie sie.

»Wissen Sie was? Im Grunde haben Sie recht. Wenn unser Kollege Neumann obduzieren möchte, dann soll er das tun. Kommen Sie mit.« Julia ließ die Gummihandschuhe auf den Tisch fallen und ging hinaus zu ihrem Büro. Vor dem Stadtplan an der Wand blieb sie stehen. Als ihre Assistentin neben ihr stand, deutete sie auf die eingekreisten Brunnenstandorte, die sich links des Rheins befanden.

»Ich hatte tatsächlich darüber nachgedacht, Wasserproben zu besorgen oder zumindest einmal die Umgebung auszukundschaften. Es muss ein landwirtschaftlich genutztes Feld in direkter Nähe zum Brunnen sein, damit sich im Grundwasser Nitrate sammeln. Selbst wenn es uns nicht gelingt, auf das Gelände vorzudringen, könnten wir so feststellen, ob der jeweilige Brunnen überhaupt in Betracht kommt.«

Lenja nickte und trat näher an den Plan heran. Erst jetzt erkannte Julia feine Bleistiftlinien, die entlang der Hauptstraßen eingezeichnet waren. »Ich habe versucht, den Weg des Täters zu rekonstruieren. Es ist natürlich reine Spekulation, aber so wären es fünfzehn Brunnen, die in unmittelbarer Nähe zu einer Straße liegen, sodass wir unauffällig vorbeifahren können.«

»Gut gemacht«, erwiderte Julia beeindruckt und fotografierte den Plan mit ihrem Handy. »Dann lassen Sie uns mal aufbrechen.«

16

Florian stand mit Martin Saathoff vor dem Whiteboard. Kölner Autokennzeichen waren darauf aufgelistet – verschiedene Kombinationen mit den beiden Ziffern, die die kleine Greta Herrmann aufgemalt hatte.

»Und du traust einer Sechsjährigen wirklich zu, ein Nummernschild richtig zu notieren?« In Saathoffs Stimme lag bereits die Antwort zu seiner Frage. Er konnte es sich absolut nicht vorstellen. Florian hingegen klammerte sich an diesen Strohhalm.

»Die Kleine hat den Täter gesehen. Auch andere Zeugen haben von einem vermummten Mann gesprochen, der einmal um die Statue herumgegangen ist. Sie geht in die erste Klasse und kann fehlerfrei bis zwanzig zählen. Warum sollte sie nicht in der Lage sein, die Ziffern vom Kennzeichen aufzuschreiben?«

Saathoff klopfte Florian freundschaftlich auf die Schulter.

»Ich weiß, dass das unsere einzige heiße Spur im

Moment ist. Trotzdem verlasse ich mich nicht gerne auf ein kleines Kind, das an die Eiskönigin und den Weihnachtsmann glaubt. Außerdem hat das Mädchen nur zwei von drei oder vier Ziffern notiert und die Buchstaben vergessen. Ohne Buchstaben wissen wir nicht einmal, ob es überhaupt ein Kölner Nummernschild war. Lass uns mit dem Ex-Freund des ersten Opfers sprechen. Es ist doch schon ein komischer Zufall, dass ausgerechnet der Bruder eines Eisbildhauers mit Jette Höffner liiert war. Wer weiß, vielleicht kannte Chris Barton ja auch Carola Schwennig. Du weißt doch selbst, dass die meisten Morde Beziehungstaten sind.«

Florian seufzte. »Dennoch sollten wir die möglichen Autokennzeichen mit denen von weißen Lieferwagen abgleichen. Die Ziffer zwei zum Beispiel kommt auf dem Nummernschild von Hanjo Wegner vor. Ich weiß ja, dass die Überprüfung aufwendig ist, gerade weil wir nur zwei Ziffern haben.« Er starrte auf die Liste in seiner Hand, die einen vollständigen Überblick über die in Köln vergebenen Kennzeichen gab. Auf dem Whiteboard hatte Florian angefangen zu selektieren. Aber Saathoff hatte recht, sie durften mit der Analyse keine wertvolle Zeit verschwenden. »Ich gebe die Liste gleich nach nebenan, die sollen das prüfen«, erwiderte er und legte die Seiten auf seinen Schreibtisch. Er fragte sich, ob Wegner vielleicht etwas mit den Morden zu tun haben könnte. Da jedoch nur eine von zwei Ziffern mit seinem Nummernschild übereinstimmte, verwarf er diese Theorie für den Moment.

»Was Beziehungstaten angeht, gebe ich dir recht. Dann müssen wir mit Philip Jablonski anfangen. Schließlich war er derjenige, der Annabell Pitschmann zum See gelockt hat. Möglicherweise wollte er das Mädchen mit seiner Eisstatue beeindrucken. Es wäre zwar fast zu einfach, wenn er der Täter wäre, aber wir sollten nicht vergessen, dass die kleine Greta ihn um die Tote tanzen sehen hat. Philip Jablonski ist Tänzer.«

Martin Saathoff schnaufte nachdenklich und zwirbelte unterdessen seinen üppigen Schnäuzer.

»Was ist eigentlich mit Julia Schwarz? Wollte sie nicht die Wasserprobe von diesem Eisbildhauer im Labor untersuchen lassen? Und die Blutwerte des ersten Opfers stehen auch noch aus.«

Florian versteinerte, als Saathoff Julias Namen erwähnte. Er zuckte mit den Schultern und lenkte seinen Blick wieder aufs Whiteboard, um Gretas Ziffern und die Autokennzeichen anzustarren.

»Jetzt sag nur nicht, du hast Ärger mit der Eislady?«

Saathoffs anzüglicher Tonfall passte Florian überhaupt nicht. Er schwieg und fixierte die Tafel.

»Ich habe echt geglaubt, du hättest die Gute aufgetaut. Hm. Wie findest du denn ihre neue Assistentin? Diese strohblonde Finnin?« Saathoffs Lippen verzogen sich zu einem Grinsen. »Ich finde sie unheimlich scharf. Nicht auszudenken, dass so eine Schönheit in der Rechtsmedizin versauert. Was für eine Verschwendung. Die Süße könnte glatt Model sein.«

»Verdammt noch mal, Martin. Können wir vielleicht über den Fall reden und nicht über deine wilden Fantasien?«, platzte es aus Florian heraus.

Saathoff richtete sich kerzengerade auf. »Donnerwetter. Dich hat es aber heftig erwischt. Hat sie dich etwa abblitzen lassen? Ich dachte, das zwischen euch kommt gerade richtig in Fahrt. So, wie sie dich gestern angesehen hat.«

»Das war gestern Morgen«, erwiderte Florian patzig.

Martin Saathoff musterte ihn kritisch. »Verstehe. Dann habt ihr euch gestern Abend gestritten?«

Eigentlich wollte Florian überhaupt nicht mit seinem Partner über sein Privatleben sprechen. Aber die Szene, wie Valentin Henzler sich über Julia beugte und sie beinahe küsste, ging ihm einfach nicht mehr aus dem Kopf. Julia empfand noch etwas für ihren Ex. Dessen war er sich inzwischen sicher, und er wusste nicht, wie er damit umgehen sollte. Vielleicht war er zu verwöhnt. Normalerweise musste er nicht um die Frauen kämpfen. Zudem hatte er sich bisher mit Affären zufriedengegeben. Sobald ihm eine Beziehung zu eng geworden war, hatte er lieber das Weite gesucht. Doch bei Julia war es anders. Mit dieser Frau führte man kein oberflächliches Verhältnis. Sie war viel zu klug, um sich auf so etwas einzulassen. Dennoch stand er völlig im Regen, denn so wirklich wild auf eine feste Beziehung schien sie gar nicht zu sein. Tatsächlich hatte er damit gerechnet, dass sie sich bei ihm meldete. Aber das hatte sie nicht getan. Nicht seit gestern Abend.

»Ihr Ex-Freund soll ihr neuer Chef werden«, murmelte er halblaut. »Ich habe Julia gestern im Institut besucht und ihn dort getroffen.«

»Gestern Abend? Im Institut?« Saathoff zog die Augenbrauen in die Höhe. Sein Blick wurde immer intensiver. »Lass mich raten, die beiden gehen ganz vertraut miteinander um. So vertraut, dass du glaubst, da läuft noch etwas.«

Florian sah Saathoff erstaunt an. Woher wusste er das?

»Du bist bis über beide Ohren verknallt in diese Frau, mein Lieber. Eifersucht gehört dazu. Wie lange lief das mit ihrem Ex? Ein paar Jahre? Da kennt man sich. Ich denke nicht, dass Julia Schwarz noch Interesse an ihm hat. Die meisten Frauen wie sie ziehen danach eine klare Linie. Wenn sie ihn noch wollte, wäre sie mit ihm zusammen. Sie will aber dich. Also versau es nicht, Kumpel.« Er deutete auf Florians Handy. »Besser, du rufst sie im Laufe des Tages mal an. Und sei verdammt noch mal nett zu ihr. Oder willst du sie direkt in die Arme ihres Ex treiben?«

Florian kratzte sich am Hinterkopf. Hatte er übertrieben? Er wusste es nicht. Das mulmige Gefühl in seinem Magen wollte jedenfalls nicht verschwinden.

»Lass uns mit Chris Barton und Philip Jablonski sprechen. Die beiden sind längst überfällig. Mit wem fangen wir an?« Florian sprang auf und rannte aus dem Büro, Saathoff folgte ihm dicht auf den Fersen.

»Wir nehmen uns zuerst diesen Tänzer vor«, brummte Saathoff. »Der hat den engsten Bezug zum Fundort. Von Chris Barton wissen wir nur, dass er der Ex von Jette Höffner ist. Er arbeitet als Immobilienmakler und ist gut zehn Jahre älter als sie und polizeilich noch nie in Erscheinung getreten. Außerdem haben die Kollegen ihn bereits befragt. Demnach hatten die beiden länger keinen Kontakt mehr.«

* * *

Philip Jablonski hatte die typische schlanke Statur eines

Tänzers. Sofort als er die Tür zu seinem Appartement öffnete, fragte Florian sich, wie er wohl vermummt aussähe. Automatisch wanderte Florians Blick zur Garderobe, an der mehrere Winterjacken und ein Parka hingen. Jablonski wohnte nicht allein. Er teilte sich die Wohnung mit vier anderen Studenten der Hochschule für Musik und Tanz. Jablonski war in Russland aufgewachsen und erst vor einem halben Jahr nach Deutschland gekommen. Die Kollegen waren immer noch mit dem Hintergrundcheck beschäftigt, der sich als schwierig erwies. Daten aus Russland waren nicht so einfach zu bekommen. Während sie über Chris Barton alles wussten, was offiziell verfügbar war, ließen sich die russischen Behörden Zeit. Jablonski begrüßte sie in nahezu akzentfreiem Deutsch und lotste sie durch den vollgestellten Flur in ein vielleicht zwölf Quadratmeter großes Zimmer. Florian und sein Partner nahmen auf dem schmalen Bett Platz, das gleichzeitig als Couch diente. Ein schiefer Schrank mit klapprigen Türen und ein ebenso wackliger Schreibtisch zierten das karge Zimmer, dessen Wände mit Postern von Ballettaufführungen bedeckt waren.

»Wir ermitteln in einem Mordfall und benötigen hierzu Ihre Aussage«, hob Florian an, nachdem der junge Mann sich auf einen Drehstuhl gesetzt hatte und sie mit wachsamen Augen anblickte. »Waren Sie am fraglichen Tag mit Annabell Pitschmann an dem See in der Nähe des Ebertplatzes verabredet?«

Philip Jablonski senkte den Blick. »Ja«, nuschelte er. »Aber ich meinte abends und nicht morgens. Ich habe Annabell einen Zettel hingelegt.« Er wischte sich über die Stirn. »Es tut mir leid, dass sie so etwas Schreckliches sehen musste. Sie will seitdem nicht mehr mit mir reden.« In Jablonskis Stimme schwang Bedauern.

Florian holte eine Kopie des Zettels hervor. »Aber hier steht doch *um zehn am See*. Würde man dann nicht *zweiundzwanzig Uhr* oder wenigstens *zehn Uhr abends* schreiben?« Florian beobachtete Jablonski genau. Unter seinem rechten Auge zuckte es. Er zögerte mit einer Antwort.

»Daran habe ich nicht gedacht«, erwiderte er schließlich.

»Wir haben Winter. Es ist stockdunkel und eiskalt um zehn Uhr abends. Sie wollten sich doch zu einem romantischen Date treffen, oder nicht?« Saathoff beugte sich vor und sah Jablonski eindringlich an. »Seit wann lockt man denn Mädchen in einen dunklen Park? Was hatten Sie denn vor?«

Philip Jablonski schüttelte den Kopf. »Ich weiß nicht. Ich wollte sie einfach nur sehen.«

»Das hätten Sie doch auch in einer Bar gekonnt oder in der Hochschule. An einem Ort, an dem man nicht gleich erfriert«, hakte Florian nach, dem dieser Treffpunkt genauso komisch vorkam wie Saathoff. Draußen hatte es schon tagsüber Minusgrade, ganz zu schweigen von der Nacht. Dasselbe galt für die Art und Weise der Verabredung. Welcher junge Mensch kommunizierte heutzutage noch über Zettel? Die meisten tippten pausenlos Nachrichten auf ihrem Smartphone, es sei denn, sie wollten anonym bleiben. Wäre dem Mädchen im Park am See etwas passiert, hätte die Polizei auf ihrem Handy jedenfalls keine Hinweise auf die Verabredung gefunden.

»Ich weiß, dass sie auf Natur steht und ihr die Kälte

nichts ausmacht. Deshalb habe ich ja auch einen Zettel geschrieben und keine SMS geschickt. Das kann jeder. Ich wollte etwas Besonderes machen und sie beeindrucken.«

Florian hob die Augenbrauen. Er wusste nicht, ob er Jablonski diese Begründung abkaufen sollte.

»Wo waren Sie denn am Vormittag?«

»Beim Tanztraining.«

»Das war um halb zehn zu Ende. Wir haben uns erkundigt.«

Jablonskis Adamsapfel bewegte sich auffällig schnell. »Ich bin zur Arbeit. Ich verdiene mir was dazu.«

Florian holte seinen Notizblock hervor. »Was arbeiten Sie?«

»Ich fahre Pakete aus.«

»Pakete?« Florian hatte das Gefühl, dass er dem Mann jede Information einzeln aus der Nase ziehen musste.

»Für wen denn?«

»Na ja, es sind keine Pakete. Es sind Tiefkühlprodukte. Wir liefern sowohl an Privathaushalte als auch an die Gastronomie.«

In Florians Ohren klingelte es. »Seit wann haben Sie diesen Job?«

»So seit drei, vier Monaten.«

»Und was für einen Lieferwagen fahren Sie?«

Jablonski zuckte mit den Achseln. »Es gibt mehrere. Die Firma ist groß.«

»Welche Farbe haben die Wagen?«

»Die meisten sind weiß. Warum?«

Florian ignorierte Jablonskis Frage. Seine Augen hafteten an einem Foto, das auf dem Schreibtisch lag.

»Was ist das?«

»Was? Das Foto? Das ist der Hof meines Onkels. Für den arbeite ich auch ab und zu. Meistens am Wochenende. Er züchtet Hühner.«

»Wo?« In Florians Kopf setzten sich immer mehr Puzzleteile zu einem Bild zusammen. »Wo liegt der Hof Ihres Onkels?«

»In Stotzheim. In der Nähe von Hürth.«

Florian kannte diese Orte. Alle lagen linksrheinisch, am Kölner Stadtrand.

»Und hat Ihr Onkel zufälligerweise einen Grundwasserbrunnen?«

Philip Jablonski starrte ihn mit großen Augen an. »Warum wollen Sie das alles von mir wissen? Nur weil ich mich mit einem Mädchen verabreden wollte? Habe ich hier irgendetwas verpasst?« Jablonski erhob sich und seine Stimme wurde auf einmal merkwürdig tief.

»Ich möchte einen Anwalt. Und bis dahin sage ich kein Wort mehr.«

17

»Ich hab sie«, kreischte Lenja mit hochrotem Kopf und zog die Autotür geräuschvoll zu.

»Wahnsinn«, gluckste Julia und gab Gas. Die Räder drehten kurz auf der dicken Schneeschicht durch, hatten dann aber wieder Grip. Sie hatte keine Ahnung, wann sie sich das letzte Mal gefühlt hatte wie ein Teenager auf einem Abenteuertrip. Lenja Nielsen hatte sich urplötzlich in eine Verbündete verwandelt, und in was für eine. Ihre Assistentin schreckte vor nichts so schnell zurück. Sie hatte Mut. Die Barriere, die sie anfangs zwischen ihnen wahrgenommen hatte, war verschwunden. Auf der Rückbank von Julias altem Golf lagen bereits drei Wasserproben. Zehn Brunnen hatten sie sich schon angesehen. Sieben waren wegen des Winters außer Betrieb. Doch etliche Landwirtschaftsbetriebe setzten Begleitheizungen oder spezielle frostsichere Pumpen ein, damit sie auch bei Minusgraden weiterhin Wasser für die Tiere ziehen konnten. Zwei Betriebe hatten freiwillig eine Probe herausgerückt. Die letzte hatte Lenja erobert, nachdem Julia zunächst bei einem bulligen, unrasierten Bauern abgeblitzt war. Julia grinste unwillkürlich. Lenja war einfach in die Scheune geschlichen und hatte etwas Wasser abgezapft. Julia bezweifelte, dass sie ebenfalls diesen Mut besessen hätte, ganz zu schweigen davon, dass diese Vorgehensweise nicht gerade legal war.

»Hat der Fettwanst Sie gesehen?«

Lenja blickte Julia mit großen Augen an und prustete los. »Entschuldigung. Aber solche Worte aus Ihrem Mund? Das hätte ich nie gedacht. Sie wirken sonst immer so korrekt und auch ein wenig reserviert.«

Julia lachte auf. »Bin ich ehrlich gesagt auch, es sei denn, ich stehle gerade mit meiner Assistentin Wasserproben.«

Ein weißer Transporter kam ihnen auf der engen Straße entgegen, und Julia fuhr an den Rand, um Platz zu machen.

»Der Kerl hat mich nicht bemerkt. Ich habe gewartet, bis er wieder im Haus verschwunden war. Anschließend bin ich von hinten über den Hof und in die Scheune. Puh. Wenn der mich erwischt hätte, hätten Sie Kriminalkommissar Florian Kessler zu Hilfe holen müssen.«

Der Name wirkte wie Sprengstoff in Julias Magen.

»Das haben Sie jedenfalls richtig gut gemacht«, erklärte sie und gab wieder Gas. »Welcher Brunnen ist der nächste?«

Lenja ging mit dem Zeigefinger über die Liste. »Hühnerhof Jablonski. Mal sehen, ob wir uns da auch reinschleichen müssen.«

Lenja gab die Adresse in das Navigationssystem ein.

Die Fahrt dauerte nur vier Minuten, dann hatten sie den Hof erreicht. Neben dem bescheidenen, ziemlich heruntergekommenen Haus lag eine Scheune, und weiter rechts sah Julia eine Halle, in der es unaufhörlich gackerte. Dort wurden bei den eiskalten Temperaturen offenbar die Hühner gehalten. Auf der Wiese vor dem Haus lag eine mindestens zwanzig Zentimeter dicke Schneeschicht. Reifenspuren hatten sich in den weißen Untergrund gegraben. Julia parkte und stieg aus. Ihr Atem verwandelte sich augenblicklich in eine kleine Wolke. An der Haustür fielen ihr die kyrillischen Buchstaben auf, mit denen der Name ein zweites Mal auf das Namensschild geschrieben war. Sie klingelte und drehte sich noch einmal kurz zu ihrer Assistentin um, die im Wagen aufpassen sollte.

Wenig später öffnete ein hagerer Mann mit eingefallenen Wangen und faltigem Gesicht.

»Guten Tag, mein Name ist Julia Schwarz, ich komme vom rechtsmedizinischen Institut Köln. Wir unterstützen die Kriminalpolizei bei Ermittlungen und bräuchten in diesem Zusammenhang eine Wasserprobe aus Ihrem Grundwasserbrunnen. Es geht auch ganz schnell.«

Der Mann kniff die Augen zu zwei schmalen Schlitzen zusammen und taxierte Julia kritisch.

»Und was soll mein Brunnen damit zu tun haben?«

»Darüber darf ich leider nichts sagen. Jedenfalls im Moment nicht. Wo befindet sich der Brunnen?«

»Der Brunnen ist im Winter stillgelegt. Da müssten Sie schon im Frühjahr wiederkommen.« Die Tür flog zu und Julia blieb noch einen Moment mit klopfendem Herzen stehen. Der Mann kam ihr unheimlich vor. In seinen Augen hatte etwas Lauerndes gelegen. Vielleicht bildete sie sich das aber auch nur ein. Sie holte tief Luft, wandte sich um und wollte zum Auto gehen. Das Gackern aus der Halle ließ sie jedoch auf halbem Weg innehalten. Hühner brauchten Wasser. Die meisten Betriebe versorgten ihr Vieh aus hauseigenen Brunnen. Das war wesentlich kostengünstiger als das städtische Trinkwasser. Warum sollte Jablonski eine Ausnahme sein? Julia sah zum Auto und warf Lenja Nielsen einen Blick zu. Was ihre Assistentin konnte, würde sie auch hinbekommen. Sie gab ein kurzes Zeichen und bog in Richtung Hühnerstall ab. Wo der Brunnen lag, war eigentlich egal. Julia musste nur die Zapfstelle finden. Und die befand sich ganz gewiss in der Nähe der Tiere. Das Labor würde schnell herausfinden, ob es sich um Trinkwasser oder Grundwasser handelte.

Julia stapfte durch den tiefen Schnee um die Halle herum zu einem breiten Tor, das auch mit einem Traktor passierbar war. Die kleinere Tür daneben war nur mit einem Riegel verschlossen. Sie öffnete sie und blieb überwältigt stehen. Noch nie hatte sie so viele Hühner auf einem Fleck gesehen. Der gesamte Boden war bedeckt. Es stank undefinierbar nach Fäkalien oder Düngemitteln. Vielleicht war es auch das Futter, das so widerlich roch. Irgendetwas stimmte hier nicht. Julia sah einige tote und scheinbar kranke Tiere, die mittendrin lagen und von den anderen Hühnern niedergetrampelt wurden. Jablonski verstieß mit großer Sicherheit gegen die Vorschriften zur artgerechten Tierhaltung. Die Hühner hatten auf jeden Fall viel zu wenig Platz. Auf ein paar Kanistern in der Ecke stand *DEGA 16*. Sofort arbeitete es in ihrem Hirn. Sie kannte die

Bezeichnung dieses Reinigungsmittels. Es war früher gegen die rote Vogelmilbe eingesetzt worden und inzwischen in Deutschland verboten. Das Mittel enthielt die Substanz Fipronil, ein giftiges Insektizid. Ein weiterer Verstoß. Sie hielt sich die Nase zu und atmete durch den Mund. So war der Gestank erträglicher. Immerhin fror sie nicht mehr. Die Halle war geheizt. Zügig suchte Julia nach einer Zapfstelle. Sie fand Säcke mit Futter und weiter hinten an der Wand einen Wasserhahn. Sie steuerte unmittelbar darauf zu, das Probenfläschchen in der Hand. Der Hahn funktionierte. Wenn sie jetzt kein Trinkwasser zapfte, hatte Jablonski gelogen. Ihr Herz fing an zu rasen. Sie hatte sich weit vom Auto entfernt. Sie beeilte sich, rannte den Gang entlang und wieder hinaus in die Kälte. Auf der Hälfte der Strecke bis zu Lenja rutschte sie im Schnee aus. Als sie sich aufrappelte, hörte sie von Weitem eine wütende Stimme.

»Machen Sie, dass Sie hier wegkommen. Sie haben hier nichts zu suchen.«

Verdammt. Jablonski hatte wahrscheinlich ihr Auto entdeckt und jagte Lenja Nielsen fort. Der Motor heulte auf. Mit klopfendem Herzen spähte sie um die Ecke am Ende des Stalls. Ihr alter Golf entfernte sich mit hohem Tempo. Der Bauer hielt eine Schrotflinte in der Hand und blieb noch ein paar Augenblicke stehen. Dann machte er kehrt, doch nach wenigen Schritten änderte er die Richtung und kam direkt auf sie zu. Julia kauerte hinter der Halle. Siedend heiß fiel ihr ein, dass er ihre Fußstapfen gesichtet haben musste. Sie starrte den Mann aus ihrem Versteck an und überlegte fieberhaft, wie sie der Situation entkommen sollte. Rennen? Aber wohin? Weit und breit gab es keine Deckung, nur die

Landstraße und Felder, die sich schier endlos hinzogen. Zudem war Jablonski ihr überlegen. Wenn er auf sie schoss, war sie verloren. Zu fliehen war zwecklos. Er würde sie schnell aufspüren, ihre Fußspuren im Schnee verrieten sie. Es blieb also nur eine Möglichkeit. Julia richtete sich kerzengerade auf und legte das Handy ans Ohr.

»Ja, richtig. Hühnerhof Jablonski. Ja. Es liegen Kadaver zwischen den lebenden Tieren.« Sie schritt ohne zu stocken auf den hageren Mann zu, der sie mit bösen Augen anfunkelte. »Verbotene Substanzen habe ich auch gesehen. Die Fotos müssten gerade bei Ihnen eintreffen.« Julia hielt vor Jablonski an. Erleichtert stellte sie fest, dass sich ihr Golf von der anderen Seite der Straße wieder näherte.

»Einen kleinen Moment bitte.« Sie nahm das Handy vom Ohr und sah den Bauern streng an.

»Was machen Sie hier? Informieren Sie etwa die Tierschutzbehörde? Sind Sie verrückt?« Jablonski verschränkte die Arme vor der Brust. »Habe ich es doch gleich gewusst, dass Sie gar nicht für die Bullen arbeiten. Sie wollten meinen Betrieb überprüfen. Das ist illegal ohne offizielle Ankündigung.«

Julia legte den Zeigefinger auf die Lippen. »Pst. Wollen Sie, dass die Dame am anderen Ende der Leitung das alles mithört?« Julia brauchte nicht mehr zu erwähnen, dass das Schwierigkeiten für Jablonski bedeutete. Seine Gesichtsfarbe wechselte von Grau zu Kalkweiß.

»Was wollen Sie, verdammt?«, zischte er leise.

»Ich will Ihren Grundwasserbrunnen sehen.« Julia sah ihn kalt an. »Werden die Hühner daraus versorgt?«

Der Mann nickte aggressiv.

Julia spürte die Wasserprobe in ihrer Hosentasche. Sie hatte, was sie wollte. Sie hob das Handy zurück ans Ohr. »So, ich bin wieder in der Leitung. Wann, sagten Sie, wird die Prüfung stattfinden? ... in zwei Wochen. Danke Ihnen.« Julia tat so, als legte sie auf. »Nun wissen Sie es. Sie haben zwei Wochen Zeit, um die Missstände in Ihrem Stall zu beheben.« Sie ließ Jablonski stehen und ging schnurstracks zum Auto. Der Bauer hatte jetzt andere Probleme. Ohne Hast stieg sie ein, schloss in Ruhe die Beifahrertür und grinste Lenja zufrieden an.

»Was haben Sie ihm gesagt? Ich dachte, der knallt mich ab. Deshalb bin ich sofort losgefahren.« Lenja gab Gas. Mit durchdrehenden Reifen stoben sie davon.

»Ich habe ihm mit der Tierschutzbehörde gedroht. In seinem Stall sind verbotene Substanzen und die Tiere sehen grauenvoll aus. Da liegen Kadaver herum. Eine Kontrolle dürfte ihm ordentlich Ärger bescheren.« Julia lächelte. »Vor Schreck hat er beinahe seine Schrotflinte fallen lassen.«

»Der Kerl war unheimlich. Glauben Sie, er könnte etwas mit den Morden zu tun haben? Gab es da drinnen vielleicht ein Wasserbecken?«

Julia schüttelte den Kopf. »Nein, ich glaube nicht. Aber er hat mich zuerst angelogen und behauptet, dass der Brunnen im Winter stillgelegt ist. Wer weiß, was sich in den anderen Gebäuden befindet. Der Hof ist recht groß. Wäre sicherlich gut, wenn die Kriminalpolizei sich dort einmal umschaut.« Julia stockte, denn sie hatte etwas im Außenspiegel auf der Beifahrerseite gesehen. Ein Transporter näherte sich mit erheblicher

Geschwindigkeit. Julia erkannte das Gefährt. Es hatte auf dem Hühnerhof vor der Scheune gestanden.

»Geben Sie Gas. Jablonski verfolgt uns.«

»Was?« Lenja trat das Pedal durch. Der Motor heulte auf und der Wagen beschleunigte mit einem Satz. Julia drückte es in den Sitz.

»Was will der von uns? Schnell auf die Landstraße. Da vorne. Rechts.«

Lenja Nielsen stieg in die Eisen und riss am Lenkrad. Julia zuckte zusammen und malte sich in Gedanken schon aus, wie sich der Wagen überschlug. Doch ihr alter Golf glitt wie ein Rennwagen nach rechts. Julia betrachtete ihre Assistentin erstaunt, die sich auf die Unterlippe biss und konzentriert ans Lenkrad klammerte.

»Wo soll ich nur hinfahren?«, fragte Lenja panisch, ohne den Blick von der Straße zu nehmen.

In Julias Kopf arbeitete es fieberhaft. Endlich hatte sie eine Idee.

»Immer geradeaus. Wir müssen ihn abhängen.« Sie drehte sich um und registrierte zufrieden, dass Jablonski mit seinem trägen Lieferwagen nicht so schnell um die Kurve gekommen war. Er lag jetzt gut fünfzig Meter zurück.

»Los. Geben Sie Gas. Da vorne müssen Sie nochmal rechts abbiegen. Wir kommen dann wieder in die Stadt.«

»Okay«, krächzte Lenja atemlos. Ihr Blick flog zum Rückspiegel. »Warum fahren Sie eigentlich diese uralte Kiste? Der Mistkerl wird uns noch einholen. Er kommt näher.«

Julia sah, was Lenja meinte.

»Konzentrieren Sie sich einfach auf die Straße. Wir schaffen das. Außerdem, was soll er denn tun? Sobald wir zurück in der Stadt sind, kann er uns ja nicht vor aller Augen rammen oder erschießen.«

»Wenn Sie da mal recht behalten. Der Typ ist total durchgeknallt. Wir hatten auch so einen in der Nachbarschaft in Finnland. Der hat mit seiner Flinte auf alles geschossen, was nicht niet- und nagelfest war. Gesetze oder Vorschriften haben den wenig interessiert.«

»Biegen Sie rechts ab«, befahl Julia und drehte sich um. Jablonski bremste ebenfalls ab. Er war wieder dicht dran und klebte fast an ihrer Stoßstange.

»Die nächste Straße nach links. Schnell.«

Die Reifen quietschten, aber Lenja behielt die Kontrolle über den Wagen.

»Jetzt da vorne rechts ins Parkhaus.«

Julia beobachtete, wie Jablonski an der schmalen Abbiegung vorbeipreschte. Er hielt und fuhr rückwärts. Als er ihnen wieder folgte, erreichte Lenja die Einfahrt zum Parkhaus.

»Und was nun? Wir sitzen hier doch in der Falle.«

»Nein. Wir hängen ihn ab. Fahren Sie eine Etage hoch. Schnell. Da oben gibt es eine zweite Zufahrt.«

Lenja folgte den Pfeilen auf dem Boden. Der Golf flog beinahe um die Ecken. Und schon schossen sie wieder hinaus und zurück auf die Straße.

»An der nächsten Kreuzung fahren wir rechts. Von da kommen wir auf die Hauptstraße und zum Institut.« Julia drehte sich abermals um. Jablonski war nicht zu sehen. Erleichtert atmete sie auf.

»Puh. Ihre Idee mit den Wasserproben war ziemlich gut. Aber vielleicht überlassen wir die restlichen

Brunnen doch lieber der Polizei. Die müssen sich einen Durchsuchungsbeschluss beschaffen, auch wenn das wahrscheinlich schwierig wird.«

Lenja Nielsen warf Julia einen langen Seitenblick zu. »Das meinen Sie nicht im Ernst«, sagte sie nach einer Weile. »Wir beide lassen uns doch nicht von einem verrückten Bauern verschrecken.« Sie bog nicht nach rechts ab, sondern nach links. »Wir fahren zumindest an den anderen Stellen noch vorbei und prüfen, ob sich ein Feld oder Ähnliches in der Nähe befindet und ob der Brunnen überhaupt in Betrieb ist.«

Julia nickte, hob jedoch den Zeigefinger. »Ich bin einverstanden, aber vorher statten wir dem Kollegen von Hanjo Wegner einen Besuch in seiner Werkstatt ab. Wegner hat mir erzählt, dass Sebastian Kaltenbach mit ätherischen Ölen experimentiert.«

18

Judith Haiden durchforschte lautlos den Rohbau. Sie hätte schwören können, dass dieser merkwürdige Bauarbeiter schon wieder auf ihrer Baustelle herumschlich. Sie hatte ein verdächtiges Geräusch gehört. Bei ihrem gestrigen Zusammentreffen hatte er sie einfach zur Seite gestoßen und die Flucht ergriffen. Judith war sich ziemlich sicher, dass er ein Schwarzarbeiter war und das Bauunternehmen dahintersteckte. Es wäre nicht der erste Vorfall dieser Art, um die mickrigen Margen im Baugewerbe aufzubessern. Warum sonst hätte dieser Mann vor ihr weglaufen sollen? Doch selbst wenn er hier illegal arbeitete, weshalb lief der Typ ständig mit einem Presslufthammer herum? Irgendwie ergab das alles keinen Sinn. Über ihr knirschte es und sie rannte leichtfüßig die Treppe hinauf. Sollte sie den Kerl noch einmal erwischen, würde sie ihn festhalten. Das hatte sie sich geschworen. Niemand ruinierte so einfach ihren guten Ruf und schleuste Schwarzarbeiter ein. Wenn die

Finanzbehörden davon Wind bekämen und herausfanden, dass sie Bescheid wusste, wäre sie geliefert. Aus der Traum von einem preisgekrönten Architekturbüro. So weit durfte es nicht kommen. Sie sprang die letzte Stufe hinauf und hielt sich dicht an der Wand. Judith suchte in den tiefen Taschen ihres Wintermantels nach ihrem Smartphone. Sie brauchte ein Beweisfoto von diesem Arbeiter, mit dem sie den Bauunternehmer im Anschluss konfrontieren konnte. Er sollte ihr die offizielle Personalakte vorlegen. Sie ahnte, dass es keine gab. Kein Foto, keine Akte, keine Lohnüberweisungen. So etwas nannte man auch Steuerhinterziehung. Und es handelte sich dabei nicht um ein Kavaliersdelikt, bei dem man einfach nachzahlte, ein kleines Sümmchen obendrauf legte, und dann wären alle zufrieden. Nein, in der Presse wurden zunehmend Fälle von prominenten Persönlichkeiten diskutiert, die solche Betrügereien irrtümlich als harmlos eingeschätzt hatten, und nun hinter schwedischen Gardinen saßen. Mit einem solchen Bauunternehmen wollte Judith nicht zusammenarbeiten.

Nach dem gestrigen Vorfall war sie wütend in das Büro des Bauunternehmers gestürmt und hatte eine Erklärung verlangt. Natürlich wiegelte dieser Windhund ab. Er legte ihr eine Liste sämtlicher Angestellten vor und schwor Stein und Bein, dass in seinem Unternehmen so etwas niemals vorkäme. Doch Judith kannte die Branche zu gut. Betrügereien standen auf der Tagesordnung. Dabei ging es nicht nur um Schwarzarbeit, sondern auch um die Beschaffung und Verarbeitung von fragwürdigen Baustoffen. Ein jeder strebte nur nach Wachstum und Gewinnmaximierung. Dass sie nicht lachte. Warum musste denn alles immer noch größer werden und sich noch schneller drehen? Die Erde wuchs doch auch nicht. Aber heutzutage waren stagnierende Wachstumsraten für ein Unternehmen schon der Todesstoß. Investoren stürzten sich auf solche Zahlen und zogen ihre Gelder ab. Trotzdem, derartige Tricks würde es bei ihr nicht geben. Sie war eine seriöse Architektin, die gerade an einem Beitrag für einen großen Architekturwettbewerb arbeitete. Keiner stellte ihr ausgerechnet jetzt ein Bein.

Hinter ihr knirschte es. Judith fuhr herum, sah jedoch niemanden. Wer hätte auch hier sein sollen, es war Mittagszeit. Die Arbeiter konnten nicht schnell genug in ihre Bauwagen oder die nächstgelegenen Imbissstuben kommen. Draußen in der Kälte hielt es kein Mensch länger als nötig aus. Die vorhergesagte Abschwächung der extremen Kältephase war nicht eingetreten. Schon wieder schneite es ununterbrochen und der Wind fräste sich regelrecht in ihr Gesicht und durch ihre Wintersachen. Ihre Lippen waren trotz guter Pflege aufgesprungen und die Haut spannte unter der Kälte. Genervt lief sie über den nackten Beton eines künftigen Büroflurs. Jetzt knirschte es am anderen Ende des Ganges. Entschlossen stiefelte sie los, der Raum, den sie erreichte, war jedoch leer. Wenn sich hier gerade noch jemand aufgehalten hatte und dieser Jemand nicht aus dem Fenster gesprungen war, musste sie sich getäuscht haben. Vielleicht bildete sie sich alles nur ein. Schließlich stand sie enorm unter Stress. Ihr Investor drängelte seit dem gestrigen Abendessen zwar nicht mehr ganz so stark, dennoch blieb er am Ball. Seit Baubeginn war kein Tag vergangen, an dem er nicht Details über den Baufortschritt wissen wollte.

Judith seufzte und wandte sich wieder in Richtung Treppe. Wahrscheinlich sollte sie es gut sein lassen und sich etwas Warmes zu essen gönnen. Ihr Magen knurrte seit Stunden unaufhörlich. Sie hatte abermals bis zum frühen Morgen an Entwürfen gearbeitet und keine Zeit mehr zum Frühstücken gehabt. Auf Dauer ging ihre Gesundheit bei solch einem Lebensstil den Bach hinunter. Judith schüttelte den Kopf über sich selbst, als sie die Treppe erreichte. Es gab immer noch kein Geländer, deshalb stieg sie langsam hinab. Oberhalb des offenen Treppenhauses war noch keine Decke eingezogen. Zentimeterdicker Schnee hatte sich auf die Stufen gelegt. Die Treppe müsste geräumt und gesichert werden, bevor sich jemand verletzte. Sie blieb kurz stehen und tippte eine Erinnerungsnotiz in ihr Smartphone. Gedankenversunken steckte sie es zurück in ihre Manteltasche. Vor ihrem geistigen Auge schwebte ihr Entwurf für den Coworking-Space. Vielleicht fand sie in der Mittagspause ein wenig Ruhe, um diesen weiterzuentwickeln. Die Abgabefrist rückte unablässig näher.

Durch eine Öffnung in der Außenwand erhaschte Judith einen Blick auf ihren Wagen. Ein Bauarbeiter stand daneben. Sie stutzte. Er trug einen Helm und hielt einen Presslufthammer in der Hand. Da hatte sie sich also doch nicht getäuscht.

Blitzschnell zog sie das Smartphone hervor und machte ein Foto. Mist, dachte sie, als sie das Bild betrachtete. Es war nicht sonderlich scharf. Der Arbeiter hatte einen dicken Schal um Hals und Gesicht gewickelt. Nur die Augen guckten noch raus und die

Haare wurden vom Bauhelm verdeckt. Judith fluchte und beschloss, den Kerl sofort zu stellen. Ohne auf den Schnee zu achten, stürmte sie die letzten Stufen hinunter und rannte zu ihrem Wagen. Der Kerl stand wie bei ihrer ersten Begegnung einfach nur da und rührte sich nicht.

»Was machen Sie hier?«, fragte Judith und zückte erneut das Telefon, um ihn zu fotografieren. Ein weiteres Mal würde er ihr nicht davonlaufen. Die Kamera-App klickte. Doch bevor Judith das Foto überprüfen konnte, ließ der Mann den Presslufthammer fallen und schlug ihr das Handy aus der Hand.

Judith schrie wütend auf und bückte sich nach ihrem Telefon. Eine eiserne Hand legte sich von hinten um ihre Kehle. Sie konnte das Handy nicht greifen. Etwas Stinkendes wurde ihr auf die Nase gedrückt. Es nahm ihr die Luft zum Atmen. Sie ruderte mit den Armen, bäumte sich mit aller Kraft auf und drehte sich um. Sie sah grelle Blitze, dann fiel ein merkwürdiger Schleier schwer über ihre Sinne. Das Letzte, was sie sah, waren die eiskalten Augen des Fremden, der in diesem Moment überhaupt nicht mehr wie ein Bauarbeiter aussah.

19

Florian betrachtete fasziniert Julias milchig weiße Haut, die so fein und durchsichtig schien, dass er an manchen Stellen ihre Adern bläulich durchschimmern sah. Die toughe Rechtsmedizinerin wirkte auf dem Foto so verletzlich. Und genau diese Verletzlichkeit rief in ihm Empfindungen hervor, die er noch nie für eine Frau gehegt hatte. Er wollte Julia beschützen. Natürlich war ihm klar, dass sie das ganz allein konnte. Trotzdem verspürte er ein übermächtiges Bedürfnis danach. Inzwischen sah er ein, dass er sie anrufen musste, wenn er das zarte Band zwischen ihnen nicht gleich wieder zerstören wollte. Saathoff lag in dieser Hinsicht vermutlich richtig. Für den Fall, dass Julia noch etwas von ihrem Ex wollte, hätte sie längst gehandelt. Er durfte sich nicht von seiner Eifersucht leiten lassen und Dinge in ihr Gefühlsleben hineininterpretieren. Julia war eine stolze Frau. Sie würde sich nicht zuerst bei ihm melden, und wenn er es recht bedachte, hatte sie auch keinen Grund dazu. Florian seufzte und schob das Foto mit dem Daumen auf seinem Smartphone zum Rand. Sofort verschwand es. Im Augenblick gingen die Ermittlungen vor. Julia musste bis zum Abend warten.

Nachdem Philip Jablonski kein Wort mehr ohne seinen Anwalt sagen wollte, hatten sie beschlossen, seinem Arbeitgeber einen Besuch abzustatten. Immerhin fuhr Philip Tiefkühlprodukte in einem weißen Lieferwagen aus. Vielleicht passte eines der Kennzeichen der Fahrzeugflotte des Unternehmens zu den Ziffern der kleinen Greta. Parallel war ein Streifenwagen zu Jablonskis Onkel unterwegs. Dessen Hühnerhof verfügte über einen Grundwasserbrunnen. Die Kollegen sollten sich die Situation ansehen und sofern möglich eine Wasserprobe besorgen. Irgendwie mussten sie den Täter schließlich einkreisen. Er blickte zu seinem Partner, der am Steuer des Dienstwagens saß und ständig schniefte. Saathoff hatte sich eine Erkältung eingefangen. Kein Wunder bei der Dauerkälte. Die Scheibenwischer gingen permanent hin und her. Es wollte einfach nicht aufhören zu schneien. Florian öffnete eine Wetter-App und überprüfte die Vorhersage für den nächsten Tag. Es waren keine Schneefälle vorhergesagt, allerdings würden die Temperaturen im Minusbereich bleiben. Er seufzte und wünschte sich den Frühling herbei.

»Da vorne ist es«, sagte Martin Saathoff plötzlich.

Florian sah eine riesige, weiße Industriehalle mit einem überdimensionalen Logo bestehend aus mehreren blauen Schneeflocken. Darunter prangte der Firmenname in hellblauer Schrift. *Frostgenuss* nannte sich der deutschlandweit bekannte Hersteller von Tiefkühlprodukten aller Art. Angefangen von Tiefkühlpizza bis hin zu eingefrorenen Schweinehälften war hier alles zu haben. Florian hatte sich vorher kundig gemacht. Beliefert wurden neben Privathaushalten und der Gastronomie auch Supermarktketten. Letztere jedoch mit großen Kühllastwagen. Die Firma verfügte über ein ausgeklügeltes Logistiksystem. Bestellungen konnten innerhalb weniger Stunden ausgeliefert werden. Der Personalbedarf, insbesondere an Fahrern, schien erheblich zu sein. Florian hatte im Internet mehrere Stellenausschreibungen gefunden.

Martin Saathoff steuerte den Wagen auf ein eisernes Tor zu und stoppte. Ein Pförtner in dunkelblauer Uniform kam aus dem viereckigen Gebäude rechts der Einfahrt heraus.

»Guten Tag, die Herren. Was kann ich für Sie tun?«

Saathoff drückte dem Pförtner seine Dienstmarke in die Hand. »Wir möchten mit dem Vorgesetzten von Philip Jablonski sprechen.«

»Einen Augenblick, bitte.« Der Mann entfernte sich und verschwand in dem fast rundum verglasten Bau.

»Glaubst du, Jablonski könnte der Täter sein?«, fragte Saathoff, während sie warteten.

»Ich finde es schon merkwürdig, dass er gleich nach einem Anwalt ruft. Dazu hätte er eigentlich keinen Grund gehabt. Wir haben ihn schließlich nur als Zeugen befragt.«

Saathoff nieste und griff zu einem Papiertaschentuch. »Verflucht. Mir ist total heiß. Trotz dieser fiesen Kälte. Hoffentlich bekomme ich kein Fieber.«

Florian musterte seinen Partner, der außergewöhnlich blass war. »Ich habe ein Schmerzmittel dabei«, erwiderte er und fischte die Packung aus seiner Tasche.

»Danke«, murmelte Saathoff und schluckte eine von den Pillen mit einem Schluck Wasser aus seiner Flasche hinunter.

»Also ich denke, dass der Kerl für einen Tänzer ganz schön kräftig ist.«

Der Pförtner kam wieder heraus und ließ die Schranke hoch.

»Fahren Sie nach links zum Tor AB. Dort wartet Herr Mischke auf Sie, Jablonskis Vorgesetzter.«

Saathoff steuerte den Wagen langsam über den weitläufigen Hof, an etlichen Lkws vorbei. Ein roter Pfeil zeigte nach links. Saathoff bog ab. An dieser Seite der weißen Halle parkten ausschließlich kleinere Lieferfahrzeuge. Über der ersten Laderampe stand ein großes H. Das Tor AB befand sich demnach ganz am Ende des langen Gebäudes, an dem die Laderampen mit den dazugehörigen Eingängen wie Perlen an einer Kette aufgereiht waren. Vor dem Tor AB wartete ein Mann in dunkelblauem Overall. Das musste Philip Jablonskis Chef sein. Saathoff stoppte und Florian sprang als Erster aus dem Wagen.

»Sind Sie Herr Mischke?«, fragte er und stellte sich kurz vor.

Mischke nickte, und Florian sprach gleich weiter: »Könnten Sie uns die Lieferwagen zeigen, mit denen Philip Jablonski für Ihre Firma unterwegs ist? Wir befragen ihn derzeit als Zeugen in einer Mordermittlung und sind in diesem Zusammenhang auf Ihre Firma gestoßen.«

Mischke hob erschrocken die Augenbrauen. »Ein

Mord? Aber Jablonski hat damit doch hoffentlich nichts zu tun?«

»Nein«, erwiderte Florian, auch wenn er selbst keineswegs überzeugt davon war. »Wie gesagt, Philip Jablonski ist ein Zeuge.«

»Dann kommen Sie mal mit. Mein Team besteht aus zwanzig Fahrern, die sich zehn Lieferwagen teilen. Bis auf fünf Festangestellte sind alle Minijobber, auch Jablonski. Die Parkplätze sind dort drüben.« Er führte sie quer über den Platz zu zehn weißen Lieferfahrzeugen, allesamt mit geschlossenem Laderaum. Florian schlurfte enttäuscht hinterher. Er hatte gehofft, dass wenigstens eines der Fahrzeuge eine Kranvorrichtung hatte.

»He, Partner. Sieh dir das einmal an. Das zweite Fahrzeug von links hat die Ziffern von der Kleinen im Nummernschild. Sogar in der richtigen Reihenfolge.«

»Tatsächlich. Wie oft wird der denn gefahren?«, fragte Florian.

Mischke hob die Schultern. »Meist sind alle Autos gleichzeitig im Einsatz. Ich kann Ihnen die Einsatzliste geben. Da ist genau verzeichnet, welcher Fahrer mit welchem Wagen wann und wo unterwegs war.«

»Das wäre sehr hilfreich«, erwiderte Florian und ging um den Wagen herum, ohne jedoch etwas Auffälliges festzustellen.

»Mit diesem Fahrzeug beliefern wir hauptsächlich die Gastronomie. Das ist nämlich der einzige Wagen mit integriertem Ladekran.«

Florian blieb wie vom Donner gerührt stehen.

»Wo ist denn die Kranvorrichtung?«

Mischke öffnete die Hecktür und zeigte in den Laderaum. »Das ist ein Kleinkran. Der schafft etwas mehr als eine Tonne. Im Gastronomiebereich liefern wir oft auf Paletten aus.«

Schlagartig sah Florian Gretas Zeichnung vor sich. Jetzt verstand er, warum das Mädchen den Strich an die Hecktür des Autos gemalt hatte. Er war sich die ganze Zeit nicht sicher gewesen, wo sich der Kran am Transporter befand. Jetzt ergab alles einen Sinn.

»Ist ziemlich modern«, stellte Mischke stolz fest. »Diese Kranvorrichtung gibt es noch gar nicht so lange. Die funktioniert sogar ohne Hydraulikpumpe und Batterie.« Er lächelte und klopfte mit der flachen Hand gegen das weiße Metall. »Früher mussten wir große Lkw losschicken und dafür viele Bestellungen bündeln. Das konnte schon mal eine Woche dauern. Jetzt liefern wir auch kleinere Bestellungen sofort aus.«

Florian blickte sich um. Das Gelände war vollständig eingezäunt.

»Wie kommt man denn auf das Gelände und wie verlässt man es? Geht das nur dort vorne durch die Schranke?«

Mischke nickte.

»Und nachts? Ist das Pförtnerhaus rund um die Uhr besetzt?«

»Nein, nur zu den Hauptzeiten von acht bis sechzehn Uhr. Der Pförtner kontrolliert fremde Zulieferer und Besucher. Unsere Fahrer haben eine Magnetkarte, mit der sie die Schranke jederzeit öffnen können. An manchen Tagen beginnen sie schon um drei Uhr nachts mit der Auslieferung.«

»Und werden Ein- und Ausfahrten bei Ihnen automatisch registriert?«, hakte Florian nach. Dieses Mal schüttelte Mischke den Kopf.

»Nein. Wir führen händisch Buch. Ich zeichne die Fahrten jedes einzelnen Mitarbeiters ab.«

»Wo werden die Fahrzeugschlüssel aufbewahrt? Haben Ihre Mitarbeiter immer Zugriff?«

»Ja. Die Schlüssel liegen im Büro. Mit der Magnetkarte kommt man aufs Gelände und auch in die Halle.«

Nun mischte sich Saathoff ein. »Ist es schon einmal vorgekommen, dass sich Mitarbeiter Firmentransporter geliehen haben?«

»Für private Zwecke? Ja, das ein oder andere Mal. Wir sind da eher großzügig. Unsere Leute dürfen sich zum Beispiel für Umzüge einen Wagen leihen, müssen dann aber für Benzin oder Schäden selbst aufkommen.«

Florian überlegte. Wenn Philip Jablonski eine Magnetkarte besaß, hatte er uneingeschränkten Zugang zu dem weißen Transporter mit Kran. Niemand kontrollierte, ob er sich den Wagen manchmal nachts auslieh.

»Wenn Sie mir die Liste mit den Einsatzzeiten Ihrer Mitarbeiter geben könnten, wäre ich sehr dankbar«, sagte Florian, und Mischke setzte sich in Bewegung.

Das Büro war ein kleines Kabuff mit vollgestopften Regalen und einem schmalen Schreibtisch. Links auf dem Sideboard lagen die Fahrzeugschlüssel. Jeder, der hier vorbeikam, konnte sich ungehindert bedienen.

Mischke umrundete den Schreibtisch und griff einen Ordner aus einem Regal.

»Philip Jablonski hat in den letzten zwei Wochen Paletten ausgeliefert.«

»Er fuhr also den Wagen mit dem Kran?«, vergewisserte sich Florian.

»Richtig. Er arbeitet meistens abends für ein oder zwei Stunden. Hat irgendetwas davon gefaselt, dass er sich auf eine Tanzvorführung vorbereitet.« Mischke machte ein abfälliges Gesicht. Viel schien er vom Ballett nicht zu halten. »Wie auch immer. Ich hoffe jedenfalls, der Junge handelt sich nicht schon wieder Ärger ein. Er ist nämlich sonst recht zuverlässig, und solche Leute brauchen wir.«

Florian horchte auf. »Was meinen Sie denn mit Ärger? Hatte Jablonski in letzter Zeit Probleme?«

Mischke drehte sich um und nahm einen weiteren Ordner zur Hand. »Wir fordern von jedem Mitarbeiter ein Führungszeugnis an. Von Jablonski gibt es in Deutschland keines. Aber er hat uns eins aus Russland zur Verfügung gestellt. Hier ist die Übersetzung.«

Florian überflog die Zeilen und traute seinen Augen nicht. Jablonski war in Russland wegen des Handels mit illegalen Substanzen zu einer Geldstrafe verurteilt worden. Der Mann hatte also keine blütenweiße Weste. Kein Wunder, dass er ohne einen Anwalt jede weitere Auskunft verweigerte. Leider gab die Akte nichts über den Namen der Substanzen und deren Mengen preis. Florian musste hoffen, dass die russischen Behörden sich mit einer Auskunft beeilen würden. Auf Jablonski würden sie jedenfalls besonderes Augenmerk legen. Er hatte auf jeden Fall die Möglichkeiten. Florian war gespannt auf die Rückmeldung der Streifenpolizei, die sich den Hühnerhof des Onkels ansah.

Sie bedankten sich bei Mischke und verließen die Halle. Als sie wieder im Auto saßen, schrillte Florians Handy.

»Jablonski weigert sich, Proben aus seinem Grundwasserbrunnen herauszurücken. Er lässt uns nicht mal auf das Gelände und hat behauptet, dass gerade erst zwei Frauen im Auftrag der Kripo dort gewesen wären und ihn bestohlen hätten.«

Florian beschlich eine ungute Vorahnung. »Wie sahen die Frauen denn aus?«

»Eine strohblonde und eine mit dunklem Pagenschnitt.«

»Danke«, sagte Florian und legte auf.

20

»Es ist niemand da«, flüsterte Lenja und rüttelte an der verrotteten Holztür zu Sebastian Kaltenbachs Haus.

»Aber der Hof ist riesig. Das kann ich mir nicht vorstellen. Hier leben doch bestimmt mehrere Menschen und nicht nur der Eisbildhauer.« Julia nahm die Brille ab, hauchte gegen das vereiste Fenster neben dem Hauseingang und wischte mit dem Ärmel ein Guckloch frei. Drinnen war nichts zu erkennen, es war komplett dunkel.

»Ich weiß nicht. Es steht nicht ein einziges Auto auf dem Hof. Dafür habe ich auf der Zufahrt ein paar Reifenspuren gesehen. Ich glaube, alle sind ausgeflogen.«

Julia gab sich geschlagen. »Gut. Selbst wenn es so ist, wir können nicht einfach hineinspazieren und uns ansehen, wie er die Eisblöcke herstellt. Wir sind schließlich keine Einbrecher.« Sie dachte an den Hühnerhof

Jablonski und den verrückten Bauern, der sie mit seiner Schrotflinte davongejagt hatte. Mehr Abenteuer brauchte sie für den heutigen Tag nicht. Sie sah Lenjas enttäuschte Miene und korrigierte sich: »Na schön. Wir besorgen uns wenigstens die Wasserprobe. Wo könnte der Brunnen sein?« Sie sah sich um. Mehrere Gebäude reihten sich aneinander. Die meisten waren Scheunen, nicht mehr als baufällige Bretterbuden, deren Dächer unter der Schneelast ächzten. Dicke, spitze Eiszapfen an den Regenrinnen schufen eine märchenhafte Kulisse. Der Hof wirkte bis auf die Reifenspuren völlig unberührt. Einsam lag er am äußersten Rand von Köln, so als wollte er sich vor dem Rest der Welt verstecken. Doch in einem dieser Gebäude musste sich Kaltenbachs Werkstatt befinden. Leider war diese im Gegensatz zu der von Hanjo Wegner nicht gekennzeichnet. Kaltenbach schien nicht auf Besucher aus zu sein. Selbst an der Einfahrt zum Hof hatte Julia kein Hinweisschild entdeckt.

Lenja zuckte mit den Achseln. »Schwierig. Auf unserer Liste ist kein Brunnen aufgeführt. Andererseits könnte er, genau wie Wegners, einfach nur nicht registriert sein. Vielleicht lässt er sich die Blöcke auch liefern.«

»Okay. Am besten, wir teilen uns auf. Sie gehen links rum und ich rechts. Möglicherweise entdecken wir eine Außenzapfstelle. Wenn nicht, warten wir, bis Kaltenbach zurück ist.«

Lenja Nielsen nickte gehorsam und wandte sich in die vorgegebene Richtung.

Julia blieb noch einen Augenblick stehen und sah sich um. Sie wunderte sich immer mehr darüber, wie wenig auf Kaltenbachs Anwesen auf eine Künstlerwerkstatt hinwies. In einer Ecke stapelten sich blaue Mülltüten, davor lagen mehrere Spaten und eine Spitzhacke. Der Hof wirkte trotz der Schneedecke verwahrlost. Nicht gerade so, als wäre jemand mit künstlerischem Talent und einem Sinn fürs Schöne unterwegs. Die kahlen Bäume ringsum machten den Eindruck nicht besser. Julia fröstelte und zog den Schal enger um sich. Sie machte ein paar Schritte und hielt gleich wieder an. Ihr Handy klingelte. Es war Florian. Freudig hob sie ab.

»Was hast du mit deiner Assistentin auf Jablonskis Hühnerhof zu suchen?« Florian klang hart und unterkühlt. Julia biss sich schmerzhaft auf die Unterlippe. Hatte Jablonski die Polizei angerufen? Sie konnte es nicht glauben.

»Wir haben Wasserproben besorgt«, entgegnete sie sachlich.

»Na toll. Und warum hast du mich nicht informiert? Verdammt noch mal, Julia! Du kannst dich nicht in polizeiliche Ermittlungen einmischen. Jedenfalls nicht, ohne dich vorher mit mir abzustimmen. Ich stehe vor den Kollegen da wie ein kompletter Volltrottel. Außerdem dürft ihr nicht einfach fremde Grundstücke betreten. Das ist Hausfriedensbruch, und eine Wasserprobe zu nehmen bedeutet Diebstahl. Der Eigentümer könnte euch anzeigen.«

»Tut mir leid«, flüsterte Julia und fühlte, wie die Freude über Florians Anruf sich in bittere Enttäuschung verwandelte. »Wir wollten nur helfen.«

»Schon gut«, erwiderte Florian versöhnlicher. »Ich hätte es bereits wissen müssen, als ich gestern die roten

Kringel auf deinem Stadtplan gesehen habe.« Er seufzte. »Hast du denn die Wasserprobe? Jablonski behauptet, ihr hättet ihn bestohlen.«

»Bestohlen? Wenn du es so nennen willst, von mir aus! Der Kerl hat uns vom Hof gejagt und mit seinem Wagen verfolgt«, erklärte Julia außer sich. »Die Straßen sind vereist, wir hätten leicht in einen Graben rutschen können. Außerdem hat Jablonski meine Assistentin mit einer Schrotflinte bedroht, während ich die Probe aus seinem Hühnerstall besorgt habe. Den Tieren geht es übrigens überhaupt nicht gut und Jablonski verwendet verbotene Substanzen. Das wollte ich sowieso noch der zuständigen Behörde melden. Das ist unverantwortlich.« Sie schluckte und fügte ruhiger hinzu: »Ich weiß, dass uns das alles trotzdem kein Recht gab, unbefugt einzudringen.«

Florian seufzte am anderen Ende der Leitung. »Philip Jablonski benimmt sich tatsächlich sehr merkwürdig. Er hat sofort einen Anwalt verlangt. Irgendetwas ist da faul. Wie schnell kann das Labor die Proben auswerten?«

»Ich hoffe, dass es nicht länger als ein oder zwei Tage dauert«, erwiderte Julia und setzte sich wieder in Bewegung. Langsam wurde ihr kalt.

»Wo seid ihr jetzt?«, wollte Florian wissen.

»Wir wollten mit Sebastian Kaltenbach sprechen. Leider scheint er nicht hier zu sein.«

»Seid ihr auf seinem Hof? Geht da bloß nicht einfach so rein. Ihr bekommt noch Ärger mit dem Staatsanwalt«, stieß Florian aus.

»Machen wir nicht«, beteuerte Julia, ohne zu erwähnen, dass sie gerade dabei waren, das Gelände nach einer Zapfstelle abzusuchen.

»Sehen wir uns heute Abend?«

»Gerne, holst du mich vom Institut ab? So gegen sieben?« Florian versprach es, und Julia legte auf.

Ein offenes Tor erregte ihre Aufmerksamkeit. Sie stapfte durch den tiefen Schnee und betrat die riesige Scheune. Zu ihrer Enttäuschung stand das Gebäude leer. Nicht einmal einen alten Traktor oder Ähnliches gab es darin. Julia entdeckte eine kleinere Tür am anderen Ende und durchschritt die Scheune. Der Hof war u-förmig angelegt. Wenn sie durch die Tür wieder nach draußen gelangte, müsste sie auf ihre Assistentin treffen. Sie öffnete die Tür, überquerte den Innenhof und näherte sich der nächsten Scheune. Sie prüfte die gesamte Umgebung sehr genau, ohne jedoch einen Brunnen, Leitungsrohre oder einen Wasserhahn zu entdecken. Die Werkstatt lag vermutlich direkt vor ihr im nächsten Gebäude. Sie umrundete den Holzbau und fand rasch den Eingang. Ein spitzer Schrei ließ sie zusammenzucken. Das war Lenja. Sofort rannte Julia los, der Schrei war aus dem Gebäude gekommen.

»Lenja?«, brüllte sie, während sie hineinstürmte, und versuchte, sich zu orientieren. Im Gegensatz zur ersten Scheune herrschte hier ein völliges Durcheinander. Balken, gestapelte Holzbretter, verrostete Eisenstangen, Werkzeug und Gerümpel versperrten ihr die Sicht.

»Lenja?«, rief sie noch einmal und kämpfte sich durch den Plunder.

»Hier.«

Das tonlose Krächzen beunruhigte Julia. Sie folgte Lenjas Stimme und blieb neben ihrer Kollegin stehen.

Zu ihren Füßen war ein riesiges, selbst gebautes Becken in den Boden eingelassen. Darin lag ein großer Edelstahlbehälter. Julia schätzte ihn auf ein mal zwei Meter. Ihre Augen wanderten über den blanken Stahl und entdeckten zunächst nichts Besonderes. Die Konstruktion erinnerte sie an Wegners Werkstatt. Der Deckel am unteren Ende des Edelstahlbehälters war aufgeklappt. Als sie dort das Eis erblickte, stockte ihr der Atem.

»Was zum Teufel ist das?«

Lenja sah sie mit schreckgeweiteten Augen an.

»Füße«, flüsterte sie heiser. »Das sind die Füße einer Frau.« Die Panik in ihrer Stimme war nicht zu überhören. »Wir müssen hier raus. Wenn Kaltenbach uns hier sieht, bringt er uns um.«

Kopflos rannte Lenja los. Julia hingegen konnte sich nicht rühren. Sie kämpfte gegen ihre Angst an. Ihr Verstand verschaffte sich langsam die Oberhand. Sie zückte ihr Smartphone und machte ein paar Fotos. Erst dann drehte sie sich um und lief zur Tür. Doch sie hatte vergessen, eine Wasserprobe zu nehmen. Abrupt hielt sie an.

»Raus hier«, schrie Lenja, die zurückkam und Julia am Arm packte. »Wir haben den Mörder. Es ist Kaltenbach. Die Polizei soll sich darum kümmern. Wir müssen sofort abhauen.« Lenja riss sie mit erstaunlicher Entschlossenheit mit sich. Sie stolperten über den Hof und erreichten keuchend Julias Wagen, den sie am Straßenrand vor der Zufahrt zum Hof abgestellt hatten. Lenja huschte ums Auto zur Fahrertür. Julia stieg auf der Beifahrerseite ein und schickte sogleich die Fotos an Florian. Unterdessen versuchte Lenja, den Motor zu starten. Der alte Golf kreischte kurz auf, gluckerte und versank in tiefes Schweigen.

»Mist. Der Motor springt nicht an. Ausgerechnet jetzt.« Lenja drehte den Autoschlüssel vor und zurück. Es rumpelte ein paarmal. Dann trat Stille ein.

Julia, die gerade Florians Nummer wählen wollte, starrte durch die Frontscheibe. Auf der Straße näherte sich ein Fahrzeug, es war noch ungefähr fünfhundert Meter entfernt.

»Da kommt ein Auto.« Ihre eigene Stimme hörte sich fremd an. Dumpf und viel tiefer als sonst. Vor ihrem inneren Auge lief ein Albtraum ab. Sie sah Kaltenbach. Nein. Eigentlich sah sie Jablonski. Sie wusste nicht, wie Kaltenbach aussah. Er kam auf sie zugefahren. Hielt seinen Wagen an. Stieg aus. Zielte mit der Schrotflinte – und: Peng!

»Hallo?«

»Hallo, Julia?«

Florians Stimme, die blechern aus ihrem Telefon kam, holte sie zurück in die Gegenwart. Sie musste unwissentlich schon auf seine Nummer getippt haben. Nach wie vor starrte sie das entgegenkommende Fahrzeug an, das jetzt noch fünfzig Meter entfernt war. Mechanisch hob sie das Handy zum Ohr.

»Wir haben den Mörder. Es ist Sebastian Kaltenbach. Mein Auto springt nicht an. Wir sitzen fest, vor seinem Hof.«

»Verriegelt die Türen. Hilfe ist unterwegs. Ich bin auch gleich bei euch.«

»Das ist Kaltenbach. Verfluchte Karre! Spring doch endlich an!« Lenja ruckelte am Schlüssel und malträtierte die Fußpedale. Der Motor gab keinen Laut mehr von sich. Julia tastete in ihrer Manteltasche nach dem Pfefferspray, das sie stets bei sich trug. Gegen eine Schrotflinte war es ein nahezu lächerliches Abwehrmittel, aber höchstwahrscheinlich besaß Kaltenbach ja gar keine. Lenja verriegelte die Türen, und Julia sah mit rasendem Herzen, wie er in die Einfahrt bog.

21

Annabell hatte die Knie ganz dicht an ihren Körper gezogen und den Kopf unter den Armen versteckt. Sie wollte nichts hören oder sehen. Ihr Handy klingelte ununterbrochen. Philip versuchte seit Stunden, sie anzurufen. Aber sie konnte nicht mit ihm sprechen. Nicht nach all dem, was geschehen war. Die toten Augen der Frau in dem Eis starrten sie an, sobald sie die Lider schloss oder es dunkel wurde. In der letzten Nacht war es besonders schlimm gewesen. Sie war im Traum zum See hinabgestolpert und vor dem Eisklotz stehen geblieben. Sie blickte in die starren, toten Eisaugen und wollte weglaufen. Doch die Frau erwachte plötzlich zum Leben. Ihre eisigen Finger lösten sich aus der Eishülle und krallten sich an Annabell fest. Sie zogen sie unbarmherzig zu sich, hinein in die Kälte. So lange, bis sich das Eis um sie herum geschlossen hatte und Annabell zusammen mit der Toten eingeschlossen war. Für immer. Im ewigen Eis. Erstarrt zu einem gefrorenen Kern, durch den nie wieder Leben fließen würde. Dessen Seele für alle Zeiten verdammt war, weil der Körper nicht unter der Erde zerfiel, sondern den Geist gefangen hielt.

Annabell wischte die Tränen von den Wangen und schob die grausamen Bilder beiseite. Es klopfte an ihrer Zimmertür. Ihre Mutter schaute durch den Türspalt.

»Madame Bonnet möchte dich sprechen, Liebes.«

Annabell sah kurz auf. Was wollte der alte Drache bei ihr? Madame Bonnet sah doch sowieso lieber Katharina in der Hauptrolle. Die Tänzerin, die wie eine verfluchte Königin nie schwitzte oder angestrengt wirkte. Und die sich sicherlich auch vom Fund einer toten Frau nicht aus der Fassung bringen ließe. Annabell hatte innerlich aufgegeben. Sie könnte nie wieder tanzen und war nicht mehr beim Training gewesen.

»Wie geht es dir?« Madame Bonnet stürmte an ihrer Mutter vorbei und riss sie in ihre dünnen Arme, während sie sich zu ihr aufs Bett setzte. »Ich habe gerade erst erfahren, was passiert ist. Wie fürchterlich. Du musst diesen Anblick schnell vergessen, ma petite.«

So viel Mitgefühl hatte Annabell von ihr überhaupt nicht erwartet. Unwillkürlich bahnten sich neue Tränen den Weg über ihre Wangen.

»Es war so schrecklich. Sie hat mich angestarrt. Sie hat gelitten. Ich konnte es in ihren Augen sehen.«

»Lieber Himmel. Das glaube ich dir aufs Wort. Ein junges Mädchen wie du sollte das Leben genießen. Der Tod ist doch für junge Leute wie euch noch ganz weit weg.« Madame Bonnet schob Annabell ein kleines Stückchen von sich und hielt ihren Blick fest. »Du musst wieder anfangen zu tanzen. Nach einem solchen Trauma muss man in der Routine des Alltags Halt suchen, um den Schock zu überwinden. Jeder Reiter, der vom Pferd fällt, steigt sofort wieder auf. Du gehörst in meine Tanzgruppe. Ich bin gekommen, um dich abzuholen. Du darfst nicht noch weitere Trainingseinheiten versäumen.«

Annabell war überrascht. »Aber es ist schon spät. Wir haben doch jetzt gar kein Training.«

»Das ist richtig. Aber du liegst im Rückstand und musst aufholen. Ich gebe dir ein paar Extrastunden, damit du auf demselben Stand bist wie Katharina. Du sollst eine faire Chance bekommen. Die Primaballerina ist noch nicht ausgewählt.« Madame Bonnet legte ihren langen Zeigefinger unter Annabells Kinn. »Du hast das Zeug dazu. Ich kenne dich. Allerdings musst du alles andere aus deinem Kopf streichen. Es zählt nur der Tanz. Sonst nichts.« Sie erhob sich und zog Annabell vom Bett. »Also los. Pack deine Sachen zusammen und komm mit.«

22

Julia schloss die Augen und hielt die Luft an. Der Wagen kam direkt auf sie zugeschossen.

»Mist«, fluchte Lenja, die fieberhaft versuchte, den alten Golf wiederzubeleben. »Wir sind geliefert. Ich …«

Lenja sprach nicht weiter, und Julia hörte, wie das entgegenkommende Fahrzeug an ihnen vorbeisauste. Abrupt öffnete sie die Augen.

»Der hält ja gar nicht. Dann war es gar nicht Kaltenbach.« Sie konnte es nicht fassen.

»Glück gehabt.« Lenja lehnte sich im Fahrersitz zurück und atmete geräuschvoll aus. »Trotzdem. Wir müssen hier weg.« Sie rutschte wieder vor und drehte den Autoschlüssel.

»Ist da nichts mehr zu machen?«, fragte Julia. »Vermutlich ist die Batterie leer.«

»Wann kommt denn endlich die Polizei?«

Julia zuckte mit den Achseln. »Ich hoffe, schnell. Ich rufe am besten die Pannenhilfe an. Vielleicht kriegen die den Wagen wieder fit.« Als sie das Handy ans Ohr hielt, hörte sie schon die Polizeisirenen. Kurz darauf tauchte am Horizont ein Streifenwagen auf.

»Gott sei Dank«, schnaufte Lenja und stieg aus.

Julia informierte in aller Kürze den Pannendienst und folgte ihrer Assistentin, die mit beiden Armen in der Luft wedelte, als wäre sie in Seenot. Der Streifenwagen wurde langsamer und hielt neben ihnen am Straßenrand.

»Sind Sie Julia Schwarz und Lenja Nielsen?«, fragte eine ältere Beamtin durch die geöffnete Autotür und sprang aus dem Wagen.

Lenja nickte heftig. »Wir haben da drin eine Leiche entdeckt.« Sie zeigte hinter sich auf die Scheune.

»Das wurde uns bereits mitgeteilt. Die Kollegen von der Kriminalpolizei und der Spurensicherung sind schon unterwegs. Ist der Hofbesitzer anwesend?«

»Nein. Gott sei Dank nicht. Unser Wagen ist liegen geblieben und wir kamen hier nicht weg. Ich darf gar nicht daran denken, was Kaltenbach mit uns angestellt hätte.«

Die Beamtin sah Lenja mitfühlend an. »Wir sind so schnell gekommen wie möglich, um Sie in Sicherheit zu bringen.« Zu ihrem Kollegen, der ebenfalls ausgestiegen war, sagte sie: »Wir sichern hier erst einmal alles ab. Niemand darf das Gelände betreten, bis Kripo und Spusi da sind.«

Der Polizist nickte und holte rot-weißes Absperrband aus dem Kofferraum. Julia beobachtete, wie er die Zufahrt zum Hof sorgfältig abriegelte. Es hatte wieder angefangen zu schneien. Sie blickte in den beinahe dunkelgrauen Himmel, von dem unendlich viele

Schneeflocken herabfielen. Fröstelnd legte sie die Arme um sich und wartete auf Florian.

Es dauerte fast zwanzig Minuten, bis er schließlich eintraf. Julia war von Kopf bis Fuß durchgefroren. Ihre Fingerspitzen schmerzten, genauso wie ihre Zehen, die steif in den dünnen Stiefeln steckten. Der Kältetod war kein besonders angenehmer, so viel stand fest. Sie mochte sich gar nicht ausmalen, welche starken Schmerzen die Opfer ertragen mussten, bis die Kälte ihnen endlich das Bewusstsein nahm. Aus ihrer Ausbildung wusste sie, dass das lange dauern konnte und dass sich diese Zeitspanne für das Opfer subjektiv noch wesentlich länger anfühlte.

»Julia!« Florian kam mit Saathoff im Schlepptau angerannt. »Ich bin echt froh, dass euch nichts passiert ist. In Zukunft unternehmt ihr nichts mehr, ohne euch mit uns abzustimmen.« Er sah sie streng an, doch die Erleichterung in seinem Blick konnte er nicht verbergen. Florian drückte sie vor aller Augen fest an sich. »Du hast mir gefehlt letzte Nacht«, hauchte er ihr ins Ohr.

Überrascht registrierte Julia das angenehme Prickeln, das seine Worte in ihrem vor Kälte schon fast erstarrten Körper auslösten. Sie lächelte und sah verlegen zu Lenja, die jedoch dezent wegblickte. Bisher hatte sie ihrer Assistentin nichts von Florian erzählt. Jetzt war das wohl auch nicht mehr nötig.

»Wo ist die Tote?« Florian gab sie wieder frei.

»Sie liegt im Tiefkühlbecken in einer Edelstahlform. Dort drüben in der Scheune ganz links. Es sind nur die Füße zu sehen.«

Florian nickte. »Ich habe es auf deinen Fotos gesehen. Die Feuerwehr müsste jeden Augenblick hier sein, um sie aus dem Eis zu befreien. Eine Fahndung nach Sebastian Kaltenbach läuft ebenfalls.«

Sie überquerten den Hof, Lenja Nielsen lief voraus. Martin Saathoff heftete sich an ihre Fersen. Julia betrachtete die Szene mit gemischten Gefühlen. Sie hatte nichts gegen Florians Partner. Er war ein guter Polizist. Nur seine Vorliebe für jüngere Frauen ging ihr mächtig auf die Nerven. Andererseits wusste sie, dass Lenja Nielsen absolut dazu in der Lage war, sich zur Wehr zu setzen.

Sie erreichten das Gebäude und kämpften sich durch das aufgetürmte Gerümpel bis zum Wasserbecken vor. Florian musterte den Fund.

»Der Größe nach zu urteilen sind es die Füße einer Frau oder eines Heranwachsenden.« Er blickte sich um und winkte ein paar Mitarbeiter der Spurensicherung heran. »Sie fotografieren hier erst einmal alles und sichern die Spuren. Zwei von Ihnen gehen ins Wohnhaus und suchen dort nach weiteren Beweisen. Vielleicht finden wir die Kleidung der Opfer oder ihre Papiere. Danach schauen wir uns die restlichen Gebäude und das Grundstück an. Ich will, dass hier jeder Stein umgedreht wird.«

Während das Blitzlichtgewitter aus den Kameras auf das selbst gebaute Tiefkühlbecken im Boden niederprasselte, sah Julia sich in der Werkstatt um. Das frostige Becken befand sich ungefähr in der Mitte der Scheune. An einer Stelle war sie bestimmt vier Meter hoch. Mehrere stabile Holzbalken stützten das Dach. Ein paar Ventilatoren und Blechröhren verliefen darunter. Sie gehörten zur Kältetechnik, die die Raumtemperatur in der Scheune auf Minusgrade herunterkühlte.

An einem Querbalken hing eine Hubvorrichtung, die vermutlich zum Heben der Eisblöcke gedacht war. Auf der rechten Seite stand eine überdimensionale Rose aus Eis, die Skulptur, von der Wegner erzählt hatte. Julia neigte sich etwas vor und atmete tief ein. Tatsächlich stieg ihr ein leichtes Rosenaroma in die Nase. Auf dem Boden lag ein kantiger Eisblock, vielleicht ein Kubikmeter groß. Eine grüne Gießkanne war darin eingefroren. Schwarze Federn im Eis erweckten den Eindruck, als flössen sie direkt aus der Tülle. Sie inspizierte das Eis, das nach ihrer Einschätzung wie das von Wegner lupenrein aussah. Zumindest fielen ihr auf den ersten Blick keine Einschlüsse von Sand oder Dreck auf. Sie würde später eine Probe nehmen. Nachdenklich ging sie zu einem Regal mit verschiedenen Kanistern. Außer Benzin fand sie Terpentin, das unter anderem als Verdünnungsmittel für Ölfarben eingesetzt wurde. Darüber wurden Pinsel und Farben aufbewahrt, zusammen mit ein paar schmutzigen Leinwänden. Und dann entdeckte Julia ein Schraubglas mit Rosenwasser, wie auf dem Etikett stand. Kaltenbach hatte es vermutlich für die Herstellung der Rosenskulptur verwendet. Doch dass ihr Blick regelrecht an dem Glas festklebte, lag an einem Haar, das am Deckel haftete. Nicht irgendeines, sondern ein rotes. Jette Höffner hatte rote Haare gehabt.

»Florian, komm mal hier rüber.«

Sie zeigte auf das Haar, und er wusste sofort, worum es ging. Mit einer Pinzette beförderte er das Beweismittel in eine Asservatentüte.

»Wie lange braucht das Labor für den DNS-Test?«, wollte er wissen.

»Das hängt davon ab, ob noch eine Wurzel dran ist. Ich gebe es so schnell wie möglich zur Analyse.«

»Okay.« Florian drückte Julia die Tüte in die Hand. »Ich sehe mich jetzt mal kurz im Haus um, bevor die Feuerwehr da ist.«

Julia nickte. »Ja, ich komme gleich nach.«

Sie suchte systematisch den Rest der Scheune ab. Im hinteren Teil wurde es wieder genauso chaotisch wie im Eingangsbereich. Das aufgetürmte Gerümpel war undurchschaubar. Die Spurensicherung würde Tage brauchen, um alles abzuarbeiten. Unter ihren Füßen knarrte es. Julia stutzte und fragte sich, warum sie plötzlich auf Holzdielen stand. Der Boden war ansonsten betoniert. Offenbar hatte Kaltenbach ihn irgendwann ausgebessert. Die Holzdielen waren uralt und gaben bei jedem Schritt nach. Sie ging in die Hocke und klopfte auf eines der Bretter. Es schien sich kein Hohlraum darunter zu befinden. Sie erhob sich und suchte nach Lenja, die vor dem Tiefkühlbecken auf und ab lief.

»Ich habe mir alles angesehen, wollen wir auch rüber ins Haus? Vielleicht finden wir dort etwas Interessantes. Irgendwo muss er sie festgehalten und entkleidet haben.«

Julia ging voraus. Das Erste, was sie wahrnahm, als sie die altmodische Küche betraten, war Florians enttäuschtes Gesicht.

»Nichts«, sagte er und kniff die Lippen zusammen. »Wir haben einmal alles grob durchgecheckt. Womöglich hat er eines der anderen Gebäude genutzt. Im Badezimmer gibt es zwei Zahnbürsten und Schminke. So wie es aussieht, hat Kaltenbach eine Freundin. Die darf von seinen Machenschaften schließlich nichts mitbekommen.«

»Wissen wir schon, wer sie ist?«, fragte Julia und musterte dabei die dreckigen Teller und Töpfe, die seit Tagen auf der Spüle stehen mussten.

»Nein. Leider nicht.«

»Es sieht nicht so aus, als würde Kaltenbach mit einer zweiten Person hier essen«, stellte Julia fest und deutete auf die Speisereste. »Sieht mir alles nach verschiedenen Mahlzeiten aus und da steht jeweils nur ein Teller mit denselben Resten.«

Florian spitzte die Lippen und nickte langsam. »Du hast recht. Das ist mir noch gar nicht aufgefallen.«

»Vielleicht ist seine Freundin verreist?«, warf Lenja ein.

»Womöglich wohnt sie gar nicht hier oder hat ihre Besuche eingestellt.« Julia dachte an das Telefongespräch, das sie bei Hanjo Wegner im Flur mitgehört hatte. Wegner erwähnte im Anschluss, dass Kaltenbach wohl Streit mit seiner Freundin hatte. Möglicherweise hatte sie die Reißleine gezogen.

»Die Feuerwehr ist da. Sie holen jetzt den Eisblock raus.« Saathoff stand in der Tür. »Wir sollten uns das ansehen.«

23

Judiths Kopf dröhnte mindestens genauso laut, wie ihr Magen knurrte. Sie hatte den ganzen Tag noch nichts gegessen. Eine Welle der Übelkeit schwappte über sie hinweg. Zu dem Hunger kam das stinkende Zeug, mit dem er sie betäubt hatte. Auf der Fahrt zu diesem Loch war sie einmal aufgewacht. Der Mistkerl hatte sie in einen Transporter geworfen. Als er sie herausgeholt hatte, hatte sie sich bewusstlos gestellt und auf eine Chance gewartet, ihn zu überrumpeln. Doch er trug sie auf seinen kräftigen Schultern in ein Haus und band sie anschließend im Keller fest. Sie hatte keine Möglichkeit gehabt, zu entkommen. Wenigstens hatte er sie bisher nicht angerührt. Sie fröstelte trotz oder vermutlich eher wegen ihres schlecht gefütterten Wintermantels. Das Geld hätte sie besser in Pfefferspray oder ein Schweizer Taschenmesser investiert. Dann könnte sie jetzt das Seil durchschneiden, mit dem sie an Händen und Füßen gefesselt war. Dummerweise lag ihr Handy auf der

Straße, wo der Mistkerl sie überwältigt hatte. Wahrscheinlich hätte sie hier unten sowieso keinen Empfang. Durch ein schmales Kellerfenster drang etwas Helligkeit herein. Trotzdem konnte Judith die Umgebung nur schemenhaft erkennen.

Unweit von ihr stand ein Teller mit getrockneten Essensresten. Die Tatsache, dass vor ihr bereits jemand hier festgehalten worden sein musste, beunruhigte sie. Jemand, den der Mistkerl eine Zeit lang am Leben gehalten hatte. Ihr Magen meldete sich erneut. Warum versorgte er sie nicht mit Essen? Wollte er sie womöglich verhungern lassen? Und was wollte er überhaupt von ihr? Er hatte kein Wort gesprochen. Warum hatte er sie nicht einfach ausgeraubt? Sie hatte immer Bargeld dabei. Sie würde ihm sogar ihren Wagen schenken, wenn er sie dafür laufen ließe. Judith setzte sich ein wenig auf. Um ihre Hüfte war ein weiteres Seil geschlungen, das nicht ganz so festgezogen war wie das um Hände und Füße. Sie öffnete den Mund, so weit es ging, und wollte den ekelhaften Knebel loswerden, der sie beim Atmen behinderte. Doch das Ding saß zu fest. Sie konnte nur hoffen, dass er ihr etwas zu essen und zu trinken brachte. Dann musste er ihren Knebel ja herausziehen. Judith blickte verzweifelt nach oben zu der Bodenluke, durch die er sie hergeschafft hatte. Es schien keine Ritzen zu geben. Sie blinzelte und versuchte, am Rand ein paar Lichtstrahlen auszumachen. Aber da war nichts. Wahrscheinlich hatte er einen Teppich darüber geschoben. Genau so, wie man es aus Kriminalfilmen kannte. Die Ermittler durchsuchten das Haus, stellten alles auf den Kopf und vergaßen, unter dem Teppich nach einem Hohlraum zu suchen. Das Opfer lag gefesselt und geknebelt direkt unter ihren Füßen, aber sie merkten es nicht und gingen wieder. Was für ein Albtraum.

Passend dazu hörte Judith genau im selben Moment Geräusche von oben. Schritte. Und Stimmen.

Sie richtete sich weiter auf und lauschte in die Dunkelheit hinein. War da tatsächlich etwas oder bildete sie sich das nur ein? Nein. Jetzt hörte sie es wieder. Es klang wie eine Frauenstimme. Und dann abermals Schritte. Sie trampelten genau über ihrem Kopf herum. Ein Mann rief etwas, doch sie konnte es nicht verstehen. Wer war das? Ihr Entführer und seine Komplizin? Judith zerrte wie verrückt an ihren Fesseln. Was, wenn es die Polizei war? Das Seil schnürte sich schmerzhaft in ihre Handgelenke. Es brannte wie Feuer. Erneut hörte sie Schritte unmittelbar über sich. Und die aufgebrachte Frauenstimme.

Judith stieß einen erstickten Schrei aus. Der Knebel wirkte wie ein Schalldämpfer. Ihre Stimme verebbte schon wenige Zentimeter vor ihren ausgetrockneten Lippen.

Sie sank gegen den Holzbalken, an den sie gefesselt war, und ihr Blick fiel erneut auf den dreckigen Teller.

Natürlich. Die Erkenntnis traf sie beinahe wie ein Schlag. Möglicherweise suchte noch niemand nach ihr. Ihr Fehlen würde bestimmt erst am nächsten Morgen auffallen, wenn sie nicht im Büro auftauchte. Aber vielleicht fahndete jemand nach der Person, die vor ihr hier festgehalten wurde. Es könnte die Polizei sein da oben über ihrem Kopf. Sie schrie, was das Zeug hielt. Irgendwie musste sie sich bemerkbar machen, bevor sie wieder verschwanden und sie hier unten ihrem

Schicksal überließen. Allein in der Dunkelheit. Diesem Monster mit dem Presslufthammer ausgeliefert. Wer wusste schon, was er mit ihr vorhatte? Geld wollte er jedenfalls nicht. Vermutlich auch keinen Sex. Wäre er ein Triebtäter, hätte er sich sicherlich nicht länger als nötig beherrscht und sich bereits an ihr vergriffen. Sie sah den Mann vor sich. Wie er in ihrem Rohbau reglos dastand. Warum nur hatte sie die Gefahr ignoriert? Im Nachhinein sprang sie seine Aggressivität regelrecht an. Doch sie war in ihrer Rolle als Architektin so festgefahren, dass sie die Situation völlig falsch eingeschätzt hatte. Wäre dieser Typ ihr im Park begegnet, hätte sie sofort Reißaus genommen.

Judith schrie erneut. Ein kläglicher Laut drang durch den Knebel. Ihre Verzweiflung wurde größer und größer, denn alles, was sie jetzt noch hörte, waren Schritte, die sich langsam, aber sicher entfernten.

24

Julia machte einen Schritt und hörte die alten Dielen in Kaltenbachs Küche knarren. Lenja hielt sich neben ihr. Florian war mit Saathoff wieder zur Scheune gegangen, um die Feuerwehrleute anzuleiten.

»Gibt es hier einen Keller?«, fragte Julia einen Mitarbeiter der Spurensicherung, der gerade Fingerabdrücke auf dem Küchentisch sicherte.

»Wir haben keinen gefunden. Das ist ein altes Bauernhaus. Die meisten in der Gegend haben keinen Keller aus Angst vor dem Hochwasser vom Rhein.«

Julia nickte und warf einen allerletzten Blick in die Küche. Dann lief sie mit Lenja hinaus.

»Was passiert, wenn Kaltenbach nach Haus kommt?«, fragte Lenja, während sie über den Hof gingen, der inzwischen von Fußspuren im Schnee übersät war.

»Er wird festgenommen.« Julia legte einen Zahn zu, denn die Kälte kroch sie schon wieder an. »Aber vermutlich flieht er, sobald er die ganzen Polizeiwagen bemerkt. Die Fahndung läuft. Früher oder später wird die Polizei ihn schnappen.«

Sie erreichten die Werkstatt. Die Spurensicherung hatte eine breite Schneise durch das Gerümpel geschlagen. Der Blick auf das Tiefkühlbecken war frei. Julia sah mehrere Feuerwehrleute mit Gasbrennern in der Hand. Sie erwärmten von außen die Edelstahlform, die bereits neben dem Becken auf dem Boden lag. Unter der Form breitete sich eine Wasserlache aus. Der Eisklotz bewegte sich trotzdem nicht. Es konnte noch eine ganze Weile dauern, bis die Flammen genug Eis geschmolzen hatten und sich die Form lösen ließ. Erst dann konnten sie die Tote richtig sehen. Julia beschloss, die Zeit zu nutzen, und übergab die Asservatentüte mit dem roten Haar der Spurensicherung. Die Polizistin versprach, es sofort ans Labor zu geben. Julia war gespannt auf das Ergebnis.

Unterdessen mühten sich die Feuerwehrmänner weiter mit dem Eis ab. Ihre Gesichter hatten eine kräftige rote Farbe angenommen. Julia war zum ersten Mal an diesem Tag richtig warm. Selbst die Zehen konnte sie wieder spüren. Dennoch verursachte der Anblick der Edelstahlform ein flaues Gefühl in ihrem Magen.

Unruhig begann sie hin und her zu laufen. Warten gehörte nicht gerade zu ihren Lieblingsbeschäftigungen. Eine schiere Ewigkeit verging. Unter der Rosenstatue hatte sich ebenfalls eine große Pfütze gebildet. Wegner würde fluchen, wenn er dieses Werk nicht ausstellen konnte. Allerdings waren wahrscheinlich sämtliche Kunstwerke, die Kaltenbach geschaffen hatte, verloren. Wer wollte schon die Werke eines Mörders präsentieren und ihm damit in der Öffentlichkeit auch noch Gehör verschaffen? Julia seufzte. Das Eis schien fest mit der Edelstahlform verwachsen zu sein. Die Gasbrenner liefen seit zwanzig Minuten, und noch immer rührte sich nichts. Ein Feuerwehrmann schlug mit einem Vorschlaghammer dagegen, jedoch ohne Erfolg. Sein Hieb verhallte wirkungslos und hinterließ gerade einmal eine kleine Beule.

Es dauerte noch weitere zwanzig Minuten, bis der ein Mal einen Meter breite und zwei Meter lange Eisklotz endlich aus seiner stählernen Hülle rutschte. Julia war bis zum Zerbersten angespannt. Zuerst kamen die nackten Beine zum Vorschein. Dann die Hüften, ebenfalls unbekleidet. Allmählich zeigte sich der Oberkörper, und Julia hatte Schwierigkeiten, durch die dicke Eisschicht hindurchzusehen. Die Feuerwehrleute traten zur Seite und Julia ging dichter heran. Die Proportionen wirkten verzerrt, wahrscheinlich weil der Klotz noch nicht bearbeitet und das Eis deshalb viel dicker als bei der fertigen Skulptur war. Und etwas war anders. Die beiden ersten Opfer trugen ein weißes Kleid. Das neue Opfer hier war vollständig nackt. Langes schwarzes Haar bedeckte das Gesicht. Die Tote erinnerte Julia an eine Figur aus einem Horrorfilm. Was, verflucht, hatte das zu bedeuten? Die erste Tote hielt einen Spiegel in der Hand, die zweite eine Getreideähre und der dritten hatte er die Haare wie einen Schleier vors Gesicht gelegt. Was für ein perfides Spiel trieb Kaltenbach mit diesen armen Frauen?

Florian schienen dieselben Fragen durch den Kopf zu gehen. »Ich verstehe die Symbolik nach wie vor nicht«, murmelte er nachdenklich und hockte sich neben den Eisklotz.

»Müssten die Verfärbungen der Haut nicht hellrot sein?« Das war Lenja, die bis eben stumm auf die Szenerie geschaut hatte.

Julia, deren Hirn immer noch mit der Frage der Bekleidung beschäftigt war, brauchte eine Sekunde, bis sie Lenjas Frage registrierte.

»Ja, das müssten sie. Wieso?« Julia sprach nicht weiter, sondern kroch regelrecht ins Eis hinein. Ein liebliches Vanillearoma strömte ihr entgegen. Der Duft war fein, konnte aber ihrer Nase dennoch nicht entgehen. Auch hier hatte Kaltenbach mit Duft gearbeitet. Ihr Blick richtete sich durch das zentimeterdicke Eis auf den leblosen Körper. Sie fuhr mit den Augen die Konturen des Oberschenkels entlang und stutzte.

»Was ist denn das?«

Eine feine schwarze Linie zog sich über das Fleisch. Auf dem anderen Bein entdeckte Julia dieselbe Linie.

»Ich glaube, sie hat keine Zehennägel«, stieß Lenja aus. »Lieber Himmel. Er hat sie gefoltert.«

Julias Verstand jonglierte die Puzzleteilchen und kombinierte sie zu einem Ganzen. Sie richtete sich auf und ging einen Schritt weiter, um den Oberkörper der Frau zu begutachten. Erneut beugte sie sich so tief über das Eis, dass sie es mit der Nasenspitze fast berührte. Oberhalb des Bizeps sah sie wieder eine dunkle Linie. Leider wirkte alles unscharf. Sie blinzelte und betrachtete die Hände, die sich normalerweise bei Kälte zuerst rötlich verfärbten. Fehlanzeige. Die Haut schien makellos. Wobei sie ebenfalls den Eindruck hatte, dass auch die Fingernägel fehlten. Julia putzte kurz ihre Brille, um schärfer zu sehen. Die Nagelbetten waren nicht verfärbt. Das Entfernen von Fingernägeln war eine äußerst schmerzhafte Angelegenheit. Eine solche Verletzung zog etliche sichtbare Spuren nach sich, denn die Nagelbetten waren stark durchblutet. Doch Julia konnte keine Wunden entdecken. Sie holte tief Luft und musterte dann die Haare, die so gepflegt waren, dass sie sogar durch das Eis glänzten. So sehr, dass es schon unnatürlich aussah. Allerdings konnte das auch an der dicken Eisschicht liegen. Julia schüttelte den Kopf und richtete sich auf. Ringsum war es still geworden. Alle Augen waren erwartungsvoll auf sie gerichtet. Julia hatte kaum eine Vorstellung davon, was ihre nächsten Worte anrichten würden. Aber sie war sich mittlerweile sicher, was ihre Beurteilung anging, und sie durfte sie nicht länger für sich behalten.

»Das hier im Eis ist kein Mensch. Es ist eine Schaufensterpuppe.«

Niemand rührte sich. Florian starrte sie an. Saathoff ebenfalls. Lenja blickte mit gerötetem Gesicht zu Boden. Die Mienen der Feuerwehrleute und der Kollegen von der Spurensicherung ließen keinen Schluss auf ihre Gedankenwelt zu. Die Welt schien einen Moment lang wie erstarrt. Dann riss sich ein Feuerwehrmann den Helm vom Kopf, und plötzlich kam wieder Bewegung in die Scheune.

»Eine Schaufensterpuppe?«, fragte Florian ungläubig und musterte das Ding im Eisblock. »Die sieht aber ziemlich echt aus.«

»Ich weiß«, erwiderte Julia und seufzte. »Es tut mir leid. Ich hätte es sofort erkennen müssen. Ich war einfach zu geschockt.« Sie deutete auf die schwarzen Linien an Oberschenkeln und Armen. »Die Extremitäten sind an diesen Stellen aufgesteckt. Am Hals ist dieselbe Markierung. Zudem gibt es keine Totenflecken. Auch keine Finger- oder Fußnägel. Die Haare sehen künstlich aus. Das ist definitiv kein Mensch.«

»Verdammt noch mal«, polterte Saathoff und zwirbelte seinen Schnäuzer. »Heißt das jetzt, wir sind mit diesem Riesenaufgebot an Polizeikräften völlig umsonst hierhergeeilt?«

Julia zuckte schuldbewusst mit den Achseln. Hätte sie gleich gründlicher hingesehen, wären ihr die makellosen Fußsohlen vielleicht merkwürdig vorgekommen. Andererseits war es fast unmöglich, wirklich etwas Genaues durch die dicke Eisschicht zu erkennen.

»Schon gut«, sagte Florian und rieb sich erschöpft die Schläfen. »Da draußen läuft trotzdem ein Mörder herum. Wir müssen ihn schnappen, bevor er weiteres Unheil anrichtet. Am besten, wir gehen nach dem ursprünglichen Plan vor.«

Saathoff runzelte die Stirn. »Wir sollten uns noch mal dieses russische Bürschlein vornehmen. Inzwischen hat er bestimmt einen Anwalt.«

Florian nickte. »Und dann wäre da noch der Ex-Freund von Jette Höffner. Wir sollten mit ihm sprechen und die Angaben, die er den Kollegen gegenüber gemacht hat, überprüfen.«

»Was ist denn hier los?« Ein Mann, vielleicht dreißig Jahre alt, kam in die Scheune gestürmt und ging vor dem angetauten Eisblock mit der Schaufensterpuppe in die Knie. »O nein. Mein Exponat. Hanjo killt mich.« Er sah auf. In seinen Augen loderte Feuer. »Was zum Teufel machen Sie hier? Wollen Sie mich ruinieren?« Er zeigte verzweifelt auf den schmelzenden Eisblock. »Ich habe

Tage gebraucht, um sie da hineinzubekommen. Sie haben meine Kunst zerstört.«

Florian sah ihn mit stocksteifer Miene an. Julia wusste, warum. Ihre Hand schlüpfte automatisch in die Jackentasche, in der kurz zuvor noch die Asservatentüte gesteckt hatte. Das Haar war vermutlich schon im Labor angekommen. Eine Analyse brauchten sie allerdings nicht mehr. Sebastian Kaltenbach, der völlig außer Fassung vor ihnen stand, hatte rotes Haar.

25

Er lief wütend in der Küche auf und ab. Die Holzdielen ächzten unter seinem Gewicht.

»Mutter. Wie oft habe ich dich gebeten, nicht ständig dazwischenzufunken?« Er sah sie nicht, denn sie war nicht mit ihm in die Küche gekommen. »Wie oft, also?«

Natürlich gab sie keine Antwort. Sie war stur. So stur wie sonst niemand auf dem ganzen Planeten. Fuchsteufelswild fegte er eine Porzellantasse vom Tisch. Sie zersprang klirrend an der Wand.

»Zum Teufel noch mal. Jetzt sag endlich was.« Er rannte aus der Küche und durch den Flur zu ihrem Lieblingsraum. Die Kälte sprang ihn sofort an. Seiner Mutter schien sie nichts auszumachen. Sie starrte ihn lieblos an und rührte sich nicht.

Er atmete tief durch. Wenn er sie weiter anbrüllte, würde sie noch mehr bocken und am Ende womöglich tagelang nicht mit ihm sprechen. Das wäre nichts Neues. Momentan befand er sich allerdings nicht in der

Verfassung, mit ihr zu streiten. Er wusste, dass seine letzte Eisstatue im Schnee untergegangen war. Nicht einmal die Nachrichten hatten es für nötig befunden, darüber zu berichten. Für ein Foto hatte es erst recht nicht gereicht. Es war eine Katastrophe, ja, und trotzdem war es kein Grund, gleich aneinanderzugeraten.

»Heute Nacht und auch morgen soll es nicht schneien«, sagte er versöhnlicher. »Der perfekte Zeitpunkt, um alles wiedergutzumachen. Meine nächste Statue schafft es in die Zeitung. Eventuell sogar ins Fernsehen. Versprochen, Mutter.«

Ihr eiskalter Blick sagte alles.

»Und wenn sie dich erwischen? Der See steht bestimmt unter Beobachtung. Warum suchst du dir nicht einen anderen Ort?«

Er schüttelte heftig den Kopf. Sie verstand mal wieder kein Wort. Dabei hatte er es so oft erklärt.

»Ich will, dass meine Statue am Ufer dieses Sees steht. So ist der Plan.«

Seine Mutter sagte nichts mehr. Vielleicht war es auch besser so. Er würde sein Vorhaben nicht ändern. Er hatte sich bewusst belebte Plätze ausgesucht, damit seine Kunst Beachtung fand. Das war es doch, was jeder Künstler wollte. Musikbands wollten Zuhörer, Autoren wollten Leser und er, er wollte Zuschauer. Er wollte, dass die Menschen ihn endlich als das sahen, was er war. Und er verhalf jeder einzelnen Frau, die er dazu auserwählte, zu ewigem Ruhm. Natürlich nur, wenn es überhaupt Fotos gab und die Polizei den Fundort nicht zu schnell abschottete. Dieses Mal würde er anders vorgehen. Bisher hatte er die Statuen mitten in der

Nacht aufgestellt, meist gegen drei oder vier Uhr. Heute würde er das Ganze vorziehen. Dann hätten die Menschen länger Zeit, seine Kunst zu bewundern. Er drehte zufrieden eine Pirouette und tänzelte zurück in die Küche.

»Möchtest du einen heißen Tee, mein Schatz? Es ist ja so kalt zurzeit.«

Er wunderte sich, dass seine Mutter plötzlich hinter ihm stand. Sie konnte schleichen wie eine Katze auf Samtpfoten. Er lächelte.

»Gerne. Ich mache mich danach auf den Weg.«

Sein Lächeln erstarrte, denn er hatte etwas gehört. Einen Schrei oder vielmehr ein Röcheln. Erschrocken schob er seine Mutter aus der Küche.

»Ich kümmere mich darum«, murmelte er und griff zu einem alten Lappen, den er mit Chloroform tränkte. Anschließend zog er den Teppich beiseite und hob die Falltür zum Keller an.

»Na, na, na. Was ist hier los?«, schimpfte er, während er die Stufen hinabstieg. Er schaltete die Taschenlampe ein. Den Lappen hielt er in der anderen Hand bereit. Die Frau hockte auf dem Boden, an einen Balken gefesselt. Auf den ersten Blick konnte er nicht erkennen, warum sie verrücktspielte. Sie stampfte mit den Füßen auf den Boden und versuchte, durch den Knebel zu schreien. Erst als sie ihn sah, verstummte sie.

»Ich habe dir doch erklärt, dass du noch nicht dran bist. Kannst du denn nicht abwarten? Ich hatte dich für klüger gehalten.«

Die Frau brabbelte irgendetwas. Ihr Blick wanderte immer wieder zu dem Teller, den er noch nicht weggeräumt hatte. Plötzlich fiel ihm ein, was sie plagte. Er schlug sich mit der flachen Hand gegen die Stirn. Na klar. Sie war hungrig. Kein Wunder, dass sie langsam durchdrehte.

»Ich hol dir was zu essen«, versprach er und nahm den schmutzigen Teller mit hoch in die Küche. Oben überlegte er es sich jedoch anders. Er musste seinem Plan folgen. Es war schon beinahe Mitternacht. Es schneite nicht. Der Nachthimmel war wolkenlos und übersät von Sternen. Die Mondsichel hing wie eine Schaukel über der Erde. Was für eine Nacht. Einen besseren Zeitpunkt gab es nicht. Er sperrte die Falltür zu und schob den Teppich wieder darüber. Dann verließ er das Haus und ging zu seinem Wagen. Die Statue war längst verladen.

Sein Ziel stand fest, und dieses Mal würde es genau so laufen, wie er es sich vorstellte.

26

»Wo hast du denn Florian gelassen?«

Julias Mutter war wieder einmal die Diplomatin in Person. Ihr Vater hätte diese Frage nicht gestellt. Sie hatte in seinem Blick gesehen, dass er ihre Verunsicherung wahrgenommen hatte.

»Er muss bestimmt noch arbeiten. Ihr ermittelt doch gerade in diesem schlimmen Mordfall mit den toten Frauen, die in Eisskulpturen stecken«, sagte Ulrich Schwarz in dem Versuch, Julia zu helfen.

»Richtig«, murmelte Hannelore und bat Julia herein. Seit Michaels Mörder hinter Schloss und Riegel saß, hatte das Haus wieder an Helligkeit gewonnen. Julias Mutter trug immer noch schwer am Tod ihres Sohnes, aber irgendwie hatte sie nach all den Jahren nun doch damit abgeschlossen. Sogar sein Platz am Esstisch war nicht mehr gedeckt wie die Jahre zuvor.

»Ich bringe ihn das nächste Mal wieder mit«, sagte Julia und hängte ihre Jacke an die Garderobe. »Der Fall ist sehr kompliziert. Bisher gibt es kaum Spuren, und das, obwohl der Täter seine Opfer an öffentlichen Plätzen aufgestellt hat. Niemand hat etwas Entscheidendes beobachtet – bis auf ein kleines Mädchen, das zufällig zwei Ziffern des Nummernschildes aufgeschrieben hat, das wahrscheinlich zum Fahrzeug des Täters gehört. Die Leute in der Stadt kriegen gar nichts mehr mit.« Sie wollte ins Wohnzimmer gehen, doch ihr Vater hielt sie fest.

»Was ist denn mit deiner Nase passiert? Hast du dich geprügelt?«

Den Zusammenstoß mit dem Vater des zweiten Opfers hatte Julia komplett verdrängt.

»Ich habe eine Tür an den Kopf bekommen. Ist aber nicht schlimm«, erklärte sie abwehrend und zog ihn mit sich.

»Ich mache dann mal das Essen«, verkündete Hannelore und verschwand in der Küche.

Julia ließ sich auf das Sofa fallen und seufzte auf.

»Was ist los, mein Kind?« Ulrich setzte sich zu ihr und sah sie besorgt an.

»Ich habe heute großen Mist gebaut«, murmelte Julia. »Ich habe eine Schaufensterpuppe mit einer toten Frau verwechselt und dadurch ein Riesenchaos verursacht. Du kannst dir gar nicht vorstellen, wie sehr ich mich schäme.«

Ihr Vater betrachtete sie schweigend und strich ihr sanft übers Haar. »Du darfst nicht so streng mit dir sein. Jeder macht mal einen Fehler. Am Ende ist es doch positiv, dass es kein weiteres Opfer gab.«

Julia nickte. Ihr Vater hatte recht. Trotzdem verfolgten sie noch immer die Blicke der Polizisten, die alle umsonst in Kaltenbachs Werkstatt erschienen waren. Und Kaltenbach erst. Der Mann war unschuldig und zutiefst getroffen. Julia hatte sein Kunstwerk zerstören lassen. Sie fühlte sich mies und wünschte sich, der Erdboden würde sich auftun und sie einfach verschlucken. Selbst die redselige Lenja hatte auf dem Rückweg kaum noch ein Wort gesprochen. Zu peinlich war die Verwechslung einer Leiche mit einer Schaufensterpuppe. Und Florian? Was musste er von ihr denken? Seine Versuche, sie zu trösten, konnten sein Entsetzen über ihren Irrtum nicht überdecken. Saathoff hatte sie sogar gefragt, ob mit ihr in letzter Zeit alles okay sei. Niemand, absolut niemand traute Julia solch ein Versagen zu. Ihr guter Ruf war futsch. Für immer.

Ihr Vater schien ihre Gedanken lesen zu können. Eine Fähigkeit, für die sie ihn abgöttisch liebte.

»Ich weiß, dass du denkst, die Menschen werden dich immer nur an diesem einen Fehler messen. Aber das stimmt nicht. Die meisten werden es schneller vergessen, als du glaubst. Vielleicht gibt es ein paar, die dich damit ärgern werden, die tun das jedoch so oder so. Jemand, der dir nicht wohlgesonnen ist, wird immer auf der Suche nach Müll sein, mit dem er dich bewerfen kann.« Wieder strich er ihr sanft übers Haar. »Das ist bestimmt nicht der einzige Grund, warum du Florian heute Abend nicht mitgebracht hast?«

»Ich habe dir ja schon kurz erzählt, dass Valentin die Nachfolge von Manfred Holsten antreten soll. Der Gedanke, dass er mein Chef wird, ist nahezu unerträglich.« Sie schüttelte sich. »Florian hat mich mit Valentin gesehen, als der meine Nase untersucht hat, nachdem ich die Tür an den Kopf bekommen hatte, und jetzt glaubt er, ich empfinde noch etwas für Valentin.«

»Und, ist das so?«

»Natürlich nicht.« Julia schoss von der Couch hoch. »Ich will Valentin nie wiedersehen. Aber er hat sich überall eingeschleimt. Die Klinikleitung hat seinen Vertrag unterschrieben. Es lässt sich nicht mehr rückgängig machen.«

»Du bist immer noch wütend auf ihn.«

Julia funkelte ihren Vater an. »Na und? Das muss ich doch sein. Valentin hat mich hintergangen.«

Ulrich Schwarz verzog die Mundwinkel. »Auch Wut ist ein starkes Gefühl. Wärst du über die Sache völlig hinweg, wäre da gar nichts mehr. Florian ist anscheinend sehr sensibel. Er spürt das.« Julias Vater erhob sich ebenfalls und legte die Arme um sie. »Trotzdem nehme ich das als positives Zeichen. Du bist Florian alles andere als egal. Er scheint es also ernst mit dir zu meinen.«

Julia schmiegte das Gesicht an die Schulter ihres Vaters. »Ich weiß gar nicht genau, was da eigentlich zwischen uns läuft. Florian ist manchmal so abweisend. Vielleicht bin ich auch einfach noch nicht bereit, mich auf ihn einzulassen.«

Ulrich Schwarz hob Julias Kinn an. »Du hast Angst vor einer neuen Enttäuschung. Aber so ist das Leben. Für die Liebe musst du riskieren, verletzt zu werden. Ich denke, Florian ist es wert.«

»Das Essen ist fertig«, rief Hannelore aus der Küche. Na toll, ihr Timing war wie immer perfekt. Julias Mutter hatte einen Riecher für schwierige Gespräche, und sie schaffte es jedes Mal, sich einzumischen, wenn Julia sich einer Lösung näherte.

»Es wird alles gut«, murmelte ihr Vater, drückte ihr

einen flüchtigen Kuss auf die Wange und verschwand Richtung Küche, um die Teller hereinzutragen. Julia folgte ihm langsam. Aus der Küche drang Bratenduft. Ihr Magen knurrte und plötzlich verspürte sie einen riesigen Appetit.

»Du musst was essen, Julia. Du wirkst mager.«

Julia verdrehte die Augen und nahm die Platte mit dem dampfenden Braten entgegen.

»Das riecht sehr lecker. Danke fürs Kochen, Mama.«

Hannelore lächelte und schenkte Julia einen warmen Blick. Auch das hatte sich an ihr verändert. Endlich war sie wieder anwesend und hing nicht ständig den Gedanken an ihren ermordeten Sohn nach.

»Dein Vater und ich wollen dir etwas mitteilen«, erklärte Hannelore beinahe feierlich, als sie am Tisch saßen. »Wir haben eine Urlaubsreise gebucht. Eine Woche New York.«

Julia schaute überrascht von ihrem Teller auf. »Wow. New York? Wann?«

»In zwei Monaten. Ich bin schon ganz aufgeregt. Es ist unser erster Urlaub seit fünfzehn Jahren. Seit wir Michael verloren haben.« Hannelore blinzelte traurig, fasste sich aber gleich wieder und brachte sogar ein Lächeln zustande. »Ich wollte schon immer nach New York. Das ist eine großartige Stadt.« In ihren Augen schimmerten plötzlich Tränen. »Wir müssen ja irgendwann mal einen Neuanfang versuchen. Jetzt, wo dieses Monster im Gefängnis sitzt.« Sie tupfte eine Träne mit der Serviette weg.

»Das habt ihr euch verdient«, sagte Julia und griff nach der Hand ihrer Mutter. »Michael würde sich freuen.«

Hannelore nickte. »Ja. Aber nun lass uns über dich sprechen. Wer hat dir denn die Tür vor den Kopf geknallt? Ich hoffe, du hast ihn bei der Polizei angezeigt.«

Julia schüttelte den Kopf und erzählte von Otto Schwennig, der verzweifelt Abschied von seiner toten Tochter nehmen wollte. Der Abend plätscherte dahin, und als Julia auf die Uhr blickte, stellte sie entsetzt fest, dass es bereits kurz vor Mitternacht war. Ihr Vater gähnte und schien denselben Gedanken zu haben.

»Zeit fürs Bett. Ich begleite dich zum Auto«, sagte er und erhob sich.

»Hoffentlich springt es an. Die Batterie musste gewechselt werden.« Julia drückte ihre Mutter zum Abschied und wünschte ihr eine gute Nacht.

»Bis nächste Woche, Papa.« Sie öffnete die Tür. Sofort wehte ihr die eiskalte Winterluft entgegen. Ihr Vater begleitete sie die paar Meter bis zum Auto und nahm sie in den Arm.

»Bring doch Florian nächstes Mal wieder mit«, flüsterte er und ließ sie los.

»Auf Wiedersehen, Papa, und gute Nacht.« Julia winkte noch kurz und fuhr dann los. Die Straßen glänzten vom neuen Eis, das sich trotz des unermüdlichen Einsatzes der Streuwagen auf dem Asphalt gebildet hatte. Wenigstens fuhr ihr Golf wieder einwandfrei. Einen Moment überlegte sie, Florian anzurufen und ihm eine gute Nacht zu wünschen. Doch schließlich hatte sie ihre Verabredung wegen dieser Schaufensterpuppe platzen lassen und wollte sich jetzt nicht aufdrängen. Resigniert warf Julia das Handy auf den Beifahrersitz. An der nächsten Kreuzung müsste sie links abbiegen, um auf direktem Weg nach Hause zu kommen. Aber Julia fuhr nach rechts.

Der wolkenlose klare Nachthimmel war schuld daran. In den letzten Stunden hatte sie etliche Male die Wettervorhersage gelesen. In der Nacht und auch am nächsten Tag sollte es nicht schneien. Es war der perfekte Zeitpunkt für jemanden, der sein Kunstwerk ausstellen wollte, ohne von Schneefall gestört zu werden. Dieser Gedanke ließ Julia einfach keine Ruhe. Sie wollte sich vergewissern. Der Umweg, den sie dafür in Kauf nehmen musste, war erträglich. Sie würde bloß zwanzig Minuten später im Bett liegen. Das machte ihr nichts aus. Zielstrebig steuerte sie auf den Ebertplatz zu. Als sie fast da war, überkamen sie Zweifel. Handelte sie neuerdings instinktiv? Sie überlegte, kam jedoch zu dem Schluss, dass die ruhige Wetterlage durchaus ein Fakt war, der eine Rolle spielen könnte. Irgendetwas sagte ihr, dass der Täter seinen Fehler korrigieren würde, und zwar exakt am selben Ort. Nachzusehen schadete nichts. Mehr als danebenliegen konnte sie schließlich nicht. Sie fuhr in den kleinen Park, genau zu der Stelle, die immer noch von den Absperrbändern der Polizei markiert wurde. Das Ufer war menschenleer. Ein paar Laternen spendeten flackerndes Licht, das die Äste der Bäume wie die Arme von Gespenstern aussehen ließ. Julia blickte zu dem Wohnhaus hinüber, von wo aus die kleine Greta den Täter beobachtet hatte. Ob sie jetzt auch wieder am Fenster stand? Und das sah, was Julia erblickte? Es musste einer Sechsjährigen jedenfalls vorkommen wie ein Märchen. Am Ufer des zugefrorenen Sees erhob sich eine glitzernde Statue, angeleuchtet in bunten Farben und von Weitem gut sichtbar.

Die Autos auf der gegenüberliegenden Straße fuhren langsamer, um das Kunstwerk zu bestaunen. So viele Zeugen, doch niemand sah genauer hin. Niemand sah den Tod, der sich in der Mitte des Kunstwerkes befand und der alles andere als schön war. Julia ging näher. Ihr stockte der Atem und das Bild der tiefgefrorenen Frau brannte sich in ihre Netzhäute ein. Sie schob die Brille den Nasenrücken hoch und musterte mit geschultem Auge die Haut der Beine, Oberarme und den Hals. Es fanden sich keine schwarzen Linien. Zudem trug das Opfer wieder ein weißes Kleid. Die rötlich verfärbten Finger der rechten Hand hielten eine Schale. Julia schluckte. Das war definitiv keine Schaufensterpuppe. Abrupt trat sie einen Schritt zurück und griff zum Handy. Erleichtert schloss sie die Augen, als Florian sofort ranging.

»Komm bitte schnell. Am See beim Ebertplatz steht eine neue gefrorene Leiche.«

27

Die Scheinwerfer der Spurensicherung machten den bunten Strahlern, die der Täter auf die Eisstatue gerichtet hatte, Konkurrenz. Ihr grellweißes Licht zerstörte das Farbspiel, das der Eisstatue ein märchenhaftes Antlitz verliehen hatte. Jetzt erschien die eisige Hülle als das, was sie war: ein frostiger Mantel des Todes, der eine unschuldige Frau gefangen hielt.

Etliche Anwohner versammelten sich trotz der späten Stunde hinter dem Absperrband. Jemand aus der Menge schickte grelles Blitzlicht in Richtung Eisstatue. Ein Journalist, der Bilder für die nächste Ausgabe brauchte.

»Hören Sie damit auf«, forderte ein Polizist lautstark und riss ihm beinahe die Kamera aus der Hand. »Sie behindern polizeiliche Ermittlungen.«

Den Journalisten beeindruckte das wenig. Er trat ein paar Schritte zurück und fotografierte einfach weiter. Julia blendete die Szene aus und konzentrierte sich ganz auf das Opfer. Wieder hatte der Killer eine Frau ausgewählt, sie mochte um die zwanzig Jahre alt sein. Das lange schwarze Haar erinnerte sie im ersten Moment an die Schaufensterpuppe in Kaltenbachs Werkstatt. Doch das Haar war echt. Die Tote hatte die Augen geöffnet, wie das zweite Opfer Carola Schwennig. Offenkundige Verletzungen erkannte Julia durch die dicke Eisschicht auf den ersten Blick nicht. Die rötliche Verfärbung der Haut deutete auf einen Kältetod hin. Der Mörder ging nach bekanntem Muster vor. Die Proportionen der Statue erschienen stimmig. Sie hatten es demzufolge mit einem intelligenten Mann zu tun, der in der Lage war, sich an veränderte Situationen anzupassen. Dieses dritte Opfer war nichts anderes als eine Korrektur der zweiten Präsentation, die durch den starken Schneefall in der Nacht beeinträchtigt worden war. Florian lag vermutlich richtig mit seiner These, dass der Täter seine Opfer ausstellte und sie für möglichst viele Menschen sichtbar machen wollte. Dieses Mal würden sogar Bilder der Statue in der Zeitung erscheinen. Der Journalist knipste immer noch eifrig mit seiner Kamera.

»Was bedeutet nur die Schale in ihrer Hand? Erst ein Spiegel, dann eine Getreideähre und jetzt das.« Julia hatte keine Erklärung dafür. Florian, der die Tote mehrfach umrundet hatte, verzog das Gesicht.

»Ich habe das halbe Internet abgegrast, um eine Erklärung zu finden. Es könnte sich um Symbole handeln. Doch bisher Fehlanzeige. Frauen mit einem Handspiegel gibt es zu Tausenden und in allen erdenklichen Variationen. Frauen mit Getreideähren ebenfalls. Die Ähre steht für Ackerbau und wurde schon vor Jahrtausenden von unterschiedlichsten Kulturen genutzt.

Und jetzt eine Schale. Die gab es schon in der Steinzeit.« Florian klang frustriert. Er winkte Martin Saathoff heran, der sich gerade mit dem Journalisten anlegte.

»Lass das«, zischte Florian leise. »Der Typ ist gefährlich und außerdem lästig wie eine Schmeißfliege. Der hat mir schon in anderen Ermittlungen Schwierigkeiten gemacht und sich anschließend auf die Pressefreiheit berufen. Geh am besten auf Abstand.«

»Ich kann den Kerl nicht leiden«, brummte Saathoff. »Also, was machen wir nun?«

»Wir sollten jeden einzelnen Zuschauer befragen. Und zwar sofort. Jetzt sind die Erinnerungen noch frisch und möglicherweise hat jemand den Täter oder einen weißen Lieferwagen gesehen. Mit ein wenig Glück hat sich einer der Zeugen das Kennzeichen eingeprägt. Er muss ja mit einem Wagen hier gewesen sein. Dann haben wir unseren Eiskünstler.«

»Was ist mit diesem Tänzer? Soll ich einen Kollegen losschicken, um sein Alibi zu prüfen?«

»Gute Idee.« Florian wandte sich an Julia und fragte: »Als du hier ankamst, warst du da ganz alleine?«

»Ja, wieso?«

»Ich denke, dass du wahrscheinlich, kurz nachdem der Täter mit seinem Werk fertig war, eingetroffen bist. Vielleicht ist er sogar an dir vorbeigefahren, ohne dass es dir aufgefallen ist.«

Julia kramte in ihrem Gedächtnis und schüttelte den Kopf.

»Einen weißen Lieferwagen hätte ich hundertprozentig bemerkt. Ich bin ja nur deshalb hierhergekommen, weil ich mit einer neuen Toten gerechnet habe. Ich war sehr fokussiert.«

»Trotzdem warst du möglicherweise zeitlich dicht dran. Eine Streife fährt regelmäßig hier entlang. Das letzte Mal um dreiundzwanzig Uhr, sie schwören, dass zu diesem Zeitpunkt noch keine Statue am See stand.« Florian blickte Julia intensiv an. »Nicht auszudenken, wenn du ihm in die Hände gefallen wärst.« Er seufzte und nahm ihre Hand. »Warum sind wir nicht zusammen gefahren?«

Sie blieb stumm. Was sollte sie sagen? Dass sie sich wegen der Schaufensterpuppe geschämt hatte? Dass sie ihm zutraute, er würde sie aufgrund ihres Fehlers nicht mehr mögen?

»He«, flüsterte Florian. »Ich weiß, dass du dich schlecht fühlst durch den Irrtum in Kaltenbachs Scheune. Wir haben doch alle die Füße gesehen und gedacht, dass es eine Leiche ist. Selbst als der Eisblock frei lag und du es längst erkannt hattest, haben wir es noch geglaubt – mich eingeschlossen. Du hast nichts falsch gemacht.«

Seltsamerweise trösteten seine Worte sie jetzt. Ganz im Gegenteil zum Morgen, wo sein Mitgefühl an ihr abgeprallt war wie an einem Schutzschild. Sie dachte an ihren Vater und dankte ihm im Stillen für das Gespräch. Florian war etwas Besonderes. Jemand, den man nicht einfach an sich vorbeiziehen ließ. Er war völlig anders als Valentin und genau das, was sie brauchte.

»Ich habe dich vermisst heute Abend.« Die Worte platzten so schnell aus ihr heraus, dass sie sich heftig auf die Zunge biss, als sie es begriff.

Florian sah sie überrascht an und lächelte dann.

»Komm. Lass uns herausfinden, ob jemand einen weißen Lieferwagen gesehen hat.«

28

Julia wachte mit dumpfen Kopfschmerzen auf. Ihr Handy schrillte aufdringlich und sie tastete hektisch danach. Der Klingelton brachte sie um.

»Schwarz«, murmelte sie schlaftrunken.

»Hier ist Florian. Guten Morgen! Ich wollte dich auf dem Laufenden halten«, sagte er frustriert. »Es ist wie verhext. Kein einziger Zeuge hat auf einen Lieferwagen oder den Täter geachtet. Ich vermute, das lag an den Lichtern. Die bunten Strahler haben abgelenkt, und alle Zuschauer gingen davon aus, dass es sich um Kunst handelte.«

Eiskünstler, fuhr es Julia durch den Kopf, und sie richtete sich kerzengerade auf.

»Der Kerl tanzt uns auf der Nase herum«, stieß Florian aus. »Wir haben noch in der Nacht eine Streife zu Philip Jablonski geschickt. Doch der war nicht zu Hause. Ein Mitbewohner hat ausgesagt, dass er in einen Nachtklub gegangen sei. Dort konnten unsere Kollegen ihn allerdings nicht finden. Wir prüfen gerade, ob er den Lieferwagen von seinem Arbeitgeber in der fraglichen Zeit gefahren hat. Wenn das der Fall ist, dann katapultiert er sich endgültig auf die Nummer eins der Verdächtigenliste. Warte mal kurz.«

Julia hörte Saathoffs Stimme durchs Telefon. Sie setzte sich ihre Brille auf. Es war erst sechs Uhr morgens. Die beiden waren früh dran. Obwohl sie Saathoffs Worte nicht verstehen konnte, bekam sie mit, dass er fluchte. Nach einer Weile war Florian wieder am Telefon.

»Wir haben die Kameras am U-Bahnhof ausgewertet, die auf die Straße davor ausgerichtet sind. Nichts. Kein einziger weißer Lieferwagen.«

»Vielleicht ist er gar nicht am U-Bahnhof entlang, sondern hat sich von der anderen Seite genähert.«

»Ja, der Kerl ist raffiniert. Wahrscheinlich kennt er die Kameras und hat sie bewusst gemieden. Ich gehe jetzt die Vermisstenanzeigen durch.«

»Kannst du denn keinen Durchsuchungsbeschluss für den Hühnerhof kriegen? Womöglich werkelt dieser Tänzer dort gerade an seinem nächsten Kunstwerk?«

Julia hörte Florian seufzen. »Für einen Durchsuchungsbeschluss bei Jablonskis Onkel reicht die Beweislage leider nicht. Das wird kein Richter genehmigen. Außerdem habe ich noch in der Nacht eine Streife vorbeigeschickt. Die haben kein Licht gesehen und auch sonst nichts Auffälliges festgestellt.«

»Meldest du dich, sobald die Tote identifiziert ist? Ich fahre gleich ins Institut und beginne mit der Autopsie von Carola Schwennig. Eventuell finden wir hilfreiche Hinweise.«

»Ich hoffe es. Wir müssen den Mistkerl stoppen«, sagte Florian und legte auf.

Julia sprang aus dem Bett und ging ins Bad. Nach nur zehn Minuten war sie fertig. Auf Kaffee und Frühstück verzichtete sie. Das konnte sie im Institut nachholen. Die anstehende Obduktion war wichtig. Sie mussten dem Täter schnellstens auf die Schliche kommen, denn von allein würde er offenbar mit dem Morden nicht aufhören. Bevor Julia losfuhr, schickte sie ihrer Assistentin eine Nachricht, damit diese so früh wie möglich im Autopsiesaal erschien.

Als Julia durch den Flur zum Obduktionssaal lief, kam ihr Valentin entgegen.

»Können wir kurz reden? Wir müssen unseren Streit endlich beilegen.«

Julia ging nicht auf ihn ein, sondern eilte an ihm vorbei. »Ich habe keine Zeit«, rief sie und knallte die Tür des Obduktionssaals vor seiner Nase zu. Ihr Ex-Freund hatte ihr gerade noch gefehlt. Hoffentlich war Holsten an einer Lösung mit der Klinikleitung dran. Sie konnte Valentin einfach nicht ertragen.

Sie streifte ein paar Gummihandschuhe über und ging in den Putzmittelraum, wo die Leiche von Carola Schwennig auftaute. Julia prüfte ihren Zustand und stellte zufrieden fest, dass der Körper für die Obduktion bereit war. Sie schob die Liege in den Obduktionssaal und schaltete das Deckenlicht ein. Der Körper sah aus wie weißes Wachs. Sie traf sämtliche Vorbereitungen, führte die äußere Leichenschau durch und nahm anschließend ein Skalpell zur Hand, um den ersten Schnitt zu setzen.

»Warum haben Sie mir denn letzte Nacht nicht Bescheid gegeben?«

Julia sah auf, Lenja stand mit enttäuschter Miene im Türrahmen.

»Liegt es daran, dass mir der Fehler mit der Schaufensterpuppe unterlaufen ist?« Sie stöhnte und kam herein. »Hören Sie, Frau Schwarz. Das tut mir wirklich unendlich leid. Ich hätte natürlich bemerken müssen, dass die Fußsohlen viel zu glatt aussahen und auch keinerlei Verfärbungen sichtbar waren. Ich war einfach in Panik. Angst ist kein guter Berater. Aber das passiert mir bestimmt nie wieder.«

Verdattert legte Julia das Skalpell ab. Im Traum wäre ihr nicht eingefallen, dass Lenja Nielsen dieselben Zweifel plagten wie sie. Die junge Frau wuchs ihr allmählich ans Herz.

Julia schüttelte den Kopf und grinste. »Ich wollte Sie bloß nicht aus dem Bett holen. Übrigens, Sie haben alles richtig gemacht. Wir alle dachten doch, dass da eine Leiche im Eis liegt. Selbst wenn wir darauf gekommen wären, dass es sich um eine Puppe handelt, hätten wir den Eisblock aus der Form geholt. Allein schon, um jeden Zweifel auszuschließen. Also kommen Sie und lassen Sie uns anfangen.« Julia sah ihre Assistentin nachdenklich an. »Ich bin übrigens Julia. Wir können uns gerne duzen.«

Die Erleichterung stand Lenja Nielsen ins Gesicht geschrieben. Sie nickte erfreut und zog sich mit einem Lächeln auf den Lippen ein Paar Gummihandschuhe über. Dann trat sie zu Julia und assistierte ihr.

Inzwischen waren sie ein eingespieltes Team. Die Obduktion der Körperhöhle schafften sie innerhalb von knapp einer Stunde. Sie arbeiteten so konzentriert, dass Julia nicht bemerkte, wie sich die Tür des Autopsiesaals öffnete.

»Die Laborbefunde von Jette Höffner sind da und auch die Wasseranalysen«, sagte ein Kollege. »Ich dachte, Sie wollen sie so schnell wie möglich prüfen.«

»Danke«, sagte Julia und bat Lenja, kurz allein weiterzumachen. Sie zog die Handschuhe aus und nahm den Bericht entgegen. Ein Wert fiel ihr sofort ins Auge.

»Jette Höffner wurde mit Benzodiazepinen ruhiggestellt. Alle Medikamente mit diesem Wirkstoff sind verschreibungspflichtig.« Sie blätterte weiter bis zur Analyse der Wasserproben. Frustriert verzog sie den Mund. »Verflucht. Das Labor konnte die verschiedenen Proben von den Bauernhöfen nicht wesentlich voneinander abgrenzen.«

»Was bedeutet das?«, fragte Lenja, ohne aufzublicken.

»Alle Proben enthalten ungefähr denselben Anteil an Nitraten wie das Wasser, in dem Jette Höffner eingefroren wurde. Und keine einzige Probe enthielt ätherische Öle. Die wurden vermutlich erst im Wassertank zugeführt und sind deshalb kein Ausschlusskriterium. Es sind also alle Standorte gleich verdächtig. Wir können niemanden ausschließen.«

»Das heißt, unsere Aktion hat überhaupt nichts gebracht.« Lenja klang enttäuscht.

Julia nickte. »Sieht so aus. Die Polizei braucht jedenfalls keine weiteren Wasserproben zu besorgen, denn so lässt sich der Täter nicht einkreisen.« Sie überflog die nächsten Seiten. »Wenigstens haben sie mit einer Wahrscheinlichkeit von achtzig Prozent den Namen des Parfüms ermittelt. Es heißt *Aphrodite* und ist in allen gängigen Drogerien erhältlich. Na toll.« Julia schob die Brille hoch. »Das hilft uns dann also auch nicht sonderlich weiter.« Sie blätterte um und stutzte. »Vielleicht haben wir doch etwas, was relevant sein könnte.«

Dieses Mal sah Lenja erwartungsvoll auf.

»Die Probe aus Hanjo Wegners Brunnen ist interessant. Es handelt sich dabei gar nicht um Brunnenwasser, sondern eindeutig um Trinkwasser. Das Blatt war nach hinten gerutscht. Deshalb sehe ich es erst jetzt.« Julia las die Zeilen noch einmal. Es gab keinen Zweifel. Aber wie konnte das sein? Wegner hatte ihr doch seinen Brunnen gezeigt und sie hatte die Probe selbst entnommen. Sie ließ die Szene Revue passieren. Hanjo Wegner war vorausgegangen, um mit einem Künstlerkollegen zu sprechen. Sie hatte ihn beim Telefonieren im Flur gesehen. Anschließend rief Florian an und warnte sie, weil Wegner einen weißen Transporter fuhr. Einen Lieferwagen, dessen Kennzeichen zum Teil mit Zeugenbeobachtungen übereinstimmte. Sie war nervös gewesen und hatte die Probe verloren. Vermutlich war sie ihr aus der Tasche gefallen. Oder hatte Wegner sie sich genommen? Julia erinnerte sich, wie nah er ihr an der Tür gekommen war. Sie musste sich an ihm vorbeiquetschen. Hatte er die Probe durch Trinkwasser ersetzt und ihr dann am Auto zugesteckt? Die Erkenntnis traf sie wie ein Vorschlaghammer. Er hatte ihr eine gefühlte Ewigkeit den Weg versperrt, und jetzt wusste sie auch, warum. Was hatte Wegner zu verbergen? War er am Ende doch nicht so unschuldig, wie er tat? Wegners Brunnen war nicht bei der Stadt gemeldet. Hatte er vielleicht nur deshalb die Wasserproben vertauscht? Log er oder handelte es sich bloß um irgendein Missverständnis?

»Ich leite die Ergebnisse sofort an Florian und sein Team weiter. Die müssen Hanjo Wegner noch einmal genau unter die Lupe nehmen.«

29

Judith Haiden schöpfte neue Hoffnung. Immerhin hatte sie eine Kleinigkeit zu essen und zu trinken bekommen. Sie war den widerlichen Knebel endlich los und fühlte sich deshalb schon viel besser. Obwohl die Luft im Keller muffig und abgestanden roch, genoss sie jeden Atemzug. Sie musste würgen, wenn sie an den mit Spucke vollgesaugten Lappen dachte, der tief in ihrem Schlund gesteckt hatte. Er stank fürchterlich, der Geruch wollte nicht aus ihrer Nase weichen. Der Entführer agierte nicht allein. Seine Mutter lebte irgendwo dort oben. Erst vorhin hatten sie miteinander gestritten. Er hatte gebrüllt: »Mutter, halt das Maul, verdammt noch mal.« Würde diese Frau zulassen, dass er ihr etwas antat? Judith hatte keine Ahnung. Sie durfte sich ohnehin nicht auf Hilfe von Fremden verlassen. Schließlich konnte dieser Mann mit ihr machen, was er wollte. Sie musste einen Plan entwickeln, wie sie aus eigener Kraft hier wieder rauskam.

Als Architektin war sie es gewohnt, die Dinge

logisch anzugehen. Es gab nur zwei Möglichkeiten: Entweder sie schaffte es, sich von ihren Fesseln zu befreien, oder sie wartete, bis ihr Entführer wiederkam und sie befreite. Irgendwann würde er das tun, da war sich Judith sicher. Die erste Alternative schien ihr jedoch die vernünftigere. Je schneller sie es rausschaffte, desto besser. Ihre Hände waren vor dem Oberkörper zusammengebunden. Seit einer gefühlten Ewigkeit nagte sie an den groben Seilen, die ihre Haut an den Handgelenken wund geschürft hatten. Doch der Schmerz war ihr egal. Sie spürte ihn kaum, denn ihr Körper war mit Adrenalin geflutet. Systematisch schlug sie die Schneidezähne immer wieder in die gleiche Stelle. Das Seil war dick, aber kein Seil auf dieser Welt würde auf Dauer ihrer Beharrlichkeit standhalten. Das wusste sie. Sie musste nur durchhalten. Kurz fuhr sie mit der Zunge über das raue Material. Die Hälfte war bereits weg. Das war gut. Beinahe euphorisch nagte sie weiter. Ihr Speichel lief in Strömen am Seil hinab und weichte es auf. Wie eine Maschine malträtierte sie die Fessel und hörte auch dann nicht auf, als sie Blut schmeckte.

Ihr Einsatz lohnte sich. Endlich gab das Seil nach. Judith konnte es nicht fassen. Sie schnaufte vor Glück und machte sich sofort daran, die Fesseln um Hüfte und Fußknöchel zu lösen. Es dauerte unendlich lange, denn sie konnte nichts sehen und ihre Finger zitterten. Trotzdem schaffte sie es irgendwann. Taumelnd löste sie sich von dem Holzbalken, an dem der Kerl sie festgebunden hatte. Sie kroch durch die Dunkelheit zur Treppe, ihre Finger landeten in einer zähen, klebrigen Flüssigkeit. Sie ignorierte den Ekel, der in ihrer Kehle aufstieg, und tastete sich voran, bis sie die erste Stufe erreichte. Zitternd kletterte sie auf allen vieren die Treppe hinauf. Oben verharrte sie mucksmäuschenstill. Sie wollte dem Kerl schließlich nicht in die Arme fallen. Niemand schien da zu sein. Sie hörte weder Stimmen noch Schritte, also stemmte sie sich mit aller Kraft gegen die Falltür. Sie bewegte sich jedoch keinen Zentimeter. Im Kopf ging Judith alle möglichen Konstruktionen von Bodenluken durch. Der Entführer war nicht dumm. Vermutlich hatte er irgendwo einen Riegel angebracht. Sie starrte durch die Ritzen. Judith konnte keinen Riegel ausmachen. Sie durchsuchte ihre Taschen und lächelte. Der Zollstock befand sich noch in der Innentasche ihres Mantels. Sie klappte ihn auf und fuhr damit durch den Spalt rings um die Falltür. An der Vorderseite stockte er genau in der Mitte. Dort musste der Riegel sitzen. Sie drückte mit dem Zollstock dagegen. Nichts geschah. Sie zog ihn heraus und probierte es von der anderen Seite. Diesmal funktionierte es. Sie schob den Riegel aus der Verankerung und öffnete mit klopfendem Herzen die Falltür ein kleines Stück.

Erneut lauschte sie und vergewisserte sich, dass niemand da war. Sie kroch aus dem Kellerloch und schloss lautlos die Falltür. Daneben lag ein umgeschlagener Teppich. Offenkundig hatte ihr Entführer vergessen, ihn über die Falltür zu schieben. Judith sah sich um. Sie stand in einer alten, ziemlich heruntergekommenen Küche. Durchs Fenster sah sie Bäume, die ein Grundstück säumten, dahinter erstreckten sich schneebedeckte Felder. Sie befand sich nicht mehr in der Kölner Innenstadt. Das Gelände war weithin einsehbar.

Das erschwerte ihre Flucht, denn der Entführer könnte sie von hier aus kilometerweit sehen.

Eine Stimme aus dem Nichts ließ Judith zusammenfahren. Sie huschte augenblicklich hinter die Küchentür.

»Ich habe dir hundertmal gesagt, du sollst das Mädchen in Ruhe lassen.«

»Aber ich will ihr helfen. Sie sehnt sich so sehr danach, endlich einmal Aufmerksamkeit zu bekommen. Sie hat es nicht verdient, immer nur die zweite Geige zu spielen.«

»Ach, mach doch, was du willst. Du hörst sowieso nicht auf mich. Aber eines sage ich dir, ins Gefängnis werde ich dich nicht begleiten.«

»Jetzt hör auf, mir zu drohen, Mutter.«

Eine Tür knallte. Dann herrschte wieder Stille. Judith rührte sich nicht von der Stelle. Fachmännisch schätzte sie das Gebäude ein. Sie befand sich auf dem Land. Das Gebäude war höchstwahrscheinlich ein Bauernhaus, dem Zustand nach ein sehr altes. Es konnte also nicht allzu groß sein. Von der Haustür trennten sie vermutlich nicht mehr als sechs Meter.

Mist, sie hatte vergessen, den Riegel wieder vorzuschieben. Vorsichtig huschte sie zur Falltür und schob ihn in die Verankerung. Unvermittelt vernahm sie Schritte, sie gingen jedoch an der Küchentür vorbei und entfernten sich wieder. Judith beschloss kurzerhand, in die entgegengesetzte Richtung zu laufen. Sie spähte in den Flur, machte drei, vier schnelle Schritte und presste sich gegen die Wand. Angestrengt lauschte sie und lief dann weiter. Am Ende des Flurs sah sie eine Tür. Judith fluchte in Gedanken, denn es war nicht die Haustür.

»Mutter?«

Die Stimme kam erneut näher und Judiths Herz drohte in der Brust zu explodieren. Sie stand schutzlos im Flur. Gleich würde er sie entdecken. Sie drückte die Klinke hinunter und schlüpfte in das Zimmer.

»Mutter? Nun komm schon. Hör auf zu streiten. Das ist doch Zeitverschwendung.«

Judith lehnte sich gegen die Wand neben der Tür und versuchte, ihre hektische Atmung unter Kontrolle zu bringen. Bloß keine Panik, sagte sie sich mehrmals. Sie musste ruhig werden, wenn sie es aus dieser Hölle rausschaffen wollte. Sie hörte abermals Schritte und hätte vor Angst am liebsten geschrien. Er kam näher. Zitternd huschte sie auf die andere Seite der Tür. Falls er sie öffnete, wäre sie dahinter versteckt. Schon sah sie, wie die Klinke sich senkte. Der Mann stieß die Tür so heftig auf, dass sie ihr beinahe an den Kopf knallte. Ein Schwall warmer Luft kam herein. Erst jetzt bemerkte Judith, dass es in dem Zimmer eiskalt war. Sie nahm ein gleichmäßiges Rauschen wahr, fast wie das einer Klimaanlage.

»Mutter. Ich helfe nur noch diesem einen Mädchen. Dann mache ich eine Weile Pause. Versprochen.«

»Ach, mein Junge. Ich wusste doch, dass du ein gutes Herz hast.«

Judith wunderte sich, wo die Stimme der Mutter auf einmal herkam. Vorsichtig lugte sie hinter dem Türblatt hervor. Der Mann stand in der Mitte des Raumes, mit dem Rücken zu ihr, allein. Sollte sie hinaus auf den Flur laufen? Aber dort musste die Mutter irgendwo sein. Es war viel zu riskant.

»Komm her, mein Junge, und gib mir deine Hand.«

Judith lauschte irritiert. Ihre Stimme kam scheinbar aus der Mitte des Zimmers. Doch sehen konnte sie nur ihn. Er machte ein paar Schritte. Vor der gegenüberliegenden Wand erkannte sie eine glänzende Statue. Judith blinzelte.

Der Entführer legte die Hand darauf.

Das war Eis. Eis, in dem etwas steckte.

Eine Frau.

Eine alte Frau.

Seine Mutter.

Sie hatte gar nicht gesprochen, sondern er – mit verstellter Stimme.

Mit toten Augen starrte sie auf ihren Sohn herab, während er sie sanft streichelte. Judith fröstelte es. Ohne dass sie es wollte, sog sie scharf die Luft ein. Sie bereute es augenblicklich.

»Da ist jemand, mein Junge.« Die toten Augen sahen sie an.

Judith stieß einen gellenden Schrei aus und rannte los.

30

Florian sprach mit unterkühltem Ton. Julia sah seinen Hinterkopf durch das Spiegelglas. Sie hatten den gesamten Tag für die Vernehmung von Jablonski und Wegner eingeplant.

»Wo waren Sie in diesen drei Nächten?«, wiederholte er und pochte dabei mit dem Kugelschreiber auf ein Blatt Papier, auf dem die Daten standen. Sie hatte die Liste vorher gesehen. Vor Florian saß Philip Jablonski. Der junge Mann sah blass aus, ganz im Gegensatz zu seinem Anwalt, der sonnengebräunt neben ihm Platz genommen hatte.

»Lieber Herr Kessler. Ich kann es leider nur wiederholen. Mein Mandant macht von seinem Aussageverweigerungsrecht Gebrauch. Wie Sie wissen, war er in seinem Heimatland schon einmal in Schwierigkeiten. Diese möchte er nun vermeiden«, erklärte der Anwalt mit ernster Miene.

»Haben Sie Zugriff auf Benzodiazepine?«, fragte Florian unbeirrt weiter.

Jablonski beugte sich vor. »Hören Sie, ja, hätte ich. Aber ich habe nichts Illegales getan.«

Sofort schnellte die Hand des Anwaltes in die Höhe und bedeutete ihm, zu schweigen.

Florian breitete Fotos von den toten Frauen auf dem Tisch aus.

»Schauen Sie hin. Ganz genau. Schauen Sie sich an, was Sie angerichtet haben.«

Jablonski sah nicht hin. Seine Augen waren auf den Spiegel gerichtet. Julia überfiel für einen Augenblick das unangenehme Gefühl, er könne sie sehen.

»Okay.« Florian begann noch einmal von vorn. »Sie könnten sich also auch in Deutschland illegale Substanzen besorgen. Vielleicht rücken Sie lieber gleich mit der Sprache raus. Denn es kann nicht mehr lange dauern, bis der Durchsuchungsbeschluss für Ihr Zimmer vorliegt. Sollten wir dort etwas finden, dann wären Sie besser dran, es jetzt mitzuteilen. Und wir wissen übrigens auch, dass Sie in der Nacht mit einem Lieferwagen Ihres Arbeitgebers unterwegs waren. Was wollten Sie mit dem Auto? Können Sie das erklären?«

»Nun mal langsam«, fuhr der Anwalt dazwischen. »Mein Mandant wird nichts mehr sagen. Egal, was Sie versuchen. Organisieren Sie erst einmal den Beschluss, und anschließend schauen wir weiter.« Er erhob sich und zog Jablonski mit sich. »Wir möchten jetzt gehen.« An der Tür machte er kehrt. »Und Sie wissen ja sicherlich, dass die Beweislast bei Ihnen liegt. Solange Sie nicht mehr als bloße Vermutungen haben, die richtig oder falsch sein könnten, möchte ich Sie bitten, meinen Mandanten nicht unnötig zu behelligen.« Er öffnete die Tür, schob Jablonski hinaus und verschwand mit ihm.

Florian blieb noch eine Weile sitzen und drehte sich zum Spiegel um.

»Wir sollten jetzt Hanjo Wegner reinholen.«

Die Polizistin neben Julia nickte und sprach etwas in ihr Funkgerät. Es dauerte keine zwei Minuten, bis der bärtige Mann den Verhörraum betrat und auf dem Stuhl Platz nahm, auf dem zuvor Jablonskis Anwalt gesessen hatte. Julia war auf seine Aussage gespannt, genauso wie auf die von Jette Höffners Ex-Freund, der gleichzeitig in einem anderen Raum von Martin Saathoff befragt wurde. Sie hatten die Akten und Zeugenaussagen hin und her gewälzt. Hatten die Liste mit den infrage kommenden Lieferwagen wieder und wieder geprüft. Am Ende blieb das Ergebnis stets dasselbe: Diese drei Männer standen derzeit im Zentrum der Ermittlungen. Angeführt wurde die Verdächtigenliste von Philip Jablonski.

»Uns liegt die Auswertung der Wasserprobe aus Ihrem Brunnen vor«, sagte Florian und begann mit der Vernehmung. »Sie nutzen einen Grundwasserbrunnen, richtig?«

Wegner nuschelte ein knappes Ja. Er rieb sich unablässig die Hände, schien ungewöhnlich nervös. Ganz anders, als Julia ihn in Erinnerung hatte.

»Dann können Sie uns doch bestimmt erläutern, warum das Labor zu dem Ergebnis kam, dass es sich bei der Probe um Trinkwasser und nicht um Brunnenwasser handelte.«

Wegners Augen weiteten sich für eine Sekunde.

»Wirklich?«

Selbst Julia sah ihm die Lüge an. Ein kräftiges Rot

kroch seinen Hals hinauf und breitete sich auf seinen Wangen aus.

»Ja. Es gibt keinerlei Zweifel. Wie also lautet Ihre Erklärung?«

Eine Haarsträhne fiel Wegner in die Stirn. Er wischte sie fahrig weg.

»Ja. Also, ehrlich gesagt, nein. Ich habe keine Ahnung, wie das sein kann. Vielleicht wurde die Probe verwechselt.«

»Die zuständige Rechtsmedizinerin, Julia Schwarz, vermutet, Sie hätten die Probe ausgetauscht.«

Florian kam schneller zur Sache, als es Julia lieb war. In Wegners Augen legte sich etwas Lauerndes. Derselbe Ausdruck, den sie damals im Flur seines Hauses bemerkt und der ihr Angst gemacht hatte.

»Das kleine Luder hat mich also angeschwärzt«, murmelte der Eisbildhauer.

»Ich möchte Sie doch bitten, sachlich zu bleiben! Ich wiederhole noch einmal, dass alles, was Sie sagen, aufgezeichnet wird.«

»Schon kapiert.«

Florian schwieg. Julia kannte diese Methode. Schweigen war eine wirksame Waffe in Vernehmungen. Die meisten Menschen hielten die Stille irgendwann nicht mehr aus. So auch Wegner. Er rutschte auf seinem Stuhl hin und her, bis er schließlich weiterredete.

»Was wollen Sie bloß von mir? Probe hin oder her. Ich habe mit den Morden nichts zu tun. Das wissen Sie doch.«

Florian blieb still.

»Verdächtigen Sie mich etwa?«

Schweigen.

»Verdammt noch mal. Sagen Sie irgendetwas. Ich habe Ihnen geholfen. Ihnen gezeigt, wie man theoretisch eine Frau in so einen Eisblock hineinbekommen könnte. Zeigen Sie so Ihre Dankbarkeit?« Wegners Faust landete donnernd auf dem Tisch. Sein Gesicht hatte ein besorgniserregendes Dunkelrot angenommen.

»Wir müssen jeder Spur nachgehen. Das ist Ihnen doch klar. Wir sind Ihnen sehr dankbar für Ihre Unterstützung. Dennoch gibt es mehrere Ungereimtheiten. Zum einen ist da Ihr weißer Lieferwagen mit einer Kennzeichenkombination, die von Zeugen an einem Fundort beobachtet wurde. Bisher hatte uns das nicht dazu veranlasst, Sie ins Visier zu nehmen. Obwohl Sie über sämtliche Kenntnisse und Möglichkeiten verfügen, die für so eine Tat nötig sind. Aber die falsche Wasserprobe war einfach zu viel. Sie verschweigen etwas, und jetzt wäre es an der Zeit, mit der Sprache herauszurücken.«

Wegner fuhr sich durch den Bart. »Ab und zu fährt auch mal ein Freund oder ein Kollege meinen Wagen.«

Florian holte ein weiteres Foto aus der Akte. Julia wusste, dass es sein Trumpf war.

»Ihr Vater hat bezeugt, dass Sie in den letzten zwei Wochen jeden Abend zu Hause waren. Erklären Sie mir doch bitte, wie eine Überwachungskamera dann diese Aufnahme machen konnte. Hier oben rechts steht das Datum. Das war der Abend, an dem die Eisskulptur mit der Leiche von Carola Schwennig am See beim Ebertplatz aufgestellt wurde. Sie waren nur eine Straße entfernt.«

»Ich war zu Hause«, beteuerte Wegner mit zittriger Stimme.

Florian legte das nächste Foto auf den Tisch. Es handelte sich um eine Großaufnahme vom Gesicht des Fahrers, zweifelsfrei Hanjo Wegner.

Der Eisbildhauer senkte betroffen den Kopf und fuhr sich abermals durch den Bart.

»Ich hatte noch etwas zu erledigen.«

Julia hielt den Atem an. Sie konnte kaum glauben, was sie hörte.

»Was hatten Sie denn zu erledigen?«, fragte Florian.

»Ich war zu einem Kunstliebhaber unterwegs, der unsere Ausstellung unterstützt.«

Florian seufzte. »Ich brauche den Namen und die Adresse, damit wir Ihre Angaben überprüfen können.«

Wegner sah auf. »Der Sponsor möchte anonym bleiben.«

»Wie bitte?«

»Na ja, er möchte im Spendenregister nicht auftauchen. Er ist ein bekannter Politiker, und Sie wissen ja, wie das ist.«

»Entweder Sie nennen mir den Namen oder ich lasse Sie hier schmoren.«

Diesmal war es Wegner, der schwieg.

»Also gut. Ich komme in ein oder zwei Stunden wieder. So lange haben Sie Bedenkzeit.« Florian erhob sich und verließ den Raum.

Julia beobachtete Wegner noch eine Weile. Er hatte definitiv etwas zu verbergen.

»Glaubst du, er ist es?«, fragte sie, ohne den Blick abzuwenden, als Florian ins Nebenzimmer kam.

»Ich weiß es nicht«, erwiderte er. »Der verschweigt uns jedenfalls etwas. Es gibt etliche Indizien, die gegen ihn sprechen. Trotzdem möchte ich mich nicht vorschnell festlegen. Philip Jablonski ist ebenso verdächtig. Was mir bei beiden nach wie vor fehlt, ist das Motiv. Außerdem kennen wir bisher keinerlei Verbindung zu den Opfern. Wir wissen nicht einmal, anhand welcher Kriterien die drei Frauen ausgewählt wurden. Sie schienen sich untereinander auch nicht zu kennen. Wie also wird der Täter auf sie aufmerksam?«

Julia zuckte mit den Achseln. Darüber hatte sie noch gar nicht nachgedacht.

»Hast du schon herausgefunden, wer das dritte Opfer ist? Obduzieren kann ich die Tote frühestens morgen. Ich kann nur hoffen, dass wir diesmal auf eine Spur stoßen. Bei den ersten beiden Opfern konnte ich ja nicht viel mehr als die Todesursache feststellen. Ich möchte endlich eine DNS-Spur vom Täter.«

»Ich auch.« Florian seufzte und fuhr fort: »Das dritte Opfer heißt mit großer Sicherheit Mila Papendieck. Ihre Eltern haben sie vor drei Tagen als vermisst gemeldet. Ihr Foto passt zu der Toten. Sie war gerade mit der Schule fertig und absolvierte eine Ausbildung zur Friseurin. Die DNS-Analyse zur endgültigen Identitätsfeststellung liegt bei dir. Aber das weißt du ja.«

Julia nickte. »Die Opfer sind alle weiblich, unterscheiden sich jedoch stark in Aussehen, Alter und auch im Beruf.«

»Die einzige Gemeinsamkeit ist der Wohnort. Alle stammen aus Köln und lebten ziemlich zentral.«

»Linksrheinisch?«, fragte Julia.

»Ja.«

Florian öffnete die Tür und winkte Julia mit sich hinaus.

»Wo hast du deine Assistentin gelassen?«, erkundigte er sich und stieß am Ende des Flurs die Tür zum Treppenhaus auf. Florians Büro lag zwei Etagen höher.

»Lenja schreibt den Bericht über die Obduktion von Carola Schwennig.«

Florians Handy klingelte und Julia verstummte.

»Kessler hier«, meldete er sich. Eine dünne Frauenstimme drang an Julias Ohr.

»In Ordnung. Dann sehen wir uns gleich.« Florian legte auf. »Das war Annabell Pitschmann. Sie möchte mir dringend etwas zu Philip Jablonski erzählen.«

Julia blieb mitten auf der Treppe stehen. »Ich fahre am besten zurück ins Institut und schaue mal, wie weit Lenja gekommen ist.«

Florian grinste. »Quatsch. Du kommst mit. Ich wette, du brennst darauf, zu hören, was Annabell zu sagen hat.«

31

Annabell hatte sich in ihrem Lieblingscafé einen Platz gesucht, von dem aus sie den Raum überblicken konnte. Sie genoss diese Momente der Ruhe, in denen sie einfach sie selbst sein konnte und niemand an ihr herummeckerte. So wie Madame Bonnet, die irgendwie nie mit ihr zufrieden war. Statt endlich festzulegen, wer die Primaballerina sein sollte, hielt sie sich noch immer alle Varianten offen. Annabell hatte langsam keine Kraft und keine Nerven mehr. Die Tote im Eis verfolgte sie permanent. Der Anblick hatte sich auf der Innenseite ihrer Augenlider eingebrannt, denn sobald sie die Augen schloss, sah sie die Leiche. Madame Bonnet nahm zwar auf diesen Umstand Rücksicht. Trotzdem war das Training ein ganzes Stück härter geworden. Angeblich lag sie immer noch im Rückstand, weil sie ein paar Trainingsstunden ausfallen lassen hatte. Annabell glaubte das nicht. Aber solange Madame Bonnet dieser Ansicht war, konnte sie wenig daran ändern.

Und dann war da noch Philip mit seinen wunderschönen grünen Augen, in denen sie am liebsten versunken wäre. Inzwischen sprach sie wieder mit ihm und alles zwischen ihnen schien in Ordnung zu sein. Jedenfalls dachte sie das, bis er sich plötzlich mit Katharina verabredete. Annabell fragte sich unablässig, was sie falsch gemacht hatte. Natürlich hatte sie ihn einen Tag lang nicht zurückgerufen. Sie stand schließlich unter Schock. Und sie war ganz allein gewesen, als sie die Tote entdeckt hatte. Philip wollte ihr tatsächlich weismachen, dass er zehn Uhr abends und nicht morgens gemeint hatte. Sie wusste inzwischen nicht mehr, ob sie ihm glauben sollte. Sicher, was ihr passiert war, tat ihm leid. Doch statt sich erneut mit ihr zu verabreden und sie zu trösten, hatte er Katharina gefragt. Es brach ihr das Herz. Annabell seufzte und blickte zur Tür. Sie müssten jeden Moment im Café erscheinen. Sie hatte die beiden zufällig belauscht. Und gleich würde sie ihm einen Denkzettel verpassen. Philip sollte wenigstens für einen Augenblick denken, dass sie sich nicht an ihre Vereinbarung hielt. Er hatte Annabell um Hilfe gebeten. Und selbstverständlich würde sie tun, was er verlangte. Aber eben nicht um jeden Preis. Sie wusste, dass ihre Idee kindisch war. Doch er sollte zittern und leiden. Außerdem wollte sie Katharinas große Augen sehen. Schließlich war der Mann, mit dem sie in fünf Minuten hier verabredet war, extrem attraktiv. Katharina konnte ruhig ein wenig neidisch sein, und Philip sollte bloß nicht denken, dass sie auf ihn angewiesen wäre oder ihm gar hinterherliefe. Seine Verabredung mit Katharina würde Annabell jedenfalls gründlich ruinieren.

Sie musste zufrieden lächeln. Ihr Blick schweifte über die anderen Gäste. Die üblichen Verdächtigen hatten sich versammelt. Am Tisch von ein paar Tänzerinnen aus ihrer Gruppe hockte Marlon. Ab und zu warf er ihr einen Blick zu. Annabell würde später darauf zurückkommen. Jetzt hatte sie keine Kapazitäten, denn die Tür flog auf und Florian Kessler erschien.

»Wow«, murmelte Annabell und ärgerte sich gleichzeitig, dass Katharina noch nicht hier war. Groß, sportlich, blond. Fast das Gegenteil von Philip mit seinen dunklen Locken und dem wesentlich schlankeren Körperbau. Annabell winkte aufgeregt und erstarrte im selben Augenblick. Hinter dem Kriminalkommissar schob sich eine schwarzhaarige Frau mit Pagenschnitt und Hornbrille durch die Tür. Sie gehörte ganz offensichtlich zu ihm, da er ihr die Hand auf die Hüfte legte, als wären sie seit Jahren ein Ehepaar. Annabell schluckte. Das passte nicht in ihren Plan.

»Guten Tag, Annabell«, grüßte sie Florian Kessler mit einem umwerfenden Lächeln, das sie für einen Moment entschädigte. »Das ist meine Kollegin Julia Schwarz. Sie haben sie vielleicht schon einmal gesehen.«

Annabell erinnerte sich an die Rechtsmedizinerin, die eine undurchschaubare Aura umgab.

»Was wollen Sie uns über Philip Jablonski erzählen?«, fragte er und nahm ihr gegenüber Platz.

Annabell antwortete nicht sofort, weil Philip und Katharina genau in dieser Sekunde hereinkamen. Sie beschloss, die beiden zunächst zu ignorieren. Trotzdem entging ihr Philips Blick nicht, der zwischen ihr und Florian Kessler hin und her huschte. Die Verunsicherung stand ihm ins Gesicht geschrieben. Katharinas Augen blieben an der sportlichen Statur von Florian Kessler kleben. Leider sah sie ihn aus ihrer Perspektive nur von hinten. Annabells Plan ging jedenfalls auf. Florian Kessler schien einen siebten Sinn zu besitzen, denn er drehte sich um.

»Ist Philip Jablonski öfter hier?«, fragte er ihr wieder zugewandt.

Annabell nickte. »Ja. Wir alle. Das Café ist ein bekannter Künstlertreff.« Sie strich sich verlegen über den Hals und holte tief Luft. »Also wegen Philip, ich wollte Ihnen mitteilen, dass er mich gar nicht versetzt hat. Er meinte nicht zehn Uhr morgens, sondern zehn Uhr abends. Er hat demnach gar nichts mit dieser Statue zu tun.«

Florian Kessler beugte sich über den Tisch. Seine Augen waren so unglaublich blau, dass Annabell schlucken musste.

»Danke für diese Information. Das hat Philip ebenfalls ausgesagt.«

Annabell rutschte mit ihrem Stuhl näher an den Tisch. »Ach ja, da wäre noch etwas. An dem Abend, bevor ich auf die Tote im Eis stieß, war Philip bei mir zu Hause.«

Die Augen von Florian Kessler wurden groß. In der Miene der Rechtsmedizinerin hingegen bemerkte Annabell keine Regung.

»Könnten Sie die Uhrzeit eingrenzen?«

»Ja. Das war von neun Uhr abends bis drei Uhr nachts.«

»Und wie ist er zu Ihnen gekommen?«

»Mit einem Transporter von seiner Firma. Den hat

er vor dem Haus geparkt. Ein scheußliches Ding.« Annabell lächelte, doch Florian Kesslers versteinerte Miene brachte ihre Mundwinkel sogleich zurück in die ursprüngliche Position.

»Und Sie sind sich sicher, dass Jablonski in dieser Nacht bei Ihnen war?«

Annabell blickte zu Philip hinüber, der sie mit einem eiskalten Blick bedachte. Das Herz rutschte ihr in die Hose. Traute er ihr wirklich zu, ihn bei der Polizei zu verraten? Sie nickte eifrig.

»Ja. Sonst würde ich es doch nicht sagen.«

Auf Florian Kesslers Stirn erschien eine Falte. Seine Augen durchdrangen sie wie Röntgenstrahlen.

»Okay.« Er drehte sich zu Philip um. Annabell konnte nicht sehen, wie er ihn ansah. Philip jedoch schaute sofort weg. »Schlafen Sie am besten eine Nacht drüber und rufen Sie mich morgen an. Wenn Sie dann immer noch auf Ihrer Aussage bestehen, nehme ich sie zu Protokoll.«

»Was?«, fragte Annabell unsicher. Sah dieser Kommissar ihr die Lüge an?

Florian Kessler erhob sich abrupt. »Sie haben mich verstanden.« Er entfernte sich zügig und die Frau mit dem schwarzen Pagenschnitt folgte ihm ebenso schnell. Annabell sah ihnen hinterher. Anschließend spähte sie vorsichtig zu Philip. Doch der sah sie gar nicht an. Stattdessen war Katharina aufgestanden und kam auf sie zu.

»Hi«, sagte Katharina und lief rot an. Das war ganz untypisch für sie. »Ich wollte es dir lieber direkt erzählen.« Annabells Herz fing an zu rasen. Wieder sah sie zu Philip hinüber, während Katharinas Stimme immer lauter wurde. So laut, dass das halbe Café mithören konnte. »Madame Bonnet hat mir die Rolle der Primaballerina zugesagt. Ich tanze zusammen mit Philip. Du warst ja vorhin leider nicht mehr da. Deshalb konnte sie es dir noch nicht sagen, aber du sollst gleich noch bei ihr vorbeikommen.«

Annabells Ohren rauschten. Fast so, als wollten sie mit aller Macht Katharinas Stimme übertönen und sie vor den hässlichen Worten schützen, die unaufhörlich aus ihrem Mund drangen. Damit hatte sie überhaupt nicht gerechnet. Sie hatte das Gefühl, alle im Café sahen sie an. Voller Mitleid. So wie man eine Verliererin eben ansah. Sie wünschte sich, auf der Stelle im Erdboden zu versinken. Doch nichts tat sich. Sie saß da wie auf dem Präsentierteller. Ihr Herz stolperte. Tränen schossen in ihr hoch. Sie starrte Katharina an und dann Philip, der auf seinem Platz saß und sie keines Blickes würdigte. Sie musste hier raus. Schnell. Kopflos sprang sie auf und rannte auf die Toilette.

32

»Na toll, und dafür sind wir extra hierhergefahren«, brummte Florian und hielt Julia die Tür auf. »Ehrlich gesagt hätte ich das Mädchen für klüger gehalten. Was findet sie bloß an diesem Philip, dass sie sogar für ihn lügt?«

»Denkst du, sie deckt ihn?« Julia drehte sich noch einmal nach Annabell Pitschmann um und sah sie durch die Scheibe in der Tür vom Tisch aufspringen. Neben ihr stand das Mädchen, das mit Philip Jablonski am Tisch gesessen hatte. Sie folgte Annabell mit den Augen, bis sie auf der Damentoilette verschwand. An der Wand links der Tür befand sich eine Kommode mit ein paar Figuren aus weißem Marmor. Darüber hing ein Gemälde, das den griechischen Göttervater Zeus darstellte. In Julias Hirn setzte sich plötzlich ein Bild zusammen.

»Ich glaube, ich weiß jetzt, welche Symbole die toten Frauen in der Hand halten.«

»Was?«, fragte Florian verdutzt.

Julia antwortete nicht. Sie ging noch einmal zurück ins Café und machte ein Foto von einer Marmorfigur.

»Siehst du das?«, fragte sie, als sie wieder draußen stand. »Diese Frau hält einen Spiegel in der Hand.« Sie schlug sich gegen die Stirn. »Da hätte ich schon viel eher drauf kommen müssen. Weißt du, wie das Parfüm heißt, das dem Eiswasser beigemischt wurde?«

Florian zog verblüfft die Augenbrauen hoch. »Nein.«

»Aphrodite«, stieß sie aus und sah es hinter Florians Stirn arbeiten. Er schien nicht zu verstehen.

»Das ist die griechische Göttin der Liebe und Schönheit. In den meisten Darstellungen hält sie einen Spiegel in der Hand.«

In Florians Augen blitzte es auf. Julia tippte den Suchbegriff *griechische Göttinnen* in die Suchmaske ihres Smartphones ein. Sofort erschienen ein paar Einträge samt Bildern. Sie schob aufgeregt die Brille hoch und las vor: »Demeter, die griechische Göttin des Ackerbaus und Schwester von Zeus, wird meist mit Getreideähren gezeigt. Hera, die Mutter aller Götter und Gemahlin des Zeus ist auf dieser Abbildung mit einer Schale in der Hand zu sehen. Wobei sie auch oft mit einem Zepter oder einer Pfauenfeder erscheint.«

»Wie viele griechische Göttinnen gibt es denn?«, fragte Florian, während Julias Augen den Text überflogen.

»Viele.« Sie versuchte zu zählen. »Bestimmt ein Dutzend oder mehr. Verflucht.« Julia sah auf. »Wenn er sie alle nachbilden will, dann hat er noch einiges vor.«

»Komm, wir fahren in mein Büro und suchen alles zu diesen Göttinnen heraus. Ich kann mit diesem kleinen Bildschirm nichts anfangen. Vielleicht führt uns dieser Ansatz direkt zum Täter. Wir müssen diesen Wahnsinnigen stoppen.«

»Gute Idee. Ob es auch Ballettaufführungen zum Thema griechischer Mythologie gibt?« Julia konnte es nicht lassen. Sie tippte neugierig auf ihrem Smartphone und fand sofort eine Bestätigung.

»Hier steht etwas über ein Ballettstück namens *Sylvia*. Die Göttin der Jagd spielt darin eine Rolle. Hier ist noch eines über *Ariadne*, eine Fruchtbarkeitsgöttin. Der Franzose Albert Roussel hat die Musik komponiert. Wenn Jablonski in einem solchen Stück getanzt hat, hätten wir eine Verbindung.« Julia fuhr sich nachdenklich durchs Haar. »Möglicherweise finden wir ja heraus, ob Hanjo Wegner früher einmal solche Figuren angefertigt hat. Oder die Opfer haben etwas mit griechischen Göttinnen zu tun. Benutzten sie womöglich ein ähnliches Parfüm wie *Aphrodite*? Alle drei wohnten im Zentrum von Köln und könnten es in derselben Parfümerie gekauft haben.«

»Das lasse ich gleich mal prüfen. Ich hoffe, wir kommen dem Killer endlich auf die Schliche.«

Florian öffnete den Wagen und sie stiegen ein. Als sie in seinem Büro ankamen, wurden sie bereits von Martin Saathoff erwartet.

»Ich habe interessante Neuigkeiten«, verkündete er. »Soll ich mit der guten oder der schlechten anfangen?«

Florian stöhnte. »Mit der schlechten.«

»Wir konnten Hanjo Wegner nicht dazu motivieren, länger zu bleiben. Nach einer halben Stunde ist er fast durchgedreht und abgehauen.«

»Okay. Das hatte ich befürchtet. Und jetzt die gute Nachricht.«

»Wie ihr wisst, habe ich den Ex-Freund des ersten Opfers, Jette Höffner, vernommen. Er hat für alle Abende, an denen Eisstatuen aufgestellt wurden, ein wasserdichtes Alibi. Als Verdächtiger fällt er aus. Aber er hat mir erzählt, warum sich Jette Höffner vor sechs Monaten von ihm getrennt hat.« Saathoff machte eine Pause und zwirbelte vielsagend seinen Schnauzer. »Sie hatte eine Affäre mit Hanjo Wegner.«

»Das gibt es doch nicht. Wieso hat er uns das denn nicht gesagt? So eine Information darf er uns nicht einfach verschweigen.« Florian ballte die Fäuste. »Wir müssen herausfinden, ob auch Verbindungen zwischen ihm und den anderen beiden Opfern bestehen. Außerdem könnten die Indizien jetzt für einen Durchsuchungsbeschluss reichen. Wir stellen seine Werkstatt und auch das Wohnhaus komplett auf den Kopf.«

»Und wir sollten die Vermisstenanzeigen nach weiteren potenziellen Opfern durchgehen. Wenn er tatsächlich alle griechischen Göttinnen darstellen will, dann wird es noch mehr Tote geben.«

Florian schnipste mit den Fingern. »Ich informiere die Kollegen. Wir legen sofort los.« Er verließ das Büro. Saathoff folgte ihm.

Julia blieb und betrachtete den Stadtplan, auf dem die Wohnungen der drei Opfer markiert waren. Mila Papendieck, das dritte und jüngste Opfer, wohnte keine zweihundert Meter von dem Café entfernt, in dem sie eben mit Annabell Pitschmann gesprochen hatten. Von Florian wusste Julia, dass Täter gerne im gewohnten Umfeld zuschlugen, denn dort kannten sie sich aus und konnten die Lage besser einschätzen. Philip Jablonski lebte im Gegensatz zu Wegner im selben Bezirk wie die

Opfer. Nachdenklich blickte Julia sich um und sah die Akten zu den Toten auf Florians Schreibtisch. Immer noch fragte sie sich, was diese drei Frauen gemeinsam hatten und was sie mit ihrem Mörder verband.

Jette Höffner, Opfer Nummer eins, war Schauspielerin gewesen, Carola Schwennig Modedesignerin. Es handelte sich also um Künstlerinnen. Das dritte Opfer, Mila Papendieck, die sich in der Ausbildung zur Friseurin befunden hatte, fiel aus der Reihe. Julia schlug ihre Akte auf. Die ermittelten Daten waren denkbar knapp. Kein Wunder, sie war ja auch erst vorletzte Nacht tot aufgefunden worden. Julia konnte frühestens am nächsten Morgen mit der Obduktion beginnen. Erst dann war die DNS-Analyse zur endgültigen Identifizierung des Opfers möglich.

»Warum hat er dich ausgewählt?«, murmelte sie und überlegte, ob eine Friseurin im weitesten Sinne als Künstlerin betrachtet werden konnte. Doch selbst wenn der Täter es auf Kunstschaffende abgesehen hatte, wo wäre in diesem Fall die Verbindung zu griechischen Göttinnen?

Julia zog ihr Tablet aus der Handtasche und tippte den Namen des dritten Opfers in eine Suchmaschine ein. Schon die ersten drei Ergebnisse brachten mehr Details als die Akte. Mila Papendieck war nicht nur Auszubildende. Sie hatte offenbar auch ein großes Hobby. Die Zwanzigjährige hatte in einer sehr bekannten Talentshow mitgemacht, und zwar als Sängerin. Mila hatte sogar den zweiten Platz erreicht. Für eine deutschlandweite Show, die regelmäßig im Fernsehen ausgestrahlt wurde, war das ein bemerkenswerter Erfolg. Julia arbeitete sich durch Hunderte Fotos, die es von der hübschen Frau gab. War das der Grund für ihren Tod? Wollte der Täter sie im Eis konservieren? Nein. Die Eisskulpturen waren nicht von Dauer. Darauf legte der Mörder es also nicht an. Julia wühlte sich weiter durch die Suchergebnisse. Eine Kölner Zeitung hatte Mila nach dem Ende der Show interviewt. Sie überflog den Artikel, der vermittelte, wie sehr sie sich über den Plattenvertrag gefreut hätte. Doch den gab es nur für den Gewinner und hierzu hatten ihr drei Prozent der Zuschauerstimmen gefehlt. Es war ein Kopf-an-Kopf-Rennen gewesen. Julia betrachtete das Foto der Gewinnerin, deren Namen sie noch nie gehört hatte und deren Gesicht ihr ebenso wenig sagte. Mila war aus ihrer Sicht wesentlich attraktiver, aber das war wohl eher Geschmackssache.

Sie suchte nach Jette Höffner. Die Schauspielerin hatte kaum in der Öffentlichkeit gestanden. Julia fand die Besetzungsliste eines kleineren Theaters, in dem sie eine Nebenrolle gespielt hatte. Interviews oder Zeitungsberichte schien es gar keine zu geben. Und dann war da noch Carola Schwennig. Über die Modedesignerin gab es jede Menge Informationen im Netz. Schwennig betrieb eine eigene Homepage und engagierte sich in den sozialen Medien. Auf Facebook hatte sie mehr als zehntausend Fans. Julia las ein paar Posts und betrachtete die langbeinigen Models, die Schwennigs Kollektion über den Laufsteg trugen. Die Frau hatte Talent. Julia gefiel der außergewöhnliche Stil, auch wenn sie selbst solche Kleider nie getragen hätte. Sie war eher pragmatisch veranlagt. Die Toten im Obduktionssaal interessierte es sowieso nicht, was sie unter ihrem grünen Schutzkittel anhatte.

Julia ging die drei Namen noch einmal durch und ergänzte die Suche um den Begriff *Aphrodite*. Nichts. Sie probierte es mit *griechische Göttin*. Wieder Fehlanzeige. Julia tippte noch ein paar andere Bezeichnungen ein. Es war kein Zusammenhang zwischen den Opfern und den Symbolen, die ihnen in die Hand gelegt worden waren, ersichtlich. Sie recherchierte jede der drei Göttinnen und las aufmerksam die Texte, die sie in verschiedenen Online-Quellen fand. Aphrodite stand für die Schönheit. Doch schön waren aus Julias Sicht alle drei Opfer, nicht nur Jette Höffner. Rotes Haar wurde in keiner Beschreibung von Aphrodite erwähnt. Warum hatte der Täter eine Frau mit dieser auffälligen und seltenen Haarfarbe gewählt? Die Recherche nach Demeter, der Göttin der Fruchtbarkeit und des Ackerbaus, hinterließ auch nichts als Rätsel. Carola Schwennig war zweifelsfrei nicht schwanger gewesen. Mit Ackerbau hatte sie überhaupt nichts zu tun gehabt, es sei denn, man zählte die drei Kübelpflanzen auf ihrem Balkon dazu. Und Mila Papendieck war aus Julias Sicht zu jung, um mit der Göttin Hera in Verbindung gebracht zu werden. Hera wurde auch als Mutter aller Götter bezeichnet und galt als Beschützerin der Ehe und der Frauen. Sie war Schwester und Gemahlin des Zeus. Mila Papendieck hingegen war nicht verheiratet, wohnte noch bei ihren Eltern und hatte auch keinen festen Freund gehabt. Von einer Mutterrolle ganz zu schweigen.

Julia seufzte. Irgendwie passte das alles nicht zusammen. Trotzdem, der Täter stellte die Frauen nicht ohne Grund als griechische Göttinnen dar. Sie grübelte und grübelte, dabei bemerkte sie gar nicht, wie Florian zurück ins Büro kam.

»So, alle sind instruiert und hoch motiviert.« Er setzte sich auf seinen Schreibtisch und sah Julia erwartungsvoll an. »Und? Hast du was rausgefunden?«

»Leider nicht sonderlich viel. Ich bin die Akten der Opfer durchgegangen, habe geprüft, was über sie im Internet zu finden ist, und habe anschließend versucht, sie mit den griechischen Göttinnen in Zusammenhang zu bringen.« Sie zuckte frustriert mit der Schulter. »Ich habe absolut nichts gefunden. Gar nichts. Weder Berufe noch Alter noch Aussehen passen. Ich kann mir nicht erklären, warum diese Frauen als Göttinnen dargestellt wurden. Ganz im Gegenteil. Wenn man sich ihre Lebensläufe und Erfolge ansieht, dann ist da überhaupt nichts Göttliches. Jette Höffner spielte nie eine Hauptrolle. Carola Schwennig erregte mit ihren Modedesigns zwar große Aufmerksamkeit, aber sie gewann trotzdem nie einen Wettbewerb. Immer hatte jemand anderes die Nase vorn. Und genauso verhält es sich mit Mila Papendieck. Sie hat an einem Song-Contest teilgenommen und ist nur Zweite geworden. Keine der drei Frauen hat bisher den Durchbruch geschafft. Sie waren im wahrsten Sinne des Wortes die ewig Zweiten, das passt einfach nicht zu einer Göttin.« Julia verstummte, weil sie merkte, dass Florian sie mit großen Augen anblickte.

»Du bist genial«, stieß er aus und drückte ihr einen Kuss auf die Stirn. »Ich liebe deine analytische Sicht auf die Dinge. Du bringst es so klar auf den Punkt. Darauf wäre ich nie gekommen.«

Julia verstand kein Wort. Hatte sie nicht eben

erzählt, dass ihre Recherche nicht das Geringste gebracht hatte?

»Ich meine, vielleicht geht es dem Täter ja genau darum, aus diesen Frauen etwas Besonderes zu machen. Etwas, was ihnen in ihrem Leben verwehrt blieb. Deshalb gibt er sich so viel Mühe und präsentiert sie der Öffentlichkeit.«

»Und weil es bei Carola Schwennig zu stark geschneit hat, wiederholte er seine Inszenierung bei besserem Wetter mit dem nächsten Opfer«, schlussfolgerte Julia.

»Richtig. Und ich vermute, dass er selbst ebenfalls gescheitert ist. Wir sind also auf der Suche nach einem Täter, der bisher nicht die Anerkennung erhalten hat, die er sich wünscht.« Florians Blick ging zum Whiteboard, auf dem die Namen der Verdächtigen aufgeführt waren.

»Hanjo Wegner«, sagte Julia und spürte, wie ihre Kehle trocken wurde.

33

Triumphierend rieb er sich die Hände. Schon seit Längerem hatte er an einer Methode gefeilt, um die Herstellung der Eisblöcke zu beschleunigen. Während er anfangs den leblosen Körper auf einer schmalen Eisplatte in der Edelstahlform platziert hatte und dann ungefähr vier Tage warten musste, bis alles gefroren war, fertigte er jetzt zwei Blöcke mit je einer Aussparung, die beim Zusammensetzen einen Hohlraum in der Mitte bildeten. Die Auserwählte wurde darin positioniert. Er brauchte wesentlich weniger Wasser, um den restlichen Hohlraum komplett zu füllen. Diese Vorgehensweise hatte zwei entscheidende Vorteile. Zum einen gefror die kleine Wassermenge mit dem Körper innerhalb nur eines Tages und zum anderen konnte er die Blöcke vorfertigen. Stolz blickte er auf vier halbe Eisblöcke, die er sorgfältig auf dem Boden aufgereiht hatte. Was ihm nun noch fehlte, war das vorerst letzte Mädchen. Er verzog die Miene und dachte an seine Mutter, die auf einer Pause bestand. Vielleicht konnte er sie umstimmen, wenn diesmal wieder alles perfekt lief. Er konnte sich nicht sattsehen an dem Zeitungsartikel, der seine Eisstatue gleich auf der ersten Seite zeigte. Was für ein grandioser Erfolg. Sie nannten ihn *den Eiskünstler*.

Ein leises Stöhnen riss ihn aus seinen Gedanken. Die widerspenstige Architektin kam langsam zu Bewusstsein. Sein Herz stolperte, denn sie wäre um ein Haar entkommen. Nur drei Meter durch den Flur hatten noch gefehlt. Ohne seine Mutter säße er jetzt in der Klemme. Nur gut, dass er sie hatte, auch wenn sie nicht aufhören konnte, ihn zu belehren. Er wandte sich um und griff die Schale mit dem Beruhigungsmittel. Die Tabletten hatte er fein pulverisiert. So ließen sie sich besser im Wasser auflösen. Die Frau sollte sich nicht wehren, wenn er sie aufs Eis legte und wartete, bis sie starb. Anschließend würde er ihr einen Bogen in die Hand legen, wie Artemis, die Göttin der Jagd.

»Dieses Mal wirst du gewinnen«, versprach er und lächelte die Frau an. Ihre Lider flatterten heftig. »He«, flüsterte er und tätschelte ihr die Wange. »Du brauchst keine Angst zu haben. Jetzt bekommst du alles, wonach du immer gestrebt hast. Jeder wird dich kennen und deine Projekte bleiben unvergessen.«

Statt Dankbarkeit drang so etwas wie ein Knurren aus ihrer Kehle. Kein Wunder, dass sie nie wirklich Erfolg hatte in ihrem Leben. Sie erkannte die Chance nicht, obwohl sie unmittelbar vor ihr lag. Sie brauchte ihn, auch wenn es ihr nicht bewusst war. Gemeinsam würden sie wahren Ruhm erlangen.

»Trink«, sagte er und sah zu, wie sie gierig trank.

Keine zehn Minuten später war es so weit. Er hob sie

hoch und legte sie in die Vertiefung des unteren Eisblocks. Dort würde er sie liegen lassen, bis sie gestorben war. Er hatte jetzt ein paar Stunden Zeit. Wenn er zurückkehrte, würde er sehen, ob sie die Augen im Tod geöffnet oder geschlossen hielt. Bisher hatte er es dem Zufall überlassen und keine Tote mehr verändert. Um sein Werk jedoch perfekt zu machen, sollte Artemis die Augen offen haben. Sie war schließlich die Göttin der Jagd.

34

Annabell schluchzte. Sie fühlte sich so erniedrigt wie noch nie in ihrem ganzen Leben.

»Lass mich in Ruhe«, bat sie. Sie rührte sich nicht vom Fleck.

»Jetzt mach doch die Tür auf. Du kannst dich nicht ewig verstecken.«

Annabell antwortete nicht. Sie wusste selbst, dass sie nicht endlos auf der Toilette bleiben konnte. Diese Räumlichkeit schien sich langsam zu ihrem Zufluchtsort zu entwickeln. Schon wieder war sie wie ein aufgeschrecktes Karnickel weggerannt. Zuvor im Café und jetzt in der Hochschule. Einfach weil sie die Gefühle in ihrem Inneren nicht länger ertragen konnte. Und weil sie nicht sehen wollte, wie Katharina mit Philip trainierte. Na klar, das war kindisch, und sie sollte sich lieber als faire Verliererin zeigen. Aber das war leichter gesagt als getan.

»Du nimmst mir immer alles weg«, krächzte sie

verletzt und bereute den Satz sofort. Vor Katharina durfte sie keine Schwäche an den Tag legen. Katharina war keine Freundin, sondern ihre Konkurrentin.

»Liebes. Ich wollte dir nicht wehtun. Es tut mir leid, dass ich es dir im Café erzählt habe. Ich hatte dich vorwarnen wollen. Aber es kam wohl falsch rüber.«

Annabell rollte mit den Augen. Katharina tat gerade so, als wäre sie plötzlich ihre Verbündete. *Es kam wohl falsch rüber*. Dass sie nicht lachte. Alle hatten mitgehört. Alle hatten sie angestarrt. Nie würde sie diesen Moment vergessen. In ihr war auf einen Schlag alles ausgelöscht.

»Ich gebe zu, dass ich gerne die Hauptrolle tanze. Aber wir sind doch trotzdem Freundinnen. Gönnst du mir den Erfolg denn nicht?«

Das schroffe Nein blieb Annabell im Hals stecken. Stattdessen murmelte sie leise: »Ich habe so hart dafür gearbeitet und war so nahe dran. Ich wollte mit Philip tanzen.«

Katharina seufzte und klopfte ein weiteres Mal an die Tür. »Jetzt mach bitte auf.«

»Nein.«

»Hättest du diese Tote nicht entdeckt, dann wäre alles gut. Du hättest die Rolle bekommen. Langsam wünschte ich, ich wäre nicht die Primaballerina. Das ist es doch nicht wert. Es wird noch viele Aufführungen geben. Jeder durchläuft mal eine gute oder schlechte Phase. Es ist trotz allem kein Weltuntergang.«

Annabell sprang auf. Sie öffnete die Verriegelung und starrte Katharina feindselig an. »Du hast dich mit Philip getroffen, obwohl du wusstest, dass ich ihn mag.«

»Ach, Annabell. Du kriegst die Dinge immer in den falschen Hals.« Katharina schwieg einen Moment und musterte sie. »Also gut. Ich habe es bisher niemandem erzählt, weil es eigentlich noch nicht spruchreif ist.« Plötzlich strahlte sie über das ganze Gesicht und fuhr fort: »Ich bin verabredet. Ein echtes Date.«

Annabell entgleisten die Gesichtszüge. »Mit Philip?«, flüsterte sie heiser.

»Quatsch. Mit Marlon.«

»Wirklich?«

»Philip ist Tänzer. Die meisten von ihnen entdecken früher oder später, dass sie homosexuell sind. Hast du dir mal angesehen, wie schlank er ist und wie er die rechte Hand hochhält? Auf so einen würde ich mich nie einlassen. Und dir empfehle ich es auch nicht. Was meinst du, wie du dich fühlst, wenn er dich für einen Typen sitzen lässt. Sieh dir doch dagegen mal Marlon an.«

Annabell nickte verblüfft. Daran hatte sie bisher keinen Gedanken verschwendet. Natürlich konnte Philip mit Marlons Muskelpaketen und seiner männlichen Aura nicht mithalten.

»Das Äußere muss doch nicht unbedingt was heißen«, protestierte sie, obwohl sie zutiefst erleichtert war, dass Katharina gar nichts von Philip wollte.

»Du bist echt naiv. Aber lass uns nicht darüber streiten. Philip ist ohne Zweifel attraktiv. Vor allem ist er ein brillanter Tänzer. Und das ist alles, was ich mit ihm will: tanzen. Deshalb hatten wir uns im Café verabredet. Unser Zusammenspiel wies im Gegensatz zu deinem mit ihm noch Schwächen auf. Wir wollten das außerhalb des Campus und ohne Druck besprechen. Leider war das kaum möglich, denn der gute Philip hatte die ganze Zeit nur Augen für dich.«

Kein Wunder, dachte Annabell. Er hatte ja auch Sorge, dass sie ihn bei der Polizei anschwärzt. Stattdessen hatte sie ihm ein Alibi verschafft.

»Hat er dir etwas erzählt?«, fragte sie vorsichtig. »Von der Polizei?«

Katharina sah sie mit großen Augen an. »Was meinst du? Diese Drogengeschichte?« Sie kicherte. »Er ist halt ein böser Junge. Das ist es doch, worauf du abfährst, oder etwa nicht?«

Annabell zuckte verächtlich mit dem Mund. Also hatte er Katharina sein Geheimnis bereits anvertraut. Annabell war klar, dass Florian Kessler es auch deswegen auf ihn abgesehen hatte. Sein Vater hatte ihm sofort einen Anwalt besorgt. Dass Philip etwas mit dieser Toten zu tun haben sollte, schloss sie völlig aus. Dafür kannte sie ihn viel zu gut.

»He. Lass uns doch einfach wieder Freundinnen sein«, schlug Katharina vor. »Philip kannst du haben und wegen der Hauptrolle für den *Nussknacker* solltest du dir auch keinen Kopf machen. Du kennst doch Madame Bonnet. Sie ändert bis kurz vor der Aufführung ständig ihre Meinung.«

»Also gut«, erwiderte Annabell und reichte Katharina die Hand. Genau in diesem Moment ging ihr Telefon los. Es war Philip. Vielleicht wollte er sich mit ihr treffen.

35

»Verflucht. Ich glaube, wir haben ein weiteres Opfer«, stieß Florian aus.

»Was meinst du damit?«, fragte Julia und sah zu ihm hinüber. Sie studierte zum wiederholten Male den Stadtplan in Florians Büro und ärgerte sich darüber, dass die Untersuchung der Grundwasserbrunnen bisher zu keinem Ergebnis geführt hatte.

Sie wälzten die Akten eigentlich nur, um die Zeit zu vertreiben, denn der Durchsuchungsbeschluss für Wegners Grundstück ließ auf sich warten.

»Eine Architektin aus Köln. Sie wurde von ihrer Assistentin als vermisst gemeldet. Gestern Morgen. Vielleicht ist es auch ein Zufall.«

»Hast du mal ihren Namen in die Suchmaschine eingetippt?«

Florian nickte. »Ja, und rate mal, was ich gefunden habe.« Er drehte den Bildschirm so, dass Julia ihn sehen konnte.

»Zweitplatzierte Judith Haiden will nächstes Jahr

wieder antreten«, las sie vor. »O nein. Sie passt genau ins Schema.«

»Das befürchte ich auch«, meldete sich jetzt Saathoff zu Wort, der die ganze Zeit stumm vor seinem Bildschirm gesessen hatte. »Sie wohnt linksrheinisch, in der Nähe des Zentrums.«

»Verdammt!« Julia überschlug die Zeit. »Ich hoffe, wir sind nicht zu spät.«

Florian und Saathoff schwiegen. Sie alle wussten, dass seit dem Fund der letzten Eisstatue zwei Tage vergangen waren. Florians Telefon unterbrach die Stille. Prompt hob er ab, ohne eine Miene zu verziehen.

»Okay. Danke. Sehr gut.« Er schüttelte den Kopf und legte auf. »Wir haben neue Ergebnisse. Keine der toten Frauen hatte ein Parfüm mit Götternamen benutzt. Die Spur führt ins Nichts«, erklärte Florian frustriert. »Vielleicht trommeln wir schon mal alle zusammen. Der Durchsuchungsbeschluss für Wegners Hof sollte jeden Moment hier sein.«

»Und wenn er die Opfer gar nicht in seiner Werkstatt umgebracht hat?«, fragte Saathoff voller Zweifel. »Dann verschwenden wir Zeit.«

»Eine andere Spur haben wir nicht. Im Zimmer von Philip Jablonski werden wir nichts finden und für den Hühnerhof des Onkels reicht die Beweislage nicht. Aber du hast recht. Wir sollten uns aufteilen.«

Saathoff erhob sich. »Ich spreche mit Judith Haidens Assistentin. Möglicherweise bringt das was. Irgendjemand muss doch etwas gesehen haben.«

»Was ist mit dir?« Florian schaute Julia an. »Kommst du mit oder gehst du ins Institut?«

»Ich komme mit. Lenja sagt, dass die Leiche von

Mila Papendieck immer noch nicht vollständig aufgetaut ist. Die Obduktion wird bis morgen früh warten müssen.« Julia blickte auf ihr Smartphone und entdeckte eine neue Nachricht vom Labor, die Blutwerte von Carola Schwennig und die Ergebnisse der Eisanalyse lagen vor. Auch das zweite Opfer war mit Beruhigungsmitteln vollgepumpt worden. Ansonsten gab es keine Auffälligkeiten. Die Analyse des Eises brachte den Namen des hinzugefügten Parfüms zutage: *Demeter*. Sie hatte es sich schon gedacht. Der Hersteller dieser Duftserie vertrieb zehn Duftnoten, die jeweils nach einer bekannten griechischen Göttin benannt wurden. Das war eine alarmierende Zahl, denn falls der Täter sein Vorhaben an der Anzahl der unterschiedlichen Düfte orientierte, würde er sieben weitere Frauen umbringen. Hastig schob sie diesen Gedanken beiseite. Sie durften nicht resignieren, sondern mussten handeln.

»Wir gehen«, sagte sie bestimmt und wartete, bis Florian seine Sachen zusammengepackt hatte.

* * *

»Wo steckt Ihr Sohn?«, fragte Florian mit scharfer Stimme.

Hanjo Wegners Vater gestikulierte nervös mit den Händen. »Keine Ahnung. Er hatte es eilig, und er hat mir nicht gesagt, wohin er wollte. Möglicherweise gibt es Ärger mit der Ausstellung.«

»Aber sein Transporter steht doch im Hof.«

»Er hat meinen Wagen genommen.«

»Hören Sie. Wir suchen ihn dringend. Seit wann ist er weg?« Julia hielt die Luft an. Der Mann stank aufdringlich nach Zigarrenqualm. Ihr wurde übel von dem Zeug.

»Er ist vor ungefähr zwei Stunden weggefahren. Warum? Was ist denn passiert?«

»Ihr Sohn hat sich bei seiner Aussage in zahlreiche Widersprüche verstrickt. Wir müssen dem nachgehen«, erklärte Florian. »Können Sie uns zeigen, welche Räumlichkeiten er in diesem Haus nutzt?«

Der alte Mann zuckte zusammen und überflog den Durchsuchungsbeschluss, den Florian ihm wie eine Trophäe vor die Nase hielt. Die ohnehin deutlichen Falten im Gesicht des Vaters vertieften sich augenblicklich noch mehr.

»Dann folgen Sie mir. Mein Sohn ist ein guter Mensch. Er hat garantiert nichts Schlimmes gemacht. Seit dem Tod seiner Mutter ist er vielleicht manchmal nachdenklicher als andere Leute in seinem Alter. Aber mein Hanjo hat ein großes Herz.«

»Haben Sie ihm deshalb für den Abend, an dem wir seine ehemalige Geliebte Jette Höffner tot aufgefunden haben, ein falsches Alibi verschafft?«

Wegners Vater machte auf der Treppe halt und drehte sich um. Sein Gesicht war kreidebleich.

»Ich kann meinen Jungen doch nicht verraten. Ich bin sein Vater.«

»Wo war Ihr Sohn an dem Abend? Er wurde in der Nähe des Fundortes am Ebertplatz in seinem Lieferwagen gesehen.«

Der Alte kniff die Lippen zusammen.

»Wir finden es sowieso heraus. Besser, Sie reden mit uns.«

»Er brauchte Geld. Daher ist er zu diesem Mann

gefahren. Ich … ich muss jetzt erst mal die Treppe hoch.« Wegners Vater hustete trocken und erklomm mühevoll die nächsten Stufen. Florian folgte ihm auf dem Fuß. Sie waren mit zwanzig Polizisten angerückt, die sich auf dem Grundstück und den angrenzenden Gebäuden verteilten. Ein Spezialist von der Spurensicherung untersuchte auf dem Hof den Lieferwagen. Die alten Holzstufen knarrten unter den vielen Tritten. Julia bemerkte, dass das Geländer bedenklich wackelte, und hielt sich lieber an der Wandseite. Im oberen Geschoss gab es sechs Räume. Drei Schlafzimmer, wobei eines der verstorbenen Mutter gehörte und unter einer dicken Staubschicht versank. Eine Abstellkammer, ein Arbeitszimmer und ein Bad.

»Wohin ist Ihr Sohn gefahren?« Florian ließ nicht locker, obwohl der Alte vor Aufregung und nach der Anstrengung kaum Luft bekam.

Julia hatte Mitleid und griff ihm unter die Arme. »Setzen Sie sich«, sagte sie und brachte ihn zu einem Stuhl.

»Bei welchem Mann war Ihr Sohn? Wenn Sie ihm helfen wollen, dann reden Sie. Wir müssen einen Mörder aufhalten.«

»Aber er könnte keiner Fliege etwas zuleide tun«, jammerte der Alte und rang nach Luft.

»Wo war er?«, wiederholte Florian ein wenig sanfter.

»Ich glaube, er heißt Pöschel. Olaf Pöschel. Er leitet den Ausschuss für Kunst und Kultur. Hanjo brauchte zweitausend Euro mehr als geplant für Hallenmiete und Strom.«

»Danke. Wir prüfen das«, sagte Florian. »Und an den anderen beiden Abenden war Hanjo zu Hause?«

»Ich glaube ja.«

»Das müssen Sie schon genauer sagen.«

»Ich weiß es nicht mehr. Ich leide an beginnender Altersdemenz. Vermutlich war er hier.« Der Alte warf Florian einen flehenden Blick zu. »Er hat nichts getan. So glauben Sie mir doch.«

»Wenn das so ist, werden wir es selbst herausfinden.« Florian lächelte verkrampft und ging in das Arbeitszimmer, wo bereits zwei Kollegen zugange waren. Julia folgte ihm. Der Raum war vollgestopft mit Skizzen und Zeichnungen des Künstlers, die Skulpturen von Menschen und Tieren in allen erdenklichen Haltungen zeigten. Sie stapelten sich auf dem Schreibtisch und auf dem Boden. Sogar an den Wänden hingen Entwürfe. Das Haus war nicht sonderlich gut isoliert. Der kalte Winterwind pfiff durch das alte Holzfenster und brachte ein paar Papiere zum Flattern. Julia studierte die Arbeiten.

Als Wegners Vater im Türrahmen erschien, fragte sie: »Seit wann ist Ihr Sohn eigentlich Eisbildhauer?«

»Er hat Kunst studiert und es viele Jahre als klassischer Bildhauer versucht. Leider ohne große Erfolge. Der Durchbruch ist ihm erst mit dem Eis gelungen. Das Material liegt ihm einfach.« Der Alte lächelte stolz. »Sehen Sie hier. Das ist seine Mutter.«

Julia betrachtete die Zeichnung einer Statue. »Was hält sie denn da in der Hand?«

»Das ist eine Getreideähre. Marianne hat die Felder geliebt.« Seine Stimme wurde dünn. »Der Krebs hat sie viel zu früh geholt.«

»Und aus welchem Material hat er die Statue gefertigt?«

»Aus Marmor. Sehen Sie, dort.« Wegners Vater deutete aus dem Fenster.

Julia entdeckte die kleine Figur auf einem Sockel am Rande des angrenzenden Feldes. Daneben stand eine Bank.

»Er hat sie an ihrem Lieblingsort platziert. Manchmal sehe ich sie auf der Bank sitzen.« Wegners Vater wischte sich eine Träne aus dem Augenwinkel. »Es wird wohl langsam Zeit, dass wir wieder vereint sind.«

Julia schluckte, denn aus jedem seiner Worte klangen Einsamkeit und Schmerz. Den Tod eines geliebten Menschen konnte man nicht vergessen. Er war ein ständiger Begleiter, bis man selbst den letzten Atemzug tat. Sofort sprangen ihre Gedanken zu ihrem verstorbenen Bruder Michael.

»Okay. Wir sehen uns dann mal weiter um.« Fast schon fluchtartig stürmte Julia hinaus. Keine Sekunde länger konnte sie in die Augen dieses Mannes blicken. Sie ging in Hanjo Wegners Schlafzimmer. Eine Polizistin durchstöberte gerade den Kleiderschrank.

»Bisher haben wir nichts Auffälliges gefunden«, murmelte sie, als auch Florian hereinkam.

»Was sind das für Tabletten?«, wollte Julia wissen, die eine Packung auf dem Nachttisch erblickte.

»Vitamin D. Im Badezimmer ist noch mehr. Alles Nahrungsergänzungsmittel. Hinzu kommen etliche Medikamente, die aber alle dem Vater gehören.«

»Sind Beruhigungsmittel darunter?«

»Nein. Gar keine.«

Julia sah sich um. Ein großes Doppelbett mit einem Gemälde am Kopfende, das ein Kornfeld unter blauem Sommerhimmel zeigte. Zwischen den Ähren lugte eine nackte Frau mit knallrotem Mund hervor. Das Bild war extrem, passte jedoch irgendwie zu Wegner. In der Nachttischschublade befanden sich Kondome und ein Gleitmittel. Ein blauer Dildo aus hässlichem Kunststoff verschlug Julia die Sprache. Sie zog sich Gummihandschuhe über und nahm das Sexspielzeug heraus.

»Den sollten wir auf DNS-Spuren untersuchen«, erklärte sie und verstaute das Teil in einer Asservatentüte. »Ich sehe mich mal im Bad um.«

In dem etwa zehn Quadratmeter großen Raum gab es eine Dusche, zwei Waschbecken und eine Toilette. Auf einer Ablage lag ein Kamm.

»Haben Sie Haare gefunden?«, fragte sie den Polizisten, der bereits etliche Asservatentüten neben sich in einer Box gestapelt hatte.

»Ja. Auf den ersten Blick scheinen sie jedoch ausschließlich zu den beiden Wegners zu gehören. Jeder benutzt einen eigenen Kamm.«

Julia machte kehrt und sah, wie Florian auf dem Dachboden verschwand. Sie stieg unterdessen die Stufen ins Erdgeschoss hinab. Martin Saathoff kam ihr entgegen. Seinem Gesicht sah sie an, dass er, was Judith Haiden anging, wohl keinen Erfolg gehabt hatte.

»Haben Sie etwas entdeckt?«

Julia schüttelte bedauernd den Kopf. »Nein. Und Sie?«

Saathoff zuckte mit der Schulter. »Diese Architektin ist wie vom Erdboden verschluckt. Ihre Assistentin hat mir sogar die Schlüssel zu ihrer Wohnung gegeben. Dort sieht es aus, als wäre sie nur kurz einkaufen gegangen. Außerdem meldet sie sich grundsätzlich ab, wenn sie einen Termin außer Haus hat, und sie geht auch immer ans Telefon, egal zu welcher Uhrzeit. Jetzt ist es ausgeschaltet.«

»Dann muss ihr etwas zugestoßen sein«, erwiderte Julia leise und fragte sich, wo Wegner – falls er überhaupt der Täter war – seine Opfer versteckt haben könnte. Das Grundstück war nicht sonderlich groß. Da der Vater ebenfalls hier lebte, würde er mit einem derartigen Vorhaben wohl an einen anderen Ort ausweichen. Aber wohin?

»Gibt es eventuell noch eine Scheune oder ein Gebäude auf einem der Felder, die zu Wegners Hof gehören?«, fragte sie. Florian, der gerade die Treppe herunterkam, antwortete: »Nein. Wir haben im Vorfeld Satellitenbilder analysiert und nichts dergleichen gefunden.«

»Und wenn er sie unter der Erde festhält? Vielleicht in einer Art Getreidespeicher? Falls da nur ein kleiner Eingang oder eine Falltür wäre, könnte man das auf einer Satellitenaufnahme doch nicht erkennen, richtig?«

»Sofern sie verdeckt ist, vermutlich nicht. Allerdings wären wir dann sicherlich auf Spuren im Schnee gestoßen. Wir haben Bilder aus dem letzten Sommer und aktuelle ausgewertet. Zudem reden wir hier über eine Fläche von fünfzig Hektar. Wir werden Hunde einsetzen müssen, um sie abzusuchen. Das kriegen wir vor morgen Mittag überhaupt nicht hin.«

»Ich werde das trotzdem schon mal anleiern«, erklärte Martin Saathoff und entfernte sich mit seinem Handy.

Florian rieb sich über die Augen. »Ehrlich gesagt weiß ich langsam nicht mehr weiter. Im Grunde müssen wir jetzt abwarten, bis die Laborergebnisse der Haaranalysen da sind. Immerhin hat die Spurensicherung auch in Wegners Lieferwagen ein paar Haare sicherstellen können. Vielleicht gehört eines davon zu einem der Opfer, dann könnten wir Wegner festnehmen. Für Judith Haiden könnte es jedoch bereits zu spät sein.«

In Julias Kopf ratterte es. Systematisch ging sie die Daten der einzelnen Opfer durch. Plötzlich hatte sie eine Idee.

»Judith Haiden ist Architektin. Woran hat sie denn zuletzt gearbeitet?«

»Das kann ich genau sagen«, erwiderte Saathoff, der sein Telefonat inzwischen erledigt hatte. »Sie hat ein Gebäude für einen Architekturwettbewerb entworfen und jede freie Minute da reingesteckt.«

»Das meine ich nicht«, sagte Julia.

Saathoff runzelte die Stirn.

»Gibt es ein Bauprojekt, das sie derzeit betreut? Sie haben ihre Wohnung angesehen, das Büro, und Sie haben mit Haidens Assistentin gesprochen. Aber haben Sie sich auch auf ihrer aktuellen Baustelle umgesehen?«

»Nein«, entgegnete Saathoff.

»Dann ruf diese Assistentin an und frag noch mal nach«, bat Florian.

36

Es hatte wieder angefangen zu schneien. Der Himmel zeigte sich grau in grau. Es war acht Uhr morgens. Tonnenweise Schneeflocken fielen zur Erde, um die weiße Schicht noch dicker werden zu lassen. Der Rohbau versteckte sich hinter einem zwei Meter hohen Bauzaun, durch den man normalerweise hindurchsehen konnte. Doch jetzt hatte sich auch in den Lücken der Schnee festgesetzt. Die weiße Mauer ließ nur an wenigen Stellen einen Blick auf die Baustelle zu. Julia fröstelte. Sie schlug den Kragen hoch und zog den Schal enger. Fußspuren auf dem Boden verrieten ihr den Weg. Judith Haidens Assistentin wartete bereits auf sie. Julia war mit ihrem alten Golf gefahren, während Florian und Saathoff mit dem Dienstwagen kamen. Von den beiden war noch nichts zu sehen, aber sie wollte nicht länger warten. Es war kalt, und außerdem ahnte sie, dass es um jede Minute ging. Ständig sah sie die Architektin vor sich, wie sie vom Täter an einem eiskalten Ort abgelegt wurde und wie ihr Herz immer langsamer pochte. Bis es irgendwann stillstand.

»Kleinen Moment. Ich schließe das Tor auf.« Die Assistentin holte einen schmalen Schlüssel hervor, der in ein Vorhängeschloss passte, das wohl kaum einen Einbrecher abhalten konnte. Sie öffnete und führte Julia zum Eingang des Gebäudes, das bisher nur aus nacktem Beton bestand.

»Wir liegen leider im Zeitplan stark zurück. Deshalb hatte Judith wahnsinnigen Stress mit dem Investor. Ich mache mir solche Sorgen. Schon alleine aus diesem Grund würde sie nicht einfach so verschwinden. Herr Wahrendorf ist einer unserer Hauptauftraggeber, und sie ist immer bemüht, ihn zufriedenzustellen.«

»Und Sie sagen, dass Frau Haiden fast jeden Tag hier war?«

Die Assistentin nickte eifrig. »Ja. Sie hat den Baufortschritt akribisch kontrolliert.«

»Können Sie mir den Abschnitt zeigen, wo zuletzt gebaut wurde?«

»Gerne. Wir müssen in die zweite Etage. Es wurden Bautreppen aufgestellt. Wegen des Dauerfrostes konnten wir noch nicht mit dem Innenausbau beginnen. Gehen Sie vorsichtig, das Geländer fehlt noch.« Die Assistentin führte Julia über die wacklige Metalltreppe hinauf in den zweiten Stock.

»Hier ist der Bürotrakt. Das da vorne soll einmal ein Konferenzraum werden.«

Julia sah sich um. Nackte Wände. Etliche Werkzeuge und Baumaterialien. Eine Gruppe Bauarbeiter, die gerade eine Wand hochzogen und sich neugierig nach ihr umblickten.

»In ein paar Tagen wird die obere Decke eingezogen. Dann bleibt das Treppenhaus endlich trocken. Und es wird hoffentlich auch nicht mehr so ziehen.«

Julia wusste genau, was Judith Haidens Assistentin meinte. Ein eisiger Wind pfiff durch den Rohbau und trieb sie nach kurzer Besichtigung hinunter in die erste Etage. Immerhin zog es dort weniger. Es gab kaum Wände, sodass Julia mit einem Blick den Grundriss erfassen konnte.

»Wurde hier zufällig irgendetwas verändert seit Frau Haidens Verschwinden?«

»Das kann ich nicht sagen. Ich bin nicht oft auf der Baustelle. Ich weiß nur, dass sie auf der Jagd nach Schwarzarbeitern war. Sie hatte bei einem Besuch einen Arbeiter gesehen, der ihr merkwürdig vorkam.«

Julia horchte auf. »Hat sie ihn näher beschrieben?«

»Nein. Sie hat sich nur aufgeregt, dass jemand mit einem Presslufthammer herumlief und sie nicht wusste, warum. Die Arbeiten mit diesem Gerät waren längst abgeschlossen.«

»Und können Sie mir sagen, wo die Werkzeuge und Baumaschinen gelagert werden?«, fragte Julia und tauschte ihre wärmenden Lederhandschuhe gegen ein Paar kalte Gummihandschuhe.

»Dort unten in dem Baucontainer.«

Julia eilte die Treppe hinunter. Durch eine Öffnung im Rohbau sah sie Florian und Saathoff ankommen. In ihrem Hirn arbeitete es. Es war fast wie bei einer Obduktion. Sie ging systematisch alle Orte ab, an denen die Architektin sich vermutlich aufgehalten hatte. Irgendwo musste es eine Spur geben. Der Baucontainer war zu Julias Erstaunen nicht verschlossen. Neben anderen Geräten befanden sich drei Presslufthämmer darin.

»Florian?«, rief sie und winkte ihn heran. »Judith Haiden hat einen merkwürdigen Bauarbeiter mit Presslufthammer verfolgt. Diese drei sollten wir auf Fingerabdrücke und DNS-Spuren untersuchen.« Sie zeigte auf ein Regal in Kopfhöhe. »Und die Helme dort auch.«

Sie griff den ersten Presslufthammer und staunte über das Gewicht. Sie schleppte das Teil bis zu ihrem Wagen. Florian legte den Kofferraum mit Folie aus und hob das schwere Gerät hinein.

»Seit wann ist denn die Bauphase abgeschlossen, in der man einen Presslufthammer benötigt?«, fragte sie die Assistentin, die ihnen gefolgt war.

»Schon seit das Fundament gegossen wurde. Die Geräte benutzt man zur Vorbereitung der Fläche. Vorher stand hier ein anderes Gebäude, es wurde abgerissen.«

»Wir brauchen von allen Bauarbeitern Fingerabdrücke, damit wir feststellen können, wer mit einem Presslufthammer gearbeitet hat«, erklärte Florian.

Die Assistentin nickte. »Das lässt sich bestimmt irgendwie einrichten. Judith war sehr beliebt, auch bei den Arbeitern.«

»Wo hat Frau Haiden eigentlich meistens geparkt?«, wollte Julia wissen.

»Genau da, wo Sie jetzt stehen. Sie parkt immer ganz vorne am Zaun.«

Julias Augen scannten den Schnee ab, als hätte sie die Haut einer Leiche vor sich, die sie auf blaue Flecken und andere Spuren untersuchen musste. Eine Unregelmäßigkeit machte sie stutzig. Es war nur eine kleine

Erhöhung. Vielleicht ein Stein oder ein Holzstück unter der Schneeschicht. Sie wollte sich gerade bücken, als Florians Handy klingelte. Julia drehte sich um. Auf seiner Stirn hatte sich eine dicke Falte gebildet.

»Was ist los?«, fragte sie, als er aufgelegt hatte.

»Annabell Pitschmann ist verschwunden. Ihre Ballettlehrerin hat sie soeben als vermisst gemeldet.«

»Was? Das gibt es doch nicht.« Julia blieb vor Schreck die Luft weg.

»Sie war mit Philip Jablonski verabredet und ist seitdem nicht mehr auffindbar.«

»Den schnappen wir uns jetzt«, sagte Saathoff und stieg in den Dienstwagen.

Julia machte ebenfalls ein paar Schritte auf ihren Golf zu und hielt dann inne. Nur nicht impulsiv werden, dachte sie und ging zurück zu der kleinen Wölbung im Schnee. Vorsichtig fegte sie mit den Fingern den Schnee beiseite. Etwas Silbernes blitzte auf. Julia spürte, wie ihr Herzschlag sich beschleunigte. Sie hatte ein Handy gefunden. Nicht irgendeines. Auf der Rückseite war ein Name eingraviert: Judith Haiden.

37

»Bitte tu das nicht«, flehte Annabell und schloss für einen Moment die Augen. Sie holte tief Luft, als wenn sie den Albtraum dadurch beenden könnte. Aber es half nicht. Das Feuer verbreitete einen derart intensiven Geruch, dass sie ihn nicht ignorieren konnte. Sie schlug die Lider wieder auf.

»Sie hat dir doch nichts getan. Warum tust du das?«, flehte sie erneut, jedoch ohne Gehör zu finden. »Dass ausgerechnet du dahintersteckst!« Annabell zerrte an den Fesseln, die sie an einem Balken festhielten.

»Ich will, dass du genau siehst, was ich aus ihr mache. Denn dasselbe habe ich später mit dir vor.« Er deutete auf zwei Eisblöcke auf dem Boden. Die beiden Hälften eines kalten Grabes.

Annabell kannte den Namen der toten Frau nicht, aber sie hatte sie ein paarmal im Café gesehen. Sie wirkte immer sehr gestresst und hing die Hälfte der Zeit an ihrem Handy. Jetzt war sie tot und steckte in einem Eisblock. Annabells Kehle krampfte sich zusammen. Sie schluchzte auf und konnte die Tränen nicht mehr zurückhalten. Eigentlich wollte sie diesem Mistkerl keine Schwäche zeigen, aber sie schaffte es nicht. Ihre Angst war so groß, dass sie am ganzen Leib zitterte.

»He. Warum weinst du? Du wolltest doch die Primaballerina sein, oder? Vertrau mir. Ich mache dich zu einem Kunstwerk, das die Welt nie vergessen wird.«

Er hielt ihr eine Zeitung vor die Nase. »Siehst du? Sie ist unsterblich.«

»Ich will das nicht. Bitte lass mich gehen«, flehte sie und warf ihm einen hilflosen Blick zu. Aber sie konnte ihn nicht erreichen. Nicht mehr. Sie sah es in seinen Augen, die völlig abgedreht leuchteten. Es war der Wahnsinn, der sie daraus anstarrte. Erneut zerrte sie an den Fesseln.

»Du wirst Athene. Das war die Lieblingstochter des Zeus. Verstehst du? Die *Lieblingstochter*. Niemand wird je wieder vor deiner Nase herumtanzen. Das ist die absolute Hauptrolle. Die Rolle deines Lebens. Die wolltest du doch immer.« Er lächelte. »Und du hast sogar die große Ehre, mir bei der Arbeit zuzusehen. Aber dazu brauche ich Ruhe.« In seinen Augen blitzte das Böse auf. Noch ehe Annabell etwas erwidern konnte, stopfte er ihr einen stinkenden Lappen in den Mund. Der Stoff schmeckte nach Spucke. Sie würgte heftig, denn sie ahnte, wer ihn vor ihr zwischen den Zähnen hatte.

Er wandte sich ab und drehte die Gasflamme auf. Dann bearbeitete er den Eisblock mit der toten Frau. Das Feuer leckte an der glänzenden Hülle. Auf dem Boden breitete sich allmählich eine Pfütze aus. Die halb geöffneten Augen der Frau starrten sie verzweifelt an. Annabell hörte sie rufen. *Bitte hilf mir. Rette mich.* Sie blickte auf die zerschundenen Lippen der Toten und wusste plötzlich, dass diese Frau um ihr Leben gekämpft hatte.

Genau das sollte sie auch tun, und zwar bis zum letzten Atemzug.

38

B*itte, bitte geh an*, dachte Julia und starrte auf das Handy von Judith Haiden. Das immer noch schwarze Display verhieß allerdings nichts Gutes.

»Wir müssen abwarten«, sagte der Computerspezialist der Polizei, dessen Büro zwei Etagen über Florians lag. »Die Feuchtigkeit muss erst vollständig entweichen. Mit ein bisschen Glück funktioniert es dann wieder.«

Julia verdrehte die Augen. Zum Warten blieb keine Zeit. Nervös schaute sie auf die Uhr. Lenja hatte längst mit der Obduktion von Mila Papendieck begonnen. Eigentlich müsste Julia dabei sein. Andererseits war Lenja sehr geschickt, und die Wahrscheinlichkeit war gering, dass der Täter seine Vorgehensweise geändert und Spuren auf der Leiche hinterlassen hatte. Dieser Fall ließ sich, zu Julias großem Bedauern, vermutlich nicht durch eine Autopsie lösen.

Unvermittelt leuchtete das Handydisplay auf.

»Bingo«, sagte der Computerspezialist. »Jetzt muss

ich nur noch den Code knacken. Kleinen Moment.« Er steckte das Handy an ein Kabel. Auf seinem Computerbildschirm öffnete sich ein Programm, das sogleich wilde Zahlenreihen produzierte. Mathematik war nichts, womit Julia sich auskannte. Deshalb blickte sie gebannt auf die Zahlenkolonne, die einen Algorithmus erzeugte, der immer schneller lief und am Ende sechs Zahlen ausspuckte, die auf dem Bildschirm blinkten. Der Computerexperte tippte diese ins Handy und entsperrte es im ersten Anlauf.

»Wow, das ging ja flott«, murmelte Julia beeindruckt.

»Können Sie feststellen, was Judith Haiden zuletzt an ihrem Handy gemacht hat?«, fragte Florian neugierig.

»Na klar.« Der Experte wischte mit dem Finger auf dem Display herum. Fenster öffneten und schlossen sich so schnell, dass Julia es mit den Augen kaum noch erfassen konnte.

»Diese zwei Fotos hat sie aufgenommen«, stellte er schließlich fest und hielt das Telefon hoch. »Ich lade die gleich mal auf den Computer, dann können Sie sie besser sehen.« Innerhalb von drei Sekunden erschien das erste Bild.

»Das ist er. Das muss unser Mann sein, der Schwarzarbeiter, dem Judith Haiden kurz vor ihrem Verschwinden auf der Spur war.« Julia musterte die verschwommene Gestalt mit blauem Helm, Presslufthammer und einem Schal, der das Gesicht verdeckte. Der Mann stand direkt neben Judith Haidens Wagen. Offenbar hatte sie das Foto von oben aus dem Rohbau geschossen.

»Und das zweite Bild?«, fragte Florian angespannt.

Sofort öffnete sich das andere Foto. Dieses Mal eine Nahaufnahme.

»Verdammt. Auch hier hat er sein Gesicht verhüllt. Nicht mal die Haare gucken raus«, stöhnte Florian. »Wir haben ihn und wir haben ihn wiederum doch nicht.« Seine Faust donnerte frustriert auf den Schreibtisch.

»Können Sie die Aufnahme vergrößern?«, bat Julia und kroch fast in den Bildschirm hinein. Das Gesicht war nicht zu erkennen, aber die Augen. Der Computerexperte vergrößerte das Foto.

»Geht es noch mehr? Ich möchte die Augen sehen.« Julia wusste genau, dass Wegner hellblaue Augen hatte. Die auf dem Foto sahen anders aus.

»Grün«, stieß sie hervor. »Das ist nicht Hanjo Wegner. Wir jagen den Falschen.«

Florian blickte sie an. »Verflucht. Es wird Philip Jablonski sein. Er hat grüne Augen. Ich gebe sofort die Fahndung nach ihm raus. Können Sie bitte noch mal das erste Foto zeigen?«

Der Computerexperte tat, wie ihm geheißen. Die erste, etwas unscharfe Aufnahme erschien erneut auf dem Bildschirm.

»Da ist der weiße Lieferwagen«, sagte Florian aufgeregt und tippte mit dem Finger auf den Monitor. »Können Sie das Kennzeichen entziffern?«

Julia kniff die Augen zusammen. Er parkte unmittelbar hinter Judith Haidens Pkw.

»Tut mir leid. Das Auto des Opfers verdeckt das Kennzeichen, es ist überhaupt nicht zu sehen. Wir können jedoch anhand der Form des Daches und der Frontscheibe die Marke des Transporters herausfinden.«

»Machen Sie das. Jablonski hat Zugriff auf einen

Mercedes. Rufen Sie mich an, wenn Sie es herausgefunden haben.« Er blickte zu Julia. »Ich besorge jetzt einen Durchsuchungsbeschluss für diesen Hühnerhof. Parallel nehmen wir uns das Studentenzimmer vor.«

Martin Saathoff kam zur Tür hereingestürzt. Er presste sein Handy ans rechte Ohr und wedelte mit dem linken Arm. Alle Augen richteten sich auf ihn.

»Das war Katharina Polonski, eine Freundin von Annabell Pitschmann und ebenfalls Tänzerin an der Hochschule. Sie weiß, wo sich Philip Jablonski gestern Abend mit Annabell verabredet hat.«

»Wo?«, fragte Florian alarmiert.

Saathoff verzog das Gesicht. »Passenderweise im Skulpturenpark Köln. Der liegt …«

»… nur knapp einen Kilometer vom Ebertplatz entfernt. Linksrheinisch«, beendete Julia Saathoffs Satz.

»Okay. Dann teilen wir uns in drei Mannschaften auf. Martin übernimmt mit ein paar Leuten den Hühnerhof. Ein weiteres Team durchsucht Jablonskis Appartement und ich fahre jetzt in den Skulpturenpark. Die Anlage ist öffentlich zugänglich, dafür brauchen wir keinen richterlichen Beschluss.«

* * *

Die Einsatzkräfte kamen mit fünf Wagen. Florian hatte einen Spürhund organisiert. Der weitläufige Park umfasste drei Hektar Land und stellte Skulpturen von Künstlern aus aller Welt aus. Jedes Jahr zog es Tausende von Besuchern hierher. An diesem Tag jedoch lag der Park jungfräulich unter dem schneeverhangenen Himmel. Die weiße Schicht aus Eiskristallen schien unberührt. Der Wind hatte aufgefrischt und blies eine frostige Kälte in Julias dicke Winterjacke. Da halfen auch der Schal, die Mütze und die gefütterten Lederhandschuhe wenig. Florian wies die Kollegen an, und sie verteilten sich sofort in alle Richtungen. Der Spürhund schnüffelte an einem getragenen Kleidungsstück von Annabell. Julia hoffte, dass der frische Schnee den Geruchssinn des Tieres nicht allzu sehr beeinflusste und sie schnell auf eine Fährte zu dem Mädchen stießen. Warum nur hatte sie sich ein weiteres Mal an einem ähnlich abgelegenen Ort mit diesem Kerl verabredet? Julia stellte sich diese Frage zum hundertsten Mal. Annabell hätte doch klar sein müssen, dass sie sich in Gefahr begab. Julia seufzte und sah sich aufmerksam um. Annabell hatte laut Aussage ihrer Freundin wie beim letzten Mal das Rad genommen. Die erste Aufgabe bestand darin, dieses Fahrrad zu finden. Von dort aus konnte der Polizeihund weitersuchen. Leider hatte der Schnee sämtliche Spuren unter sich begraben. Auch eventuelle Spuren von Jablonskis Wagen.

»Wir haben ihr Fahrrad«, rief eine Polizistin und winkte sie heran.

Sofort rannte Florian los. Gefolgt von dem Hundeführer mit seinem Schäferhund. Julia lief hinterher. Das Rad stand neben einer rechteckigen Skulptur und war mit einem Schloss gesichert. Auf dem Sattel und dem Rahmen türmte sich eine drei Zentimeter hohe Schneeschicht. Der Hund schlug augenblicklich an. Die Nase knapp über dem Boden drehte er sich ein paarmal um sich selbst und preschte los. Wenige Meter weiter hielt er an einem Baum. Das Erste, was Julia auffiel, waren die abgebrochenen Äste im unteren Bereich.

»Kampfspuren«, sagte Florian und machte ein paar Fotos.

Julia hockte sich hin und schob den frischen Schnee weg. Dunkelrote Flecken kamen zum Vorschein.

»Das ist Blut.« Sie nahm eine Probe.

Der Schäferhund schnüffelte abermals aufgeregt. Er setzte sich wieder in Bewegung und rannte auf eine Statue zu, die Julia an einen Baum erinnerte. Sie hetzten hinterher und stoppten, als der Hund sich umdrehte und zurückgelaufen kam.

»Er hat die Spur verloren. Wir versuchen es noch einmal«, schnaufte der Hundeführer und ließ ihn erneut an den Blutflecken schnuppern. Das kräftige Tier spannte die Muskeln an und trabte aufs Neue auf die Statue zu, die nur ungefähr hundert Meter entfernt stand. Der Hund umrundete die Statue und lief weiter in den Park hinein. Die Fläche war riesig. Der Hund blieb ab und zu stehen, sodass Julia jedes Mal Angst hatte, er könnte die Fährte wieder verloren haben. Doch dann flitzte er weiter, an etlichen Skulpturen vorbei, bis zu einem länglichen Schneehaufen, den er unversehens anbellte. Julia stockte der Atem, denn sie ahnte, was sich darunter befand.

Florian, der vor ihr angekommen war, wischte vorsichtig den Schnee ab. Haare kamen zum Vorschein. Ein anderer Polizist eilte ihm zu Hilfe. Gemeinsam befreiten sie die Person vom Schnee. Ein dunkler Lockenkopf wurde sichtbar. Annabell hatte kurzes Haar. Julia sah ihre zierliche Gestalt vor sich. Sie stürzte zu der Person, die keine Regung von sich gab. Das Gesicht war blutleer, die Augen geschlossen. Ein langer, blutiger Schnitt zog sich quer über die Stirn.

Sie hatten nicht Annabell gefunden, sondern Philip Jablonski.

Julia tastete hastig nach dem Puls.

»Er ist an Händen und Füßen gefesselt«, stellte sie überrascht fest und spürte endlich ein schwaches Pulsieren. »Er lebt. Wir brauchen sofort einen Krankenwagen.«

»Suchen Sie weiter. Wir müssen das Mädchen finden«, forderte Florian den Hundeführer auf.

Sie warteten, bis der Schäferhund eine neue Fährte hatte. Schon nach dreißig Metern blieb er stehen und bellte. Florian wühlte an der Stelle im Schnee und beförderte einen roten Lederhandschuh zutage. Ein Polizist kniete sich neben ihn und trug vorsichtig mehr Schnee in der Umgebung ab. Der Hund drehte sich im Kreis. Er hatte die Fährte erneut verloren.

»Das sind Reifenspuren«, sagte der Polizist und sah auf.

»Dann hat der Täter sie hier in seinen Wagen verfrachtet.« Florian stemmte die Arme in die Hüften. »Verdammt. Er kann wer weiß wo mit ihr hingefahren sein.«

Julia hörte nur mit halbem Ohr hin. Sie hockte bei Philip Jablonski und hatte ihre Winterjacke über ihn ausgebreitet. Sein Zustand schien kritisch. Er hatte vermutlich die ganze Nacht lang im Freien gelegen.

»Wir dürfen ihn nicht zu schnell erwärmen«, erklärte sie und brachte Jablonski in die stabile Seitenlage.

»Geben Sie mir eine Decke«, bat sie einen Beamten und sorgte dafür, dass zuerst nur der Oberkörper des Verletzten erwärmt wurde. Solange der Rettungswagen nicht eingetroffen war, musste sie darauf achten, dass kein kaltes Blut aus Armen und Beinen in den zentralen Kreislauf gelangte und so womöglich einen Zusammenbruch auslöste.

Jablonski stöhnte kaum hörbar.

»Hören Sie mich? Philip? Sie sind in Sicherheit.«

Der junge Mann bewegte die Lippen und Julia hielt ihr Ohr so nah wie möglich an sein Gesicht.

»Marlon«, flüsterte er und entglitt erneut in die Bewusstlosigkeit.

»Geben Sie mir Ihre Jacke«, forderte sie den Beamten auf, der die Decke geholt hatte, und verstärkte die wärmende Schicht um Jablonskis Oberkörper.

»Sie werden wieder gesund«, versprach Julia und legte ihm für einen Moment die Hand auf die Wange.

»Sobald er zu Bewusstsein kommt, rufen Sie mich und bringen ihm warmen Tee.« Sie deutete auf die Thermosflasche, aus der der Polizist gerade trank. Sofort nahm er sie von den Lippen und nickte.

»Wir suchen einen gewissen Marlon«, rief Julia Florian zu, der in einiger Entfernung hektisch telefonierte und diverse Anweisungen erteilte.

»Was?« Er ließ das Handy sinken und blickte Julia erstaunt an.

»Jablonski kam eben kurz zu sich. Er hat einen Namen genannt: Marlon.«

»Verdammt. Das sagt mir auf Anhieb gar nichts. Mehr hat er nicht gesagt?«

Julia schüttelte den Kopf. »Nein. Sein Zustand ist wirklich kritisch. Er ist schwer unterkühlt. Wenn der Rettungswagen eintrifft, braucht er warme Infusionen.

Dann kommt er hoffentlich bald wieder zu sich und kann uns den vollständigen Namen verraten.«

»Wie lange dauert das denn?« Eine dicke Sorgenfalte erschien auf Florians Stirn.

»Er muss langsam erwärmt werden, ansonsten könnte er einen Kreislaufschock bekommen und sterben. Ich kann es leider nicht genau sagen und darf auch nicht riskieren, ihn jetzt aufzuwecken. Ich bin keine Notärztin, sondern Rechtsmedizinerin.« Sie verkniff es sich, zu erklären, dass sie nur über dürftige Erfahrung in der Behandlung von Lebenden verfügte.

Sie würden warten müssen. Etwas anderes blieb ihnen nicht übrig.

Doch die Uhr tickte. Gegen sie und das Leben von Annabell sowie der Architektin.

39

»Ich wünschte wirklich, ich könnte Ihnen helfen. Aber hier studiert kein Marlon mit grünen Augen.« Madame Bonnets Stimme knatterte durch den Lautsprecher.

Julia schwirrte der Kopf. Sie verfolgte das Gespräch nur halbherzig. Sie hatten sich in Florians Büro versammelt. Lenja hatte die Obduktion von Mila Papendieck wie befürchtet ohne neue Erkenntnisse abgeschlossen und war ihnen zu Hilfe geeilt. Gemeinsam durchforsteten sie alle Akten und gingen sämtliche Details noch einmal durch, während Florian mit Madame Bonnet und einem Vertreter der Hochschulleitung telefonierte. Er hatte das Telefon auf laut gestellt, damit sie mithören konnten. Martin Saathoff hockte vor seinem Bildschirm und wertete mit einem Experten die Kameraaufnahmen der letzten Nacht aus, die sie aus der Umgebung des Skulpturenparks aufgetrieben hatten. Allerdings waren es nicht sonderlich viele. Es gab dort nur einen Blitzer und ein Parkhaus, das über Kameras verfügte.

Es war ein reiner Nervenkrieg. Marlon war ein Phantom. Inzwischen fragte Julia sich, ob sie sich verhört hatte. Wieder und wieder versuchte sie, sich an Philips geflüstertes Wort zu erinnern. Es blieb bei Marlon.

Der junge Tänzer war noch immer ohne Bewusstsein, sein Zustand kritisch, aber stabil. Fünf Stunden waren seit seinem Auffinden vergangen. Fünf Stunden hektischer und fieberhafter Suche. Stunden, die Judith Haidens und Annabell Pitschmanns Tod bedeuten konnten.

»Und es gab auch in der Vergangenheit keinen Studenten mit diesem Namen?« Florian gab nicht auf.

»Wir hatten sogar zwei mit Vornamen Marlon in den letzten zwei Jahren, jedoch nicht mit grünen Augen. Ich schicke Ihnen gerne die Kontaktdaten.«

»Tun Sie das. Danke.«

»Sonst fragen Sie doch bitte auch mal in dem Künstlercafé gleich am Campus nach. Dort treffen sich die jungen Leute sehr häufig. Vielleicht heißt einer der Kellner ja Marlon oder jemand kennt diesen Marlon mit grünen Augen.«

Florian legte auf und wählte sofort die Nummer des Cafés. Julia studierte weiter die Unterlagen.

»Das dritte Opfer hat doch ein Interview in diesem Café gegeben«, rief Lenja unvermittelt.

Julia sah auf. »Ja. Das stimmt. Mila Papendieck wurde Zweite bei einem Gesangswettbewerb.«

»Und da sind Sie sicher? ... also arbeitet bei Ihnen niemand namens Marlon?« Florian knallte den Hörer auf die Gabel, während Julia das Interview schon aufgeschlagen hatte. Der Artikel enthielt zwei Fotos. Eines im

Inneren des Cafés, und das zweite zeigte Mila dabei, wie sie sich auf dem Bürgersteig davor mit Straßenmusik Geld verdiente. Ein Mechanismus setzte in Julias Gehirn ein. Sie nahm Stück für Stück das Interview auseinander. Plötzlich hatte sie eine Idee.

»Sind das alle Bilder?«

»Wieso?«

»Sieh mal hier.« Julia deutete auf einen jungen Mann, der im Hintergrund saß und Mila Papendieck auffällig anstarrte.

»Ich frage mich immer noch, wie der Täter seine Opfer findet. Und vielleicht tut er das ja genau in dem Moment, wo Mila Papendieck als Zweitplatzierte interviewt wird. Dieses Café ist sehr beliebt und hat viele Stammgäste. Der Täter hätte damit genügend Zeit gehabt, um dort ein potenzielles Opfer zu beobachten und auszusuchen.«

»Ich mache mich gleich auf den Weg zum Café, um das Personal und die Gäste nach einem Marlon zu befragen. Willst du mitkommen?«, fragte Florian.

Julia schüttelte nachdenklich den Kopf. »Nein, warte noch. Darf ich mal an deinen Computer?«

Florian nickte und machte Julia Platz. Sie gab einen Namen in die Suchmaske ein, anschließend wählte sie eine Telefonnummer. Als die Journalistin sofort abhob, atmete Julia erleichtert auf.

»Mein Name ist Julia Schwarz. Ich bin Rechtsmedizinerin und unterstütze die Kriminalpolizei bei Ermittlungen. Ich weiß nicht, ob Sie es in der Zeitung gelesen haben. Mila Papendieck ist letzte Woche getötet worden und Sie haben sie erst vor Kurzem interviewt, richtig?«

»Du liebe Güte. Ja, ich habe davon gehört und ich

bin total schockiert. Sie war eine so aufgeschlossene und lebensfrohe junge Frau. Das tut mir so leid.« Die Frau am anderen Ende seufzte. »Wie kann ich Ihnen denn helfen?«

»Gibt es noch weitere Fotografien von Mila Papendieck und dem Café, die vielleicht nicht veröffentlicht wurden?«

»Da muss ich nachschauen. Normalerweise macht unser Fotograf immer eine ganze Reihe von Aufnahmen, aus denen wir anschließend die besten auswählen.«

Julia hörte die Journalistin auf der Tastatur ihres Computers klimpern. Nervös leckte sie sich über die Lippen.

»Geben Sie mir Ihre E-Mail-Adresse? Ich schicke Ihnen alle Fotos sofort zu.«

Julia diktierte ihr Florians Adresse, bedankte sich und legte auf. Dann starrten sie auf den Computer. Nach endlos erscheinenden Minuten poppte die Nachricht auf. Sie enthielt zehn Fotos. Julia klickte das erste Bild an und rückte ihre Brille zurecht. Mila Papendieck saß lächelnd im Café. Sie war ein sehr hübsches Mädchen. Kein Wunder, dass ein Kerl im Hintergrund sie mit offenem Mund anstarrte. Julia öffnete das nächste Foto. Lenja Nielsen setzte sich zu ihnen und musterte die Aufnahme ebenfalls.

»Glauben Sie, es könnte dieser Mann dort sein?«

»Keine Ahnung«, sagte Florian seufzend.

»Das wäre pure Spekulation«, gab auch Julia zu. »Ich hatte gehofft, einen Hinweis zu finden. Vielleicht einen Mann mit grünen Augen. Ich weiß es nicht. Aber irgendwie muss der Täter seine Opfer auswählen und so ein Künstlertreffpunkt erscheint mir ideal.« Julia erinnerte sich an das Treffen mit Annabell. Sie waren schon wieder auf dem Weg nach draußen, als Julia die Statue der griechischen Göttin entdeckt hatte. Und da war noch etwas gewesen. Ein Halbsatz, der die ganze Zeit in ihrem Unterbewusstsein geschlummert hatte und gerade erst an die Oberfläche zurückkehrte. Eine andere Studentin hatte an Annabells Tisch gestanden und ihr verkündet, dass sie die Hauptrolle für ein Ballettstück bekam und nicht Annabell. Das könnte der Täter mitbekommen haben. Gleiches galt für Milas Interview. Wenn er an diesem Tag in dem Café war, dann wären sie ein ganzes Stück weiter. Doch sie hatten bis auf die Augenfarbe keine weiteren Anhaltspunkte. Julia klickte die nächsten Bilder an. Mila sammelte auf der Straße vor dem Café Geld ein. Etwas Weißes am rechten Bildrand ließ sie aufmerken. Erwartungsvoll öffnete sie das nächste Foto, es zeigte dieselbe Szene aus einer anderen Perspektive. Lenja schnellte nach vorn. Sie sah es also auch.

»Wir haben ihn«, stieß Julia aus, und Florian sprang auf.

»Da parkt ein weißer Lieferwagen am Straßenrand vor dem Café.« Florian griff zu seinem Autoschlüssel. Genau im selben Moment stürmte ein Beamter zur Tür herein.

»Ich konnte das Modell des Transporters auf Judith Haidens Foto identifizieren. Es handelt sich um einen französischen Hersteller, und davon gibt es auf unserer Liste der in Köln gemeldeten Wagen nur fünf Stück.«

Julia erhob sich ebenfalls und sah dem Beamten tief

in die Augen. »Lassen Sie mich raten. Eines der Kennzeichen lautet: K-MS-2478.«

»Woher wissen Sie das?«

Julia tippte auf den Monitor. »Wie heißt der Fahrzeughalter? Schnell!«

»Marlon Stoffels, die Meldeadresse habe ich gerade Florian Kessler geschickt«, antwortete er mit einem Nicken in Florians Richtung. Der hielt sein Smartphone hoch und stürmte aus dem Raum.

40

Der Name Marlon Stoffels tauchte auf keiner einzigen Liste der Hochschule für Musik und Tanz auf. Er stand auch nicht auf der Gehaltsliste des Künstlercafés. Dafür war er umso aktiver im Internet, wo er sich als Bildhauer darstellte mit falschem Lebenslauf und Auszeichnungen, die er nie erhalten hatte. Der Zweiunddreißigjährige lebte mit seiner Mutter auf einem Bauernhof im südwestlichsten Zipfel von Köln und war bisher polizeilich nicht in Erscheinung getreten. Mehr hatten sie in der Kürze der Zeit nicht herausfinden können. Die Informationen kamen telefonisch bei ihnen im Auto an, während sie auf dem Weg zu Stoffels' Adresse waren. Ein Sondereinsatzkommando hatte inzwischen das Gehöft eingekreist. Die Anzahl der Gebäude war überschaubar. Es gab nur ein Haus und dahinter eine Scheune. Auf dem Hof parkte der weiße Lieferwagen, nach dem sie so lange gefahndet hatten.

Julia musste mit Lenja im Auto bleiben, damit sie

den schwer bewaffneten Polizisten nicht in die Quere kamen. Doch als alle in den Gebäuden verschwunden waren, hielt sie es einfach nicht mehr aus.

»Lass uns hinterhergehen«, schlug sie vor, und Lenja zögerte keine Sekunde.

Sie huschten über die schneebedeckte Einfahrt und betraten das Haus, das bereits etliche Jahrzehnte auf dem Buckel hatte. Eine unangenehme Erinnerung an Jablonskis Hühnerhof überfiel Julia für einen Moment. Sie schob den Gedanken sofort beiseite. Hier ging es um das Leben zweier Frauen. Jetzt musste es schnell gehen. Beim Eintreten hörten sie schwere Stiefel die Treppen zum Dachgeschoss hinaufstürmen. Julia wollte den Einsatzkräften nicht im Weg stehen, also blieb sie unten und schaute sich um. Sie befand sich mit Lenja im Flur. Es brummte über ihren Köpfen. Julia machte ein paar Blechröhren aus. Geradeaus sah sie eine kleine, heruntergekommene Küche. Der Teppich in der Mitte starrte vor Dreck. Julia bog nach rechts ab. Dort lag das Wohnzimmer, ein fast leerer Raum mit Fernseher und einer abgewetzten Couch. Im Flur gegenüber war die Wand mit Isoliermaterial verkleidet. Es sah aus wie auf einer Baustelle. Saathoff stand dort wie versteinert im Türrahmen zu einem weiteren Zimmer.

»Haben Sie die Frauen?«, fragte Julia und mühte sich, über seinen breiten Rücken zu schauen, doch der Mann war ein Riese im Vergleich zu ihr. Noch immer rührte er sich nicht. Sie tippte ihn an die Schulter, und endlich kam Bewegung in seinen massigen Körper.

»Nein«, erwiderte er und gab den Blick ins Zimmer frei. »Wir haben das da gefunden.« Sein Finger schnellte in die Höhe und deutete auf eine Skulptur an der gegenüberliegenden Wand.

»Du meine Güte, wer ist das?«, fragte Julia entsetzt und spürte auf einmal die Kälte, die ihr aus dem Raum entgegenschlug. Sie zwängte sich an Saathoff vorbei und blieb vor dem glänzenden Objekt stehen. Eine fremde Frau starrte leblos durch eine dicke Eisschicht. Sie war älter als die anderen Opfer und trug auch kein weißes Kleid. Julia registrierte einen Rock aus grobem, grauem Stoff. Eine altmodische Bluse mit Blumenmuster und einen Hut, der aus den Sechziger- oder Siebzigerjahren stammen musste. Darunter lugten ein paar graue Haarsträhnen hervor.

»Dem Alter nach zu urteilen, könnte sie Marlon Stoffels' Mutter sein.«

Lenja schlug sich die Hand vor den Mund. »Er hat seine eigene Mutter eingefroren?«

»So sieht's aus«, murmelte Saathoff. Sein Funkgerät knisterte.

»Dachboden sauber«, knatterte eine Stimme aus dem Gerät. »Wir riegeln jetzt ab.«

»Okay«, gab Saathoff durch und schaltete auf einen anderen Kanal. »Alpha eins. Status.«

Florians Stimme ertönte: »Scheune umzingelt. Täter bewaffnet. Wir gehen gleich rein. Es …«

Ein Schuss knallte ohrenbetäubend durch die Luft. Der Funkkontakt brach ab. Draußen schrien mehrere Einsatzkräfte durcheinander. Julia duckte sich instinktiv. Wieder Schüsse. Dann ein lang gezogener Schrei, der im Gebrüll der Beamten unterging. Saathoff schob sich schnaufend an ihr vorbei und rannte durch den Hinterausgang ins Freie. Julia folgte vorsichtig. Sie konnte die

Situation noch nicht richtig einschätzen. Lenja heftete sich stumm an ihre Fersen.

»Wir brauchen einen Krankenwagen«, hörte Julia jemanden brüllen und näherte sich mit rasendem Herzen einer Gruppe Polizisten, alle das Gewehr im Anschlag. Mittendrin erblickte sie Florian. Er kniete über einem Mann am Boden. Blut färbte den Schnee rot. Julia drängte sich durch die umstehenden Polizisten und riss hastig den Gürtel aus den Schlaufen ihrer Hose. Offenbar war die Arterie am Oberschenkel getroffen. Sie legte das Leder um das verletzte Bein.

»Wir müssen die Blutung stoppen, sonst stirbt er«, sagte sie und zog den Gürtel fest an. Der Mann unter ihr wimmerte. Sie verspürte jedoch kein Mitleid mit ihm. Marlon Stoffels verdiente keines.

»Wo sind die Frauen?«, fragte sie, als sie mit der Erstversorgung des Angeschossenen fertig war, und blickte von Stoffels zu Florian.

»In der Scheune.« Florians Blick sagte mehr als tausend Worte. Julia sprang auf. Sie wollte nicht glauben, dass es zu spät war. In der Scheune erblickte sie als Erstes eine Eisskulptur. Artemis, die Göttin der Jagd, starrte sie aus Judith Haidens Augen an. Für sie kam jede Hilfe zu spät. Daneben auf dem Boden lagen zwei Eisblöcke und auf dem linken Annabell Pitschmann. Sie trug ein weißes Kleid und sah aus, als schliefe sie nur. Julia schluckte und stürzte zu ihr. Sie tastete nach dem Puls, konnte ihn jedoch nicht finden.

»Das habe ich schon gemacht. Sie ist tot«, sagte ein Polizist mit rauer Stimme.

Julia ignorierte seine Worte. »Helfen Sie mir, sie auf

eine Decke oder, nein, besser schnell auf Ihre Jacke zu legen.«

Er sah sie irritiert an, zog jedoch seine Jacke aus und breitete sie auf dem Boden aus. Vorsichtig hoben sie den kalten Körper vom Eisblock und betteten ihn auf die warmen Daunen.

Julia kannte sich zwar in der medizinischen Versorgung von Lebenden nicht so gut aus, aber dafür wusste sie umso mehr, wie der Tod aussah. Sie musterte Annabell. Blasse, kaum durchblutete Haut. Keinerlei Totenflecken. Keine Starre. Allerdings alle vitalen Lebenszeichen heruntergefahren. Doch davon ließ Julia sich nicht täuschen.

Annabell Pitschmann war nicht tot.

Noch nicht.

Sie atmete äußerst schwach, aber sie atmete. Ihr Puls klopfte kaum merklich in der zart sichtbaren Halsschlagader, aber er war da, wenn man wusste, wie genau man ihn erspüren konnte. Kein Wunder, dass der Polizist sie für tot gehalten hatte.

»Rufen Sie einen weiteren Rettungswagen. Nun machen Sie schon. Sie lebt noch.«

Lenja hatte geistesgegenwärtig ihren Wintermantel ausgezogen. Sie bedeckten Annabells Oberkörper damit, Arme und Beine ließen sie frei. Julia legte ihre eigene Jacke zusätzlich oben auf. Vorsichtig tätschelte sie die Wangen des Mädchens.

»Annabell. Können Sie mich hören?«

Ihre Lider zuckten kurz. Ansonsten zeigte sie keinerlei Reaktion. Julias Magen zog sich krampfhaft zusammen. Jeder konnte sehen, dass es schlecht um die junge Frau stand. Das Martinshorn kündigte den ersten

Rettungswagen an und Julia lief hinaus auf den Hof und wedelte mit den Armen.

»Kommen Sie zuerst hierher«, rief sie und lotste die Notärztin zu der stark unterkühlten Patientin. »Sie muss sofort Infusionen bekommen. Bis ins Krankenhaus schafft sie es sonst nicht mehr.«

Die Ärztin legte in weniger als dreißig Sekunden einen Zugang auf Annabells Handrücken und schloss einen Infusionsbeutel an.

»Ab ins Krankenhaus«, befahl sie.

Zwei Rettungssanitäter hoben das halb tote Mädchen auf die Liege und rannten mit ihr hinaus. Julia blieb atemlos zurück. Lenja stand stocksteif neben ihr. Offenbar überfordert von der Situation. Florian kam herbeigeeilt und musterte sie besorgt.

»Alles okay?« Florian hielt ihr ein Taschentuch hin. Erst jetzt fiel Julia auf, dass sie voller Blut war. Sie versuchte es abzuwischen, doch es klebte an ihr.

»Wird sie durchkommen?«, fragte Florian.

»Ich weiß es nicht«, gestand Julia. »Ich hoffe es. Das Mädchen ist durchtrainiert und gesund. Die Chancen stehen gut.« Julia warf das blutige Tuch beiseite. »Wie geht es Stoffels?«

»Er jammert ohne Ende, und das, obwohl er mit keinem seiner Opfer nur einen Funken Mitleid hatte.«

Julia ging nach draußen und sah, wie er in den zweiten Rettungswagen verfrachtet wurde. Florian kam langsam hinterher.

»Es ist so traurig, dass Judith Haiden es nicht geschafft hat«, flüsterte sie und blickte ihn an. »Hast du ihre aufgeplatzten Lippen gesehen? Ich denke, das war ein Fausthieb. Und dann die vielen Kratzer an ihren

Armen. Sie hat bis zum Schluss gekämpft. Und sie hat uns letztendlich mit dem Foto von ihrem Handy auf Stoffels' Fährte gebracht.«

»Wir waren nicht schnell genug«, erwiderte Florian tonlos.

Saathoff erschien mit hochrotem Kopf in der Hintertür des Hauses. »Wir haben einen Keller gefunden«, rief er aufgeregt und winkte. »Das musst du dir ansehen, Florian.«

Der Teppich in der Küche lag zusammengerollt neben einer geöffneten Falltür. Julia stieg nach Florian und Saathoff in den hell erleuchteten Keller hinab. Es stank nach verdorbenem Essen und Fäkalien. Julia bemerkte Abschabungen an einem Holzbalken, die von Fesseln herrühren konnten.

»Hier hinten«, sagte Saathoff und schritt durch den ersten Raum, der voller Technik war. Julia tippte auf eine Kälteanlage, die das Zimmer von Stoffels' Mutter in eine Kühlzelle verwandelte. Mehrere Kühlaggregate reihten sich aneinander.

»Das Haus ist komplett unterkellert«, fuhr Saathoff fort und leitete sie in einen schmalen Flur und dann in den nächsten Keller. Es war eiskalt. Überall an den Wänden hingen Fotos: Jette Höffner auf der Bühne. Im Café. Angekettet in der Scheune. Mit angstvoll aufgerissenen Augen. Jette Höffner splitternackt, den Blick schamvoll zu Boden gerichtet. Jette in einem weißen Kleid. Mit einem Spiegel in der Hand. Ein letzter lebloser Blick. Jette Höffner im Wasser. Im Eis. Gefangen in der Skulptur. Die gleichen Aufnahmen folgten von den anderen Opfern, mit leichten Unterschieden. Carola Schwennig mit einem Model auf dem

Laufsteg. Mila Papendieck im Fernsehen, wo sie vor einem Millionenpublikum sang. Judith Haiden bei der Besichtigung des Rohbaus und Annabell beim Tanzen auf einer kleinen Bühne gemeinsam mit Katharina, deren Gesicht mit einem roten Kreuz durchgestrichen war.

»Der Kerl ist eindeutig verrückt«, stöhnte Florian.

»Er hat Tagebuch geführt.« Saathoff hielt ein abgegriffenes Buch hoch. »Soweit ich das überblicke, hat er jedes Detail aufgeschrieben. Es beginnt mit Darstellungen griechischer Göttinnen.« Saathoff schlug das Buch auf und hielt es Florian hin. »Zehn Skulpturen wollte er erschaffen.«

Florian starrte sekundenlang auf die aufgeschlagene Seite, bevor er umblätterte und anfing zu lesen. Nach einer Weile sah er auf.

»Du meine Güte. Er wollte Kunst studieren und wurde von sämtlichen Hochschulen abgelehnt.« Er deutete auf ein Regal, auf dem zehn kleine Skulpturen standen. Allesamt Abbilder griechischer Göttinnen. »Er hatte offensichtlich schon immer eine Vorliebe für griechische Mythologie. Als er nirgendwo unterkam, hat er es auf eigene Faust versucht und Skulpturen aus Sandstein gehauen. Alle Versuche, sie in Ausstellungen unterzubringen, scheiterten. Das hat ihn anscheinend extrem mitgenommen.« Florian blätterte weiter. »Hier, er hat sogar die Antwort eines Kurators eingeklebt. Er schreibt, dass er mangels Fertigkeiten und Kreativität nicht aufgenommen werden kann. Oje. Die Absage ist nicht sehr nett formuliert. Stoffels' Figuren wären die schlechtesten Arbeiten, die ihm je untergekommen seien. Eine Beleidigung der Götter, ohne Glanz, keinerlei Ausstrahlung und voller Makel.« Florian schüttelte den Kopf. »Himmel. Es wird uns einige Stunden kosten, diesen ganzen kranken Mist zu lesen.«

»Der Kerl wird jedenfalls den Rest seines Lebens im Knast schmoren«, stellte Saathoff fest.

»Oder in der Psychiatrie«, warf Julia ein und betrachtete erneut die Fotos der ermordeten Frauen an der Wand, bis ihr Blick auf einen Haufen Kleidungsstücke in der Ecke fiel.

»O nein. Sind das die Sachen der Opfer?« Julia schluckte, sie zählte zwei Jeanshosen, einen Rock, diverse Oberteile, fünf BHs und mehrere Schmuckstücke. Hoffentlich kommt Annabell durch, dachte sie und wandte sich ab, weil ihr schwindlig wurde. Sie wollte nur noch eines: fort von diesem Ort des Grauens.

41

Es roch stark nach Desinfektionsmittel. Florian mochte Krankenhäuser nicht. Seine Schuhe quietschten auf dem blanken Linoleum. Saathoff schnaufte hinter ihm. Er wusste, dass er zu schnell für ihn lief, aber seit der Arzt grünes Licht für die Vernehmung von Marlon Stoffels gegeben hatte, konnte er es nicht erwarten, in sein Krankenzimmer zu kommen. Vor der Tür hielten zwei Polizisten Wache. Florian zeigte seinen Dienstausweis und öffnete die Tür.

Marlon Stoffels sah aus, als ob er kein Wässerchen trüben könnte. Aber Florian wusste, dass es anders war. Die letzten beiden Tage hatten sie damit verbracht, Stoffels' Tagebuch zu lesen und sein Haus zu durchsuchen. Kein Stein war mehr auf dem anderen geblieben.

»Wie geht es Ihnen?«, fragte er, obwohl er liebend gerne sofort auf den Punkt gekommen wäre. Doch er musste die Form wahren und durfte den Mann vor allen Dingen nicht gleich in die Enge treiben. Bisher hatte er kaum gesprochen. Sie brauchten ein Geständnis. Also schluckte Florian seine Wut über die sinnlosen und brutalen Morde hinunter. Er wollte so viele Details wie möglich aus Stoffels herausholen und nicht riskieren, dass dieser dichtmachte und womöglich gar nicht mehr redete.

»Wie soll es mir mit einer Schusswunde im Oberschenkel schon gehen?«, jammerte Stoffels, und Florian ballte die linke Faust. In der anderen hielt er das Tagebuch.

»Haben Sie Schmerzen?«, fragte Saathoff. Er stimmte in dieses Spiel mit ein. Darauf hatten sie sich im Vorfeld geeinigt.

»Ein bisschen. Die Ärzte haben mich mit Medikamenten vollgepumpt. Kein Wunder. Die Kugel musste rausoperiert werden.« Stoffels schlug die Bettdecke zur Seite und zeigte seinen Verband.

Florian zwang sich, nicht wegzuschauen. Es war ihm egal, ob dieser Mann Höllenqualen litt. Er hatte es nicht anders verdient. Die Gesichter der vier toten Frauen geisterten Tag und Nacht durch seinen Kopf. Immer wieder fragte er sich, ob er sie nicht hätte retten können.

»Wir haben einige Fragen an Sie.« Er tippte auf das Tagebuch.

»Was wollen Sie denn wissen?«

»Erklären Sie uns doch zuerst einmal, warum Sie diese Frauen umgebracht haben.« Florian zog einen Stuhl heran und setzte sich. Saathoff stand am Fenster, er würde sich zunächst zurückhalten und nur zuhören.

Stoffels richtete sich in seinem Bett auf und sah Florian mit funkelnden Augen an. »Ich habe ihnen nur geholfen. Verstehen Sie das nicht?« Stoffels gestikulierte mit den Händen in der Luft. »Es waren Verliererinnen.

Niemand hat in ihnen das Besondere gesehen. Niemand, außer mir. Wissen Sie eigentlich, wie es ist, immer in der zweiten Reihe zu stehen? Ich bin Künstler. Ich schaffe aus etwas Unvollkommenem das absolut Vollkommene. Durch mich sind diese unsichtbaren Frauen zum Auftritt ihres Lebens gekommen. Durch mich wurden sie endlich als das erkannt, was sie sind. Ich habe sie in Göttinnen verwandelt. In einzigartige Wesen in einer glänzenden Hülle. Niemand geht nun noch einfach so an ihnen vorbei. Sie bleiben unvergessen.«

Florian war für einen Moment sprachlos. Er hatte sich keinen Illusionen hingegeben. Ein Psychiater hatte bereits einen Blick in Stoffels' Tagebuch geworfen. Doch dieses Monster hier vor ihm schien mehr als verrückt zu sein. Verrückt und größenwahnsinnig wäre wohl die passende Beschreibung.

»Gut«, erwiderte Florian und holte tief Luft. »Sie haben diese Frauen also getötet, weil Sie ihnen helfen wollten?«

»Richtig. Jetzt stehen sie in der Zeitung, und zwar ganz vorne. Vorher mussten sie sich mit der Nebenrolle zufriedengeben.«

»Okay. Warum mussten es denn griechische Göttinnen sein?«

Stoffels blickte ihn verwundert an. »Das wissen Sie nicht? Griechische Göttinnen überdauern alle Zeit. Ihre Schönheit und ihr Ansehen sind unsterblich. Ich wollte zehn Göttinnen schaffen, denn die Zahl zehn symbolisiert die Göttlichkeit. Sie steht für die Vollständigkeit. Zehn Namen Gottes, zehn Erzengel.«

Florian spitzte die Lippen. »Ist es nicht eher so, dass

Ihre Mutter ein Parfüm mit dem Namen Aphrodite benutzt hat und Sie deshalb auf diese Idee gekommen sind? Zufälligerweise stellt der Hersteller dieser Parfümserie genau zehn verschiedene Duftrichtungen her, benannt nach den bekanntesten griechischen Göttinnen.«

Stoffels funkelte ihn böse an. »Sie wissen gar nichts. Troja wurde neun Jahre von seinen Feinden belagert und fiel im zehnten. Odysseus wanderte neun Jahre durch die Welt und kehrte im zehnten heim. Die Olympier kämpften zehn Jahre unter Zeus gegen die Titanen. Ich könnte die Aufzählung unendlich fortführen.«

»Also gut.« Florian hob beschwichtigend die Hände. Stoffels redete sich in Rage. Er musste ihn dringend in eine andere Richtung lenken. Griechische Mythologie würde sie sowieso nicht weiterbringen.

»Fangen wir mit Jette Höffner an. Warum musste diese Frau sterben?«

Stoffels blinzelte mehrfach. Der plötzliche Themenwechsel schien ihn zu irritieren. Doch dann lächelte er. »Sie ist wunderschön, nicht wahr? Ich habe sie im Künstlercafé kennengelernt. Ein großes Talent, aber leider spielte sie nur unbedeutende Nebenrollen. Sie dachte, ich wäre Regisseur. Ich wollte ihr unbedingt helfen und habe ihr eine Hauptrolle versprochen. Die hat sie auch bekommen.«

»Hatten Sie denn gar kein Mitleid?«

Stoffels winkte ab. »Ach herrje. Wieso Mitleid? Okay, sie hat ein wenig gezittert. Sie kennen doch die Aufregung von Schauspielern direkt vor dem Vorsprechen. Natürlich war sie nervös. Das ist ganz normal.«

»Sie war nicht nervös. Sie hatte Todesangst. Sie

haben sie gefesselt und mit Medikamenten ruhiggestellt.«

Stoffels zuckte mit den Schultern. »Manche Menschen müssen eben zu ihrem Glück gezwungen werden.«

»Sie geben also zu, dass Sie Jette Höffner gewaltsam verschleppt und anschließend ermordet haben?«

Stoffels verdrehte die Augen, als wäre Florian schwer von Begriff. »Ich habe sie verwandelt. In etwas Wunderschönes. So, wie Sie es aussprechen, hört es sich irgendwie böse an.«

Florian konnte den Mann nicht länger ansehen. Er senkte den Blick und öffnete das Tagebuch. »Bei Carola Schwennig haben Sie sich als Berater für Modedesign mit exzellenten Kontakten in der Branche ausgegeben, wenn ich das richtig verstehe. Sie haben sich mit ihr im Café verabredet und ihr eine kostenlose Beratung versprochen. Als Nächstes boten Sie ihr an, sie nach Hause zu fahren. Dort ist sie jedoch nie angekommen, richtig?«

»Ja. Es lief immer nach dem gleichen Schema ab. Die Frauen sind mir fast alle freiwillig gefolgt. Sie wollten den Ruhm. Und ich habe ihnen diesen Wunsch erfüllt. Die eine wollte ihre Modekollektion auf die Laufstege dieser Welt bringen, die kleine Mila verzehrte sich nach einem Plattenvertrag. Ich habe an dem Tag, an dem sie von einem Magazin interviewt wurde, zufällig im Café gesessen. Dieser Ort hat eine wundervolle Atmosphäre, wissen Sie? Na ja. Ein Wort reichte, und schon stieg sie in mein Auto. Es hat sie noch nicht einmal gewundert, dass ich mit einem Lieferwagen dort war.« Er verzog abfällig die Lippen über die Naivität der jungen Frau und Florian wäre ihm am liebsten an die Gurgel gesprungen.

»Mit Judith Haiden hatten Sie es aber nicht ganz so leicht, oder?«

Stoffels' Augen wurden kalt. »Nein«, brummte er. »Sie wollte davonlaufen. Ich musste sie stoppen. Ihre aufgesprungenen Lippen hätten beinahe mein Kunstwerk verdorben. Ich hatte von ihr aus der Zeitung erfahren. Sie hatte noch nie einen Architekturwettbewerb gewonnen, obwohl sie es seit Jahren versucht hatte. Aber auf ein Beratungsangebot von mir ist sie nicht eingegangen. Deshalb blieb mir nichts anderes übrig, als sie direkt von der Baustelle in den Wagen zu ziehen.« Er intensivierte seinen Blick. »Was ist mit der zarten Annabell? Lebt sie noch? Sie sollte meine Krönung werden.«

Florian spürte einen Stich in der Brust. Er ging nicht auf die Frage ein, sondern schlug die nächste Seite in Stoffels' Tagebuch auf.

»Sie wollten doch eigentlich Katharina haben, richtig?«

Stoffels schüttelte heftig den Kopf. »Nein. Katharina brauchte meine Hilfe nicht. Nicht mehr.« Er zuckte bedauernd mit den Schultern. »Darum habe ich sie nicht genommen. Obwohl wir an diesem Abend eine Verabredung hatten. Es wäre ein Leichtes gewesen.« Er zwinkerte und zog die Augenbrauen hoch. »Die Kleine fand mich toll. Aber als sie mir berichtete, dass sie die Rolle der Primaballerina tanzen darf, fiel meine Wahl auf Annabell. Es war nicht besonders schwierig, herauszufinden, wo ich sie finden konnte. Katharina ist ein Plappermaul. Eine unauffällige Frage genügte, und sie hat mir haarklein erzählt, wo Annabell an diesem Abend war und dass sie sich mit Philip treffen wollte. Ich habe die beiden in Empfang genommen. Sie waren draußen. Allein. Mitten in der Nacht, in einem Park, wo sie keiner hören konnte.«

Florian schwieg. In seinen Adern pumpte das Blut. Das eben Gehörte konnte er nur schwer verdauen. Doch er musste seinen Job richtig machen.

»Warum haben Sie Ihre Mutter nicht beerdigt? Konnten Sie auf ihre Rente nicht verzichten?« Stoffels' Mutter war am Morgen obduziert worden. Die Siebzigjährige war an einem Schlaganfall verstorben. Eine Fremdeinwirkung hatte Julia ausgeschlossen. Stoffels' Mutter war nach wie vor unter ihrer Adresse gemeldet. Niemandem war aufgefallen, dass sie bereits seit einem halben Jahr tot war.

Stoffels' Miene versteinerte sich. Endlich sah Florian eine andere Reaktion als Freude und Triumph. Der Schmerz über den Verlust stand dem Mistkerl ins Gesicht geschrieben. Er knetete die Hände und senkte den Blick.

»Ich konnte sie nicht beerdigen.«

Florian wusste, dass Stoffels extrem an seiner Mutter gehangen hatte und weiterhin Gespräche mit ihr führte. Er tat so, als wäre sie noch am Leben. Jedes Wort dieser irrealen Dialoge hielt er in seinem Tagebuch fest. Der Psychiater hatte sofort eine Obsession vermutet.

»Und deshalb haben Sie Ihre Mutter in eine Eishülle verfrachtet und aus ihrem Zimmer eine Tiefkühltruhe gemacht?«

»Reden Sie nicht so von ihr!«

»Wie soll ich denn von ihr reden? Ihre Mutter hat

doch noch mit Ihnen gesprochen. Zumindest haben Sie sich das eingeredet. Sie wollte, dass Sie mit dem Morden aufhören!« Florian sprach lauter als beabsichtigt.

In Stoffels' Augen blitzte der Wahnsinn auf. »Ich bilde mir das nicht ein. So dürfen Sie nicht reden!« Er rappelte sich auf und wollte aus dem Bett springen. Die Wunde am Bein hielt ihn davon ab. Fluchend fiel er zurück auf die Matratze.

»So dürfen Sie nicht von ihr sprechen«, wiederholte er, wobei sein Speichel in alle Richtungen spritzte. Florian sprang auf und fasste Stoffels an der Schulter.

»Beruhigen Sie sich«, sagte er, doch es war zwecklos. Stoffels schlug nach ihm. Florian hielt seine Hand fest. Der Mann zappelte und schrie wie am Spieß. Die beiden Wachmänner von draußen kamen herein und griffen Stoffels' Beine. Saathoff half ebenfalls mit. Plötzlich begann Stoffels am ganzen Körper zu beben. Die Augen rollten nach oben. Nur das Weiße war noch zu sehen. Augenblicklich ließen alle vier von ihm ab.

»Er hat einen Anfall. Rufen Sie einen Arzt.«

Zwei Pflegekräfte und ein Arzt kamen in das Krankenzimmer geeilt, die Pflegekräfte hielten Stoffels' Arm fest, der Arzt gab ihm in Windeseile eine Spritze. Das Zittern verebbte und Stoffels' verzerrte, wütende Gesichtszüge verschwanden von einer Sekunde auf die andere. Florian staunte abermals darüber, wie harmlos dieser Serienmörder aussehen konnte.

EPILOG

Vier Wochen später

Der schwere rote Samtvorhang hob sich empor und eine Gruppe zierlicher Tänzerinnen trat ins Rampenlicht. Julia beobachtete fasziniert ihre völlig synchronen Bewegungen und fragte sich unwillkürlich, wie lange es wohl dauerte, bis eine Tänzerin eine derartige Perfektion erreichte. Jahre, da war sie sicher. Jahre angefüllt mit körperlichen Anstrengungen, Schweiß, Schmerzen und Entbehrungen. Während die meisten Studenten von einer Party zur nächsten tingelten, lebten diese Tänzerinnen nach einem streng vorgegebenen Plan, der vom täglichen Training so gut wie keine Ablenkungen vorsah. Julia musterte die straffen, durchtrainierten Körper, an denen kaum ein Gramm Fett zu sehen war. Es gesellten sich männliche Tänzer auf die Bühne, die in der Anmut ihrer Bewegungen den Frauen in nichts nachstanden.

Julia blickte erst nach links zu Manfred Holsten und

anschließend nach rechts. Unauffällig betrachtete sie Florians Profil. Seine Gesichtszüge wirkten entspannt. Endlich. Die letzten Wochen hatten es in sich gehabt. Stoffels war wiederholt befragt und sein Hof komplett durchkämmt worden, um den Fall lückenlos aufzuarbeiten. Inzwischen waren alle Opfer obduziert. Judith Haiden ging ihr immer noch nicht aus dem Kopf, da sie inzwischen wusste, dass die Architektin ihrem Mörder beinahe entkommen wäre – leider nur beinahe. Die Spuren auf ihrem Körper bestätigten Stoffels' Aussage. Es hatte einen heftigen Kampf gegeben. Julia wünschte, die Frau hätte es aus dieser Hölle, die sie zweifellos durchstehen musste, herausgeschafft. Manchmal waren Leben und Tod nur einen Flügelschlag voneinander entfernt.

Für Marlon Stoffels lag ein psychiatrisches Gutachten vor. Der Mann litt unter einer multiplen Persönlichkeitsstörung. Seine Schuldfähigkeit war stark eingeschränkt. Trotzdem würde er aufgrund seiner Gefährlichkeit nie wieder freikommen. Auf ihn wartete eine unbegrenzte Unterbringung in einer psychiatrischen Einrichtung. Bereits in seiner Kindheit war Stoffels von seiner Mutter beinahe täglich gedemütigt worden, weil er ihren Erwartungen nicht gerecht wurde. Sein Leben lang rannte er der Anerkennung seiner Mutter hinterher. Nach ihrem Tod brach Stoffels' psychische Störung aus. Er schlüpfte immer wieder in die Rolle seiner Mutter, was die vielen Tagebucheinträge mit unterschiedlichen Gesprächen erklärte. Der Gutachter hatte ihn sogar dabei beobachtet, wie er mit der Stimme seiner Mutter sprach. Der übergroße Drang nach Beachtung füllte Stoffels aus wie heißer Dampf einen Kessel. Irgendwann wurde der Druck so groß, dass er ein Ventil brauchte. Weil ihm der Durchbruch als Künstler nicht gelang, beschloss er, etwas Außergewöhnliches zu schaffen. Außerdem wollte er seinen Opfern zu der Anerkennung verhelfen, nach der sie so verzweifelt gierten. Noch immer sah der Mann seine Schuld nicht ein. Er beharrte darauf, dass er seinen Opfern geholfen habe, endlich aus dem Schatten zu treten.

Die Bühne leerte sich schlagartig und Julia lauschte der zauberhaften Musik, einer Mischung aus Klavier- und Geigenklängen. Wunderschön anzuhören. Trotzdem sprangen ihre Gedanken schon Sekunden später wieder zurück. Diesmal zu Wegner. Der Künstler war seinen eigenen Lügen zum Opfer gefallen. Hätte er die Affäre mit Jette Höffner gleich offengelegt, wäre er nie so stark ins Visier der Polizei gerutscht. Doch so kam eines zum anderen: das Vertauschen der Wasserproben, das falsche Alibi durch seinen Vater und das Telefonat, in dem es jedoch um eine ganz andere Frau ging. Sein Autokennzeichen und die Weigerung, den Namen seines Sponsors zu nennen, brachten das Fass zum Überlaufen. Dabei hätte er sich mit Letzterem sofort entlastet. Florian hatte mit Olaf Pöschel, Wegners Sponsor der Eisausstellung, gesprochen. Der Mann leitete den Ausschuss für Kunst und Kultur in Köln und hatte Wegner hier und dort Geld zugeschustert, für das eigentlich eine Ausschreibung notwendig gewesen wäre. Aus diesem Grund hatte Wegner geschwiegen. Julia vermochte die Gründe des Eisbildhauers für sein Handeln trotzdem nicht gänzlich nachzuvollziehen.

Sie seufzte und warf Florian einen verschmitzten

Blick zu. Würde es jetzt immer so sein? Seine Hand umklammerte ihre rechte und löste ein permanentes Kribbeln aus. Im Saal ertönte eine Folge lauter Akkorde, sie konzentrierte sich wieder auf die Aufführung. Ein Mann mit dunklen Locken tanzte graziös über die Bühne. Kraftvoll setzte er zu ein paar Sprüngen an und erhielt damit etliche Jubelrufe aus dem Publikum. Philip Jablonski hatte wie Hanjo Wegner aus Angst gehandelt. Zwar hatte er lediglich geschwiegen und nicht gelogen oder Beweisstücke manipuliert, doch die Weigerung, mit der Polizei zusammenzuarbeiten, hatte ihn unnötig auf die Liste der Verdächtigen gebracht. Hinzu kam das falsche Alibi, das er sich unnötigerweise verschafft hatte, weil er in der fraglichen Nacht allein war. Julia sah ein, dass die Gesetze in Russland andere waren und ein einmal Verurteilter dort vermutlich schneller als in Deutschland ausgegrenzt wurde. Jedenfalls war es Jablonskis Vergangenheit gewesen, die ihn zur verkehrten Reaktion getrieben hatte. Das Gefühl, den noch vor einem Monat halb erfrorenen Mann munter tanzen zu sehen, war auf jeden Fall unbeschreiblich. Julia lächelte und bemerkte, wie Manfred Holsten ihr aufmunternd die Schulter tätschelte.

»Und, zufrieden?«, raunte er ihr zu.

»Er tanzt gut – dafür, dass er halb tot war.«

Holsten warf ihr einen durchdringenden Blick zu. »Sie wissen genau, dass ich das gar nicht meinte.«

Julias Lächeln verbreiterte sich. »Sehr zufrieden und trotzdem traurig«, flüsterte sie und atmete tief aus. »Ich finde es toll, dass Sie Valentin Henzler eine Stelle in Düsseldorf besorgt haben. Das war wirklich eine gute Idee von Ihnen.«

Holsten grinste. »Es hat ihm zwar nicht gepasst. Aber ihm war sofort klar, dass er jemanden mit einer Persönlichkeit wie Ihrer sowieso nicht steuern kann.« Holsten hob den Zeigefinger. »Herzlichen Glückwunsch zur Beförderung. Wussten Sie eigentlich, dass es für Ihre neue Position eine saftige Gehaltserhöhung gibt?«

Julia schüttelte den Kopf. Alles im Leben hatte zwei Seiten. Sie war Valentin letztendlich doch noch losgeworden, aber dafür musste sie die Leitung des rechtsmedizinischen Institutes übernehmen. Wenigstens hatte die Klinikleitung ihr zugesichert, dass sie weiterhin im Obduktionssaal tätig sein durfte und nicht den ganzen Tag am Schreibtisch verbringen musste. Das Geld war ihr ohnehin nicht so wichtig. Ihr kam es auf ihre Freiheit an und darauf, etwas zu bewirken. Den Toten eine Stimme zu geben. Und dann gab es ja auch noch Florian, der es zwar nicht zugab, aber der seit dieser Lösung erheblich bessere Laune hatte. Die Nähe zwischen ihnen stimmte wieder, aber sie machte ihr auch ein bisschen Angst. Sie würde es langsam angehen lassen. Das Licht auf der Bühne ging aus und Trommeln im Hintergrund kündigten den Höhepunkt des Abends an. Den Auftritt der Primaballerina. Florian drückte ihre Hand, und Julia konnte nicht verhindern, dass ihr eine Träne über die Wange lief. Zu schmerzvoll waren die Gedanken an das, was Annabell widerfahren war.

Aber nicht nur.

Eine zierliche Tänzerin mit kurzem Haar und einer wahnsinnigen Ausstrahlung schwebte über die Bühne. Sie drehte Pirouetten, sprang, tänzelte – wobei ihr die Anstrengung ganz und gar nicht anzusehen war. Und dann trafen sich, wie in der klassischen Version des

Nussknackers, der Prinz und seine Clara. Der Augenblick war magisch. Ein Raunen ging durch die Zuschauer, als das Paar miteinander verschmolz und über die Bühne tanzte, als gäbe es nichts Wichtigeres auf dieser Welt.

Annabell. Julia musste zweimal blinzeln, um zu begreifen, dass sie wirklich dort oben war. Sie und Philip voller Leben und in ihrem Element zu sehen, ihre Harmonie zu spüren, machte Julia unglaublich glücklich. Sie konnte nicht anders. Es war sonst nicht ihre Art, doch es hielt sie nicht mehr auf ihrem Sitz. Sie schnellte in die Höhe und klatschte enthusiastisch in die Hände.

ENDE

NACHWORT DER AUTORIN

Liebe Leserin, lieber Leser,

ich möchte mich ganz herzlich dafür bedanken, dass Sie meinen Roman gelesen haben. Ich hoffe, Ihnen hat die Lektüre gefallen und Sie hatten ein spannendes Leseerlebnis.

Die Figuren in meinem Buch sind übrigens frei erfunden. Ich möchte nicht ausschließen, dass der eine oder andere Charakterzug Ähnlichkeiten mit denen heute lebender Personen haben könnte, dies ist jedoch keinesfalls beabsichtigt.

Wenn Sie an Neuigkeiten über anstehende Buchprojekte, Veranstaltungen und Gewinnspiele interessiert sind, dann tragen Sie sich in meinen Newsletter oder meine WhatsApp Liste ein:

- **Newsletter: www.catherine-shepherd.com**
- **WhatsApp: 0152 0580 0860** (bitte das Wort „Start“ senden)

Sie können mir auch gerne bei Facebook, Instagram und Twitter folgen:

- **www.facebook.com/catherine.shepherd.zons**
- **www.twitter.com/shepherd_tweets**
- **Instagram: autorin_catherine_shepherd**

Natürlich freue ich mich ebenso über Ihr Feedback zum Buch an meine E-Mail-Adresse:

kontakt@catherine-shepherd.com

Zum Abschluss habe ich noch eine persönliche Bitte an Sie. Wenn Ihnen dieses Buch gefallen hat, würde ich mich über eine kurze Rezension freuen. Keine Sorge, Sie brauchen hier keine »Romane« zu schreiben. Einige wenige Sätze reichen völlig aus. Sollten Ihnen übrigens andere Rezensionen zu meinem Buch gefallen, dann dürfen Sie den Rezensenten gerne loben, indem Sie unter der Bewertung auf „Ja, hilfreich“ klicken.

Sollten Sie bei *Leserkanone*, *LovelyBooks* oder *Goodreads* aktiv sein, ist natürlich auch dort ein kleines Feedback sehr willkommen. Ich bedanke mich recht herzlich und hoffe, dass Sie auch meine anderen Romane lesen werden.

Ihre Catherine Shepherd

WEITERE TITEL VON CATHERINE SHEPHERD

Zons-Thriller Band 1 bis 4

Zons-Thriller Band 5 bis 8

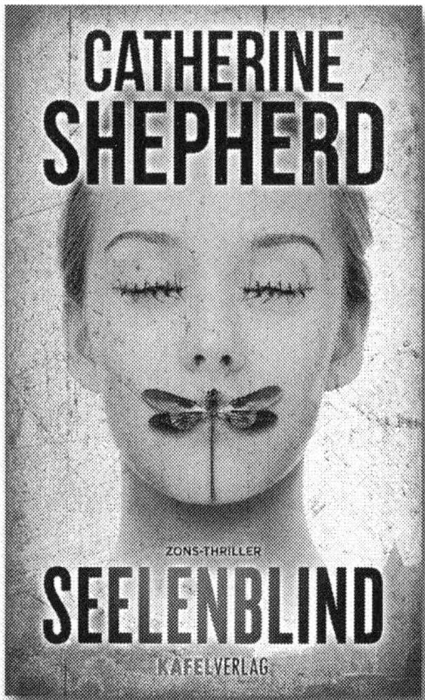

KRÄHENMUTTER

LAURA KERN-THRILLER 1

Das Böse lauert immer hinter einer freundlichen Maske.

LKA-Ermittlerin Laura Kern steht vor einem Rätsel. Ein Kind wurde am helllichten Tag aus einem Supermarkt entführt, doch es gibt keine Lösegeldforderung. Auch die Eltern schweigen sich aus – stecken sie womöglich mit den Tätern unter einer Decke? Laura und ihr Partner Max kämpfen sich durch einen Strudel widersprüchlicher Zeugenaussagen, während ihnen das Innenministerium im Nacken sitzt. Doch dann verschwindet der Vater des Kindes. Und dem LKA läuft die Zeit davon ...

ENGELSSCHLAF

LAURA KERN-THRILLER 2

Er behütet deinen Schlaf. Doch gib acht, sonst wachst du nie wieder auf!

Die Nacht ist kühl in Berlin. Auf einer Parkbank liegt eine junge Frau, liebevoll auf ein Kissen gebettet. Sie atmet nicht mehr, hat keinen Puls. Der Totenschein ist bereits ausgestellt, aber als der Leichnam abtransportiert wird, erwacht die Frau plötzlich zum Leben. Alle sind erleichtert, doch Spezialermittlerin Laura Kern ahnt: Der Täter wird erneut zuschlagen. Und sie hat recht. Ein weiteres Opfer kann nur noch tot geborgen werden. Die Lage spitzt sich zu, denn schon wird die nächste Frau mit passendem Profil vermisst. Erst viel zu spät erkennt Laura, dass sie ein winziges Detail übersehen hat – und dass sie sich einem Täter gegenübersieht, der glaubt, den Tod besiegen zu können.

Catherine Shepherds neuer Thriller nimmt Sie mit in die perfide Gedankenwelt eines Killers, den Sie auf unheimliche Weise verstehen werden. Lassen Sie sich nicht vom Bösen entführen!

FLÜSTERMANN

LAURA KERN-THRILLER 3

Jeder verdient eine zweite Chance. Doch wenn du sie nicht nutzt, stirbst du!

Ein grauenvolles Video taucht im Internet auf. Eine junge Frau wird vor den Augen aller Welt ermordet. Der Täter flüstert ihr vorher etwas ins Ohr, das Laura Kern zutiefst schockiert. Die Spezialermittlerin arbeitet auf Hochtouren, doch bereits nach kurzer Zeit wird ein neues Video veröffentlicht. Der Killer scheint seine Opfer wahllos von der Straße zu holen. Bevor er tötet, testet er sie. Laura jagt ein Monster, das ihr immer einen Schritt voraus ist. Erst viel zu spät entdeckt sie ein dunkles Geheimnis, das sie auf die Spur des Serienmörders bringt. Aber der hat das nächste Opfer längst in seiner Gewalt, und niemand vermag zu sagen, ob Laura ihn rechtzeitig stoppen kann.

Catherine Shepherds neuer Thriller entblößt die dunkelsten Abgründe der menschlichen Seele. Halten Sie sich fest, dieses Buch gönnt Ihnen keine Atempause.

MOORESSCHWÄRZE

JULIA SCHWARZ-THRILLER 1

Manchmal ist es besser, auf die innere Stimme zu hören, bevor sich die Nacht unwiderruflich über die Sinne legt.

Julia Schwarz kennt sich aus mit dem Tod. Die Rechtsmedizinerin ist in ihrem Institut auch als Eislady bekannt. Nichts kann sie so schnell aus der Bahn werfen. Jedenfalls nicht, solange sie es schafft, ihre düstere Vergangenheit in Schach zu halten. Als Kriminalkommissar Florian Kessler sie zu einem Tatort in einem nahe gelegenen Moor ruft, sieht alles zunächst nach einem einfachen Fall aus. Aber dann verschwindet die Leiche und Julia macht sich auf die Suche nach dem toten Mädchen. Doch statt der Leiche stößt sie auf ein weiteres Opfer. Erst jetzt begreift Julia, dass sie es mit einem gefährlichen Serientäter zu tun hat, der einen perfiden Plan verfolgt. Ein sonderbares Tattoo auf dem Bauch der Frauen scheint die einzige Verbindung zwischen den Fällen zu sein. Aber die Zeit läuft gegen Julia und sie ahnt nicht, dass sie selbst bereits viel zu tief in den Strudel des Bösen geraten ist.

Catherine Shepherds neuer Thriller ist dunkel, rasant und lässt Sie garantiert nicht mehr los!

NACHTSPIEL

JULIA SCHWARZ-THRILLER 2

Er spielt gerne, vor allem in der Nacht. Lauf weg, denn sein Spiel endet tödlich!

Rechtsmedizinerin Julia Schwarz beherrscht ihren Job wie kaum jemand sonst. Mit dem Tod kann sie umgehen, nicht aber mit den Albträumen, die ihr in letzter Zeit den Schlaf rauben. Hartnäckig konzentriert sie sich daher auf die Jagd nach einem Frauenmörder, der sein Opfer grausam gefoltert und dann achtlos in den Kofferraum eines Kleinwagens gestopft hat. Obwohl sich der ermittelte Täter das Leben nimmt, landet eine weitere Leiche auf Julias Obduktionstisch. Kriminalkommissar Florian Kessler geht von einem neuen Fall aus, doch für Julia sprechen die Spuren eine andere Sprache. Als sie endlich die Handschrift des Mörders entziffert, muss sie erkennen, dass sie längst selbst in der Falle sitzt und dem Spiel eines unberechenbaren Serienkillers ausgeliefert ist …

Catherine Shepherds neuer Thriller enthüllt die Schrecken der Nacht. Ignorieren Sie niemals Ihre Träume. Es könnte Ihnen das Leben retten!

ÜBER DIE AUTORIN

Die Autorin Catherine Shepherd (Künstlername) lebt mit ihrer Familie in Zons und wurde 1972 geboren. Nach Abschluss des Abiturs begann sie ein wirtschaftswissenschaftliches Studium und im Anschluss hieran arbeitete sie jahrelang bei einer großen deutschen Bank. Bereits in der Grundschule fing sie an, eigene Texte zu verfassen, und hat sich nun wieder auf ihre Leidenschaft besonnen.

Ihren ersten Bestseller-Thriller veröffentlichte sie im April 2012. Als E-Book erreichte »Der Puzzlemörder von Zons« schon nach kurzer Zeit die Nr. 1 der deutschen Amazon-Bestsellerliste. Es folgten weitere Kriminalromane, die alle Top-Platzierungen erzielten. Ihr drittes Buch mit dem Titel »Kalter Zwilling« gewann sogar Platz Nr. 2 des Indie-Autoren-Preises 2014 auf der Leipziger Buchmesse. Seitdem hat Catherine Shepherd die Zons-Thriller-Reihe fortgesetzt und zudem zwei weitere Reihen veröffentlicht.

Im November 2015 begann sie mit dem Titel »Krähenmutter« eine neue Reihe um die Berliner Spezialermittlerin Laura Kern (mittlerweile Piper Verlag) und ein Jahr später veröffentlichte sie »Mooresschwärze«, der Auftakt zur dritten Thriller-Reihe mit der Rechtsmedizinerin Julia Schwarz.

Mehr Informationen über Catherine Shepherd und ihre Romane finden sich auf ihrer Website:

www.catherine-shepherd.com

43493823R00202

Printed in Poland
by Amazon Fulfillment
Poland Sp. z o.o., Wrocław